WENYI BAIJIA TAN

文艺百家谈

2019年第1-2辑总第24辑

安徽省文学艺术界联合会　编
安徽省文艺评论家协会

时代出版传媒股份有限公司
安徽文艺出版社

图书在版编目（CIP）数据

文艺百家谈.2019年.第1-2辑/安徽省文学艺术界联合会，安徽省文艺评论家协会编.—合肥：安徽文艺出版社，2020.12

ISBN 978-7-5396-7007-2

Ⅰ．①文… Ⅱ．①安… ②安… Ⅲ．①文艺评论－中国－当代－文集 Ⅳ．①I206.7-53

中国版本图书馆CIP数据核字(2020)第130702号

出 版 人：段晓静
责任编辑：宋晓津　　　　　　　装帧设计：徐　睿
....
出版发行：时代出版传媒股份有限公司　www.press-mart.com
　　　　　安徽文艺出版社　www.awpub.com
地　　　址：合肥市翡翠路1118号　邮政编码：230071
营 销 部：(0551)63533889
印　　制：安徽联众印刷有限公司　(0551)65661327
....
开本：710×1010　1/16　印张：14.25　字数：250千字
版次：2020年12月第1版
印次：2020年12月第1次印刷
定价：58.00元
....

目　录

新时代文艺谈

安徽文艺70年

评论新锐

理论探索

安徽原创文学

文艺评论

文化研究

新时代文艺谈

提升文学皖军的全国影响力

——第七届安徽当代原创文学作品研讨会专家评论摘要

【编者按】由安徽省委宣传部、鲁迅文学院、省文联主办的第七届安徽当代原创文学作品研讨会，于2018年12月19日在北京召开。鲁迅文学院常务副院长邱华栋，省文联党组书记、副主席、书记处第一书记何颖，省文联副主席、省作协主席许辉等出席会议并讲话。与会专家围绕我省青年作家胡竹峰的《雪天的书》《竹简精神》《民国的腔调》等作品和作家李国彬的长篇小说《小岗村的年轻人》进行了研讨。此次研讨会被鲁迅文学院列为第二十三期"鲁院论坛"。研讨会由鲁迅文学院教研部主任郭艳主持。

胡竹峰作品专家评论摘要

杨庆祥（中国人民大学文学院副院长）:对话传统，改变传统

胡竹峰是一个携带着复杂的文化基因和历史传统的存在，是一个老得不能再老的新人，是一个老灵魂的新人物。他这个老灵魂里恰恰是我们这个时代被忽视了的，同时又非常重要的存在，那不仅仅是老的，那个老是表象，他内在的质地是新人，我觉得从文化角度分析这两者有一定区别。如果我们把胡竹峰想成是一个文学人物，包括我在内，我们就是另外一个层面的内在性的存在。

所以我问胡竹峰从哪里来的，从安徽来的，是从老子那里来的，是从孔孟那里来的，是从吉田兼好、芥川龙之介那里来的。我看过胡竹峰的很多文章，也看到很多别的老师的评价，他其实出现了非常多元的复杂的质地，并不是如以前有些评论所说，胡竹峰写的是文人化的东西，非常精致地向传统汲取营养的东西。胡竹峰在和这些传统对话的同时其实在改变这些传统。比如说胡竹峰的短句。短句不是很简单就可以写出来的。新文学传统的语法是西化的语法，很多新文学作家都不会写短句，因为意思表达不清楚。但是胡竹峰能写短句。短句要求很高，语言的质地、幽微、敏感、区别度非常重要。我这几年看的散文不多，李修文、胡竹峰，我都很喜欢，因为语言都有很高的辨识度，这个辨识度是中国文学，乃至整个东方文学的一个非常重要的特质。

东方艺术的最重要的代表是什么？胡竹峰其实点到了，在他的文章里谈过，一个是水墨，另外一个是玉。玉是脆弱，水墨是幽微，水墨是变化的，水和墨特别有意思，在流动的过程中又可以留下来。

彭程（《光明日报》文艺部主任）：天地颜色，春韭晚菘

我读胡竹峰的文章，写了四句话：

天地颜色，寻常物事；春韭晚菘，滋味深幽。

这四句话可以把他的写作内容和艺术，包括特色大略勾勒出来。

胡竹峰的每篇文章都是作者一颗平常心的投射，他在天地万物和日常生活中，在一草一木一蔬一饭中发现自然之美，发现生活之美，欣赏和品味在其中蕴藏的种种情趣和滋味。他的写作充分体现了一种观照世界的方式，重于日常生活，从平常中发现不平常。他的取材几乎看不到有棱有角很突兀的那种质感很强的事件，或者有激烈矛盾的戏剧性的因素，大多数是不显山不露水，最为日常的那种。他写山水风光是日常的山水，没有更多的名山大川，写的生活也都是日常的衣食住行、柴米油盐、父母儿女，一种生活状态，弥漫着日常的烟火气息。

胡竹峰的散文涉笔广泛，我们从他的作品中可以充分感知和认识到汉语之美。他的语言没有声嘶力竭、剑拔弩张，没有那些姿态，而是从容淡定、静水流深的那样一种笑容，它们是古雅的、舒缓的，有着足够的圆润和娴熟，同时还带了一点涩，不是非常平滑的，是青橄榄那种味道。他有一些文字最相通最顺畅，你仔细读起来发现也是经过他的掂量，经过他的雕琢，只不过没有太多的痕迹。他的篇幅简短也是一大特色，他自己讲一千字是长篇，他的大量作品字数都是一千字之内的。读这些作品我就想到了唐诗中的五言和七言，想到了苏东坡的《东坡志林》《记承天寺夜游》这样的名篇，还想到元人的小令、晚明小品，想到明清的扇面画，虽然篇幅不长但是很精致，而且结构上也很具匠心，方寸之间别有一番天地，其中跌宕起伏，迂曲回环，起承转合。

胡竹峰的作品有整体的浑然圆润之感，大体上看他的文章属于性灵一路，前期文字更明显，灵秀妩媚，2017 年、2018 年的文章更多有一种朴厚浑茫气息，读他的作品你会想到一个作家和他置身其中的文化传统的关系。他的文字应该说是一种有根的文字，他的根就是广大而深厚的中国美学传统，他是传统美学的继承者，他的文字流淌弥漫着的是来自时间深处的中国的气息。他的好几篇作品用古典文学的名篇作为自己的篇名，《醉翁亭记》《小石潭记》这几篇，既可以理解为作者对传统的致敬，同时也看到作者的一种雄心壮志。

胡竹峰不仅仅是传统文人，他现代性创新的方面也很多，读他的作品你会发现，内容更为丰富驳杂，更具有特色，他的文章表达的意识观念，包括手法都是现代的，不是古人那种。

胡竹峰是 1984 年生人，未来艺术发展的空间极大。他的作品特色非常浓郁。写作是高度个体化的事情，风格最重要。一个作家形成风格最重要，甚至可以说独特的风

格调性是衡量一个作家成就的重要标志,一个指标。我觉得可以在继承自己的同时做出一些调整和变化,常中有变,在现有的面貌下做一些调整,适当地变。

杜丽(人民文学出版社编审):文质彬彬,斯文在兹

我用《论语》上的八个字概括我读胡竹峰作品的感受。一个是孔子说的"文质彬彬",他说"质胜文则野,文胜质则史。文质彬彬,然后君子",文质彬彬,内容、形式刚刚好。另一个是"斯文在兹",胡竹峰的文章真是斯文的文章,现在很多散文不文,有些东西不应该付诸文字。

胡竹峰这样一个年轻人用民国的腔调,上接唐宋,下接周作人、孙犁,学到了周作人的腔调也学到了他的苦味,还有回甘,回甘特别不容易。我读他的五本书,读书的时候我想到一个词就是"老灵魂"。老灵魂在当下有什么意义?当下写作里面它的意义何在?这个老灵魂其实是一个活泼的老灵魂,他内在很斑斓,他写的是自己的生活方式,一粥一饭,手腕痛,泡脚,吃药,写自己的生活,里面有一种与天地精神往来的气息,但是他并不狂狷,他很圆融,读着非常舒服。

我还要用《论语》的话形容胡竹峰,他的文章给人一种"人不知而不愠,不亦君子乎"的感觉。我过这样一种古典的生活,品味日常里的每一个点滴,把它写成这么好的文字,可长可短,不紧不慢,文章里面给人这样的感觉,你知道不知道,你了解不了解,得奖不得奖都不重要。有的人作品冲着要去怎样,透露着想要去抓取一些东西的感觉,胡竹峰的文章里没有,这一点触动了我,让我很感动。

"君子"这个词大家好像有点久违了,在当代做一个君子,写作者做一个君子,其实也是一种修行。在我看来胡竹峰写作已经不只是一种文学创作,更是一种修炼。八年前,我们人民文学出版社的年度选本选过他的文章,看见八年前的作者,又这么年轻,很欣慰很亲切很高兴。读到胡竹峰五本书只是冰山上的那一点,下面的学养在支持他的文学与生活方式,这个生活方式不是像有些人简简单单表演的一个生活方式,他就是过着这样的生活。

我还想说,胡竹峰要往哪里去?这个问题并不真的是问题。说胡竹峰要不要学谁谁谁,答案肯定是不要。胡竹峰的文章要不要写得更长?比如说《秋水》这样的文章,在我看来这样就刚刚好,如果有一天真的写得很长,也很好。除了有腔调以外,对散文写作也好,小说的写作也好,我特别看重一个人的气息是否绵长。胡竹峰的文章气息舒缓、绵长。在我看来他未来往哪里走都可以的,他的路会很长。

石一枫(当代杂志社编辑、作家):中国传统文人的志趣追求

读胡竹峰几本书,真的好看,任由自己的才情、任由自己的才华挥洒,非常简单清楚地把你带进去了,每次读的时候挺享受,读完了以后也挺有回味的。

读散文只有资格从读者的角度说,我读了以后什么感觉? 我感觉是有一种清晰、古朴、很自然的美,应该让人能够想起来中国传统散文、中国传统文人的这种志趣的追求。

中国文人应该说很复杂,杜甫深沉顿挫,李商隐气息傲俏,胡竹峰属于白居易那部分,或者唐宋八大家部分,或者陶渊明的那一部分,近代更像废名、汪曾祺。这种散文读起来给读者很大的想象。

这五本书我比较感兴趣的是《民国的腔调》,这类文章无非几种:一种是写人,一种是注史,一种是论理。我印象里面读这样作家写作家的文章,中国的我不好比喻,帕乌斯托夫斯基《金蔷薇》里面一部分有这种写法。虽然说胡竹峰文章很中国化,很传统化,但是跟帕乌斯托夫斯基很多文章都很像,我看他最早写张恨水那篇都有《金蔷薇》的感觉,这个很有意思,一种独特的作家写作家的方法。

说一点不满足的地方。文字本身是有它的起承转合的魅力,文字本身韵律是有的,每篇信息量并不是非常大。假如说我不喜欢淡茶,我就是喜欢喝浓茶,读这种文章就不那么满足。就事说事还可以更打开一些。

第二个,风格化一定会限制你,它会让你写一些东西的时候非常擅长,但是会让你写另一些东西的时候特别不擅长。我们共勉。

赵焰(安徽省作协副主席):山高水长,气象万千

竹峰年纪轻轻,文笔非常好,文学修养也很好,尤其是对中国文章学,有很深的研究。竹峰的散文,气韵十足,古意充沛,文笔绮丽,而且他的写作路数,以邱华栋老师的说法,是"上接唐宋,下接民国",有中国文章的传承,这一点非常不容易。

前几天读竹峰的《挥觞》《秋水》《古环》《登楼赋》等一组散文,很喜欢,也有感触。如此中国文章,真不是一般的人所能写得出来的。这一组新写的文章,我以为是"上接魏晋"了,突破了唐宋,这是竹峰的进步。我想象竹峰写这一篇文章之时,就像少年杨过,夜深人静之时,在终南山山坳的空地上,月明星稀,清风浩荡,打出了一路"黯然销魂掌"。这一个功夫,取内外家之长,既有外家拳成分,也有内家拳风格。掌风所到之处,飞沙走石,神鬼啼鸣,千里霜雪。艺术之境,到了一定层次,就是神鬼之境,非人力所为。竹峰这一组文章,颇有鬼斧神工之妙。当然,这是我个人的感觉。

竹峰的文章,用李白《上阳台帖》的几句话来形容,颇有"山高水长,气象万千"的气韵。唐玄宗当年见李白,一见之下,为之一惊,后来形容李白"神气高朗,轩轩若霞举"。竹峰当然不是李白,不过初读竹峰的文,也有一些这样的感觉。胡竹峰的一些文章,灿若朝霞,极得中国文章的精髓,所思所写,不只是当下,还有历史长河的惊涛拍岸;不仅是叙事抒情,还有沉郁高蹈的气韵。

竹峰的文章,就有雄浑、高古、典雅、绮丽等特征,颇得《二十四诗品》中的很多"品"。竹峰现在的很多文章,跟之前相比,进步很大。很多文章,连接家国天下,有"大我"的情怀。当然,这一个境界,还可以更大更宽广,更自然一些,更自信一些,也更深邃一些,更有哲学性一些。

我给竹峰提个意见:一定不要做一个"小儒",要做一个"大儒";不要做一个传统的小文人,而要做一个坚定的现代大知识人。现代性很丰富,我以为最重要的,就是认识和改造世界的科学主义,认识上的理性主义,治世的法律主义,以及目标上的人文主义。竹峰若能将这些现代的理论,无形地注入文章当中去,文章当更深厚,更广博,更灵动。一个写作者,以纵横万里的气象浇胸中块垒,凝结的笔墨,自然深厚丰沛、云蒸霞蔚。

我看好竹峰的现在,更看好他的未来。文章的最高境界是什么呢?不仅星辰入梦、银鞍照马,还要有吴钩霜雪、平地惊雷。祝愿他离这个境界越来越近。

陈振华(安徽新华学院新闻系主任):将生命体验充分感觉化

竹峰将自己的真性情融入他的散文随笔创作中。他的文字充分展现了他的才华、性情,尤其是闪耀着个性的光芒。王国维讲境界,最高的境界是无我之境,这没几个人能达到。竹峰的散文目前就是在有我之境,而且这个我的主体性非常强大,是"六经注我",而不是"我注六经",是有甚说甚,不耍花腔。而读者偏爱的就是文字中的我,独特的个性光芒与属己的话语色彩。

竹峰30岁之前的部分散文,有那么点咄咄逼人,有点儿不留余地。随着年岁和阅历的增长,竹峰的个性光芒有了变化,尤其体现在《不知味集》中,过去那种年少轻狂少了许多,多了岁月的安稳与沉静,个性的光芒从另一个维度和出口展现出不同的风采,个性不是消弭了,而是更加内敛了,朴素了,沉稳了。

竹峰有禀赋,加上勤奋,尽管年轻,但学养很深。率真、任性、略带执拗的性情成就了他的散文创作,可以说取得了不俗的艺术成就。

如果仅有个性,没有识见,那个性只能是表面的轻狂或浅薄的痴妄。所幸的是,竹峰的个性都是建基于自己对生活、对所寓居的世界的真切认知基础上,建基于对历史、对文学、对人物的真知灼见上,建基于对生命的个人化的独特感悟上。

无论是《茶书》《不知味集》《竹简精神》,还是《民国的腔调》《雪天的书》,都以独到的生命体验为基础。他的散文将生命体验充分感觉化,甚至他的写作完全凭借生命主体的感觉在写,似乎是感觉在引领着作家的文笔,作精神的漫游。

他将各种知识和思维的通道打通,融进个体的、当下的生命感觉与体验,融入对历史、对人物的理解,才有了自己的独立的见解和判断。韩少功赞许胡竹峰的散文"重建中国文章传统审美的可贵立言",是比较中肯的评价。

年轻的竹峰有自己的气象。气象的生成来自格局,来自他散文的格局、内心的格局,来自识见的格局,来自他的个性风采,也来自他属己的散文观、独特的散文文体意识,来自他对中国传统文脉的接续,来自中国文章一以贯之的精神传承。

我非常欣赏竹峰的语言。这样的语言有自身的禀赋,但更多是多年沉浸在古典文学和文化典籍中习得的。这并非一朝一夕之功。

当然,如果以更高的标准来要求评判,竹峰的散文也并非尽善尽美。题材相对来说还显得较为单一。文章的境界还没有抵达"大境界"。如何避免既往写作的窠臼,这是后面写作的极大挑战。

李国彬长篇小说《小岗村的年轻人》专家评论摘要

徐坤(《人民文学》副主编):出乎意料,值得期待

李国彬的长篇小说《小岗村的年轻人》积累了很多资料,信息量很大,作为中国作协的一个重点扶持项目,完成度是非常好的,达到了作为一个重点工程的要求。同时,就咱们作家个人创作本身来说,可谓行云流水,一点问题没有,刀法、笔法、人物刻画,还有整个故事讲述方式和结构设计都非常好。

这本小说我看得很细,读完全本,感觉小说有许多出乎意料的地方。小说从2004年开始写起,写到了四个年轻人,主角是关子良、张大器、螺螺、庄晨晨。人物设计得都很好。小说叙述了这样一个故事:主人公关子良因为爱情受到创伤,负气离家出走,在广州打工若干年后,理想破灭,最后受到家乡的感召,返乡创业。小说的重点就是写主人公回乡创业的曲折和艰辛,并没连续写到今天。我想作者取这个区间肯定有自己的设计:这本书就等于是小岗的前世,要说今生,作者一定会把笔触落到十八大以后的这些年轻人身上。

小说中人物的整个命运过程、四个主要人物的爱恨交加都写得非常好了,接下来,我希望作者要考虑它的下卷。我们期待着。

顾建平(小说选刊杂志社编辑部主任):一部主旋律、正能量、生动可读的小说

关于长篇小说《小岗村的年轻人》,首先我认为作者的叙事角度选择得非常巧妙。他开笔没有写按手印的那一代人,而是侧重写小岗村年轻人,这就展现了小说的活力,也有了承上启下的意义。小说有三个方面的特点。

第一点,他写的是小岗村年轻人建功立业和再出发。

《小岗村的年轻人》的时间跨度为6年,在2004年到2010年之间,时时要提到按手印的那个夜晚,作者虽然没有直接写那个夜晚,但是已经巧妙地把小岗村的历史呈现

了出来。小说中,前辈对历史的影响有多大,历史光环有多大,年轻人的创业压力就有多大。但是,年轻人的心已不在这里,小岗村的这块土地不能满足新一代年轻人的需求,不能给他们生活的尊严。为此,他们的奋斗目标会比前辈更高远,实现的难度也就更大。

第二点,如果只有历史的记忆、历史的光环是写不成小说的,小说必须回到日常生活中。首先,作者回到了乡村文化,小说有着浓郁的生活气息。譬如作品中的许多人名,还有一些婚丧嫁娶的习俗,一些对话以及比喻,还有小说幽默的语言,都非常吸引读者。这有一部分来自作者的生活记忆。就作家自身的原创能力,可以说他回到了农村文化,回到了农事,又回到了原创。2014年的时候乡村的农事和20世纪70年代以前完全不同,但是小说还是写到了耕作、收获,写到了今天的城市很难了解的操作程序。这很难得。

其次,作者写到了人的感情和爱情。小说主人公关子良创业的动机起源于他的爱情,但是也因为爱情受到了双重的刺激和羞辱,而这些给了他奋斗、出人头地、雪耻的动力。《小岗村的年轻人》这部小说从历史回到了日常,回到乡村文化、农事、人的感情。所以这部小说既有生活气息也有故事,同时很好地塑造了关子良,遇难的螺螺、张大器等人物。

第三点,作者在情节设置上特别用心。关子良有一股不服输的精神,但是一直不顺。5年的广州梦幻灭,回乡再创业成立了青创会,却总是遇到各种障碍,最后也没有取得成功,一直在突围当中。我一直在想,关子良的命运为什么总是不顺?是不是要到谷底了?最后小岗村依旧留不住人。作者这样的设计有一定的用意,充满了隐喻,当然也符合实际,给读者留下很多的思考空间,因为现在的年轻人创业比1978年创业难得多,那个时候他们的需求只是简单的生存需求,现在的年轻人的需求层次更高了,所以说我们中国改革进入深水区后,创业也走向了一条崎岖之路,比前辈们要更加艰难。

《小岗村的年轻人》是一部主旋律作品,是一部正能量的、既有时代气息也有生活气息的、非常生动可读的小说,同时也是一部献礼改革开放40年的优秀小说。

杨庆祥(中国人民大学文学院副院长):一个非常生动具体的现实主义文本

拿到《小岗村的年轻人》这部作品心里一紧,这个题材非常不好写,事先的主题框架基本都有一个限定,看完后觉得写作的内容已经超过了作品主题的设定。在我们这样语境之下,在小岗村已经成为历史上的一个重要精神标志的前提下,怎么用现实主义的方式去表达这一代人或者数代人精神的变化?这是一个重要的课题。在某种意义上,我觉得李国彬做得非常出色。我最感兴趣的是三个章节的名字:第一章《村庄暗语》,第二章是《幻灭》,让我想起来茅盾三部曲:《动摇》《幻灭》《追求》。第三章也很有意思:《彼岸的花朵和我们的新历史主义》。所以这个小说后面应该还有追求。

我觉得李国彬是在有意地用他独特的形式和他个人的精神思考来跟我们时代既有的命题进行对话,所以我说这部作品的个人化倾向是很强的。

我有一个观点:文学和艺术首先是个人的,是个性化的。在小说创作中,你不谈个人就不要谈其他东西。如果这个"人"没有立起来,后面的东西就免谈。

回到《小岗村的年轻人》本身,我们来讲讲现实主义。现实主义一定是落实在一个作品的文本里面的,是要落实到每一个字、每一个人物、每一句对话里面的,李国彬老师的《小岗村的年轻人》做到了这一点,符合"准确、生动、具体"的现实主义标准。

我是安徽人,所以这部小说里面的语言我非常熟悉。语言非常生动,非常有个性。有一个细节,讲两人吃饭时聊天很晚,这个时候蜘蛛都出来结网了。这个细节,一定要有非常细致的生活经验才能写出来。另一个细节处理得也很好,就是选举。我一看选举麻烦了,你不会为了照顾政策的正确性,让关子良一下就当选了吧? 没有,张大器当选了,关子良落选了,这个细节处理得非常到位。《小岗村的年轻人》是一个非常生动具体的现实主义文本,如果非要向意识形态靠的话,可以说这部小说是反思改革开放40年的重要作品。

宗永平(《十月》杂志副主编):小说的叙事视角具有现代性

我开始想说的是主题先行问题。题材既定的作品注定会用现实主义手法书写。但是,在这部小说里面看到了一定的现代性。这样一部大主题创作,面对我们的大事变,在某种意义上是很主流的一部作品,为什么它会有现代性? 我第一个感觉就是非常形式的问题。我们平常看到一部写这类题材的作品一定是一章一章按照时间顺序来叙述的。这个作品却只有三章,三章的篇幅也完全不一样,其本身透露了作家对文本的把握。第一章是很简单的。第二章相对长一点。小说的重点和重要篇幅则放在第三章。小说的结局也是有想法的,处于一种不可确定的状态,属于现在进行的状态。目前,我们的乡村面临着各种各样的变化形态,小岗村的几十年变化是不可捉摸的,这恰恰透露出一个作家企图摆脱某种题材,以准确把握生活的可能。顾建平也提出一个很好的话题:《小岗村的年轻人》这样的一个作品把小岗本身的符号去除了以后留下什么? 这个问题分为两个方面:一方面是顾建平强调的,一部好的作品肯定不是某种符号化的,如果它只能是小岗人就没有多大意思了;另一方面小岗村这个符号在这部书里面到底充当了什么? 我拿到书的第一感觉是,这样一部书输入了一个非常著名的文化符号,他到底要怎么写? 我很容易会想到,也许小岗村当年18个人按手印会是重头戏,其实,在这部小说里,并没有涉及这个事件,它仅涉及了敢闯敢干这样一种精神,这种精神可能代表的是小岗村精神。但是,对于一个文本来说,尤其涉及小岗村题材的小说来说,这个事件的影响绝对不能简简单单是一个符号。小岗村当年的事件包括接下来小岗哪些变化对我们现在年轻人到底心理上会产生什么影响? 我特别希望在这部小说里面找到这一点。我为什么说这部小说有现代性? 另一个方面,这个小说和我们平时大题材的小说不一样,它不关注事件本身,也不关注小岗村当年的 18 个手印,它关注小岗村之后的这些人,所以这部小说出来了以后,它的叙事视角注定了这部小说和我们平常接触的主流传统小说不一样,它看中的是人,这也是我在这部小说里面看到现代性的原因。

我其实想说的是这样一个话题,《小岗村的年轻人》提供了一个文本,这套东西还是非常有效的,很多地方都非常有效的,也就是说,在很多地方李国彬都给我们提出了一些值得借鉴的东西。

许春樵(安徽省作协副主席):现场意义、文学目标、历史诉求和人文情怀

文学见证历史,文学记录时代,这是文学无法回避的使命或宿命。然而,在这一创作意志下的长篇小说《小岗村的年轻人》,却是一次有风险有难度的写作。

如何将新闻题材转换成文学题材? 如何将宣传目标转换成文学目标? 这就是李国彬的风险和难度。刚开始阅读,或者说阅读到一半的时候,我仍然被这一焦虑和担心纠缠着,但到了小说最后的时候,最终被李国彬个人化的体验和技术的操作成功地化解了。

小岗村要实现从"养不活人"到"养不起人"的时代转型,甚至比当年按 18 个红手印更加艰难和冒险,这是小说预设的一个理性的前提。"养不活"是温饱,是生存的压力;"养不起"是发展和繁荣的挑战。当年的小岗 18 个红手印是现实主义,小说主人公关子良是理想主义。

关子良是作为小岗理想主义一代人出场的。他的理想是小岗村和小岗村人从本能走向文明,从温饱走向富裕,从卑贱走向尊严,小说设计或者说还原了小岗村物质和精神两个层面必须面对的变革。

非新闻化的写作立场与作家使命,决定了李国彬的文学化书写姿态。小说中关子良丰满的理想主义被严酷的现实反复戏弄,不断碾压,一再幻灭,终至破碎。

农家子弟关子良想体面而尊严地活着,可外面的世界一再羞辱和伤害着他的尊严和他为此所做的努力,他深陷各种矛盾旋涡中不能自拔,关子良几乎是在四面楚歌中喋血前行。

小说让关子良置身于历史转型期错综复杂的矛盾中,在挤压和挣扎中锻造了一个逆行的理想主义者的形象,成功而合理地实现了新闻题材文学化的性质转换。就像当年的 18 个手印一样,关子良的理想主义的奋斗、挣扎与幻灭,有英雄的气概,更有悲壮的色彩。

关子良的意义和价值,不在于为小岗村插上了一个进步与文明的标签,而在于揭示与小岗村一样的千万乡村进步与文明的复杂性、艰巨性、漫长化,关子良的努力与挣扎及终至幻灭是历史进程中必须付出的现实代价和道德成本。这是《小岗村的年轻人》的文学发现,也是一个价值定型。

李国彬是一个叙事成熟的作家,他的小说语言和小说细节驾轻就熟准确高效,人物关系的戏剧性设计从容而熟练,关子良和张大器、螺螺,关子良与庄晨晨、许乐、曼妮构成了事业与情感两条线,作者还设计了交叉叠合的戏剧性纠缠,小说的戏剧性结构比较完整。在一些情节设计上有出人意料的表现,尤其是最后关子良黑夜里跳进河里的那个情节,都以为关子良自杀,等到村里人都围过来,情节突然反转,关子良是让自己清醒,而且证明自己是打不垮、淹不死的强者,具有原创的独创价值。

说这部小说是有风险的,主要是指真实的小岗村在进入虚构的文学中不可能也无法成为唯一,这里的小岗实际上是整个中国乡村的符号,所以不具有特指功能。还有就是中国城市化进程是非乡村化甚至是反乡村化的,很多的返乡创业实际上是为了收缩,而不是发展壮大,是叶落归根与衣锦还乡的乡绅情结,与狂飙突进的城市化时代主题,存在着现实逻辑的差异性和对抗性,如何定位,仍有很大的探索空间。

《小岗村的年轻人》有现场意义,有文学目标;有历史诉求,有人文情怀。洋洋洒洒40 万字,作家的时代责任和文学使命贯串始终。

赵蓉(中华文学基金会文学部):小说承载了几代人对农村新人的期望

李国彬的这部小说真正关注的是当下农村青年安身立命的精神所在。虽说这部小说是一个主题先行的作品,主人公关子良却不是一个简单的主流意识形态的农村青年的形象,他身上承载了几代人对农村新人的一个期望。

农村改革是作家写作的资源,他们大多以当时党的方针政策作为剪裁素材的尺度。但是,《小岗村的年轻人》有另类发现,乡村的一切都变得特别复杂,我们甚至可以看到,小说用几乎一大半的篇幅来描写负面人物张大器,他和关子良都是"包二代",但是,他通过政策的变动攫取了自身的利益。小说借由爱情失败,让关子良领悟了土地从养不活人到养不起人这个不争的事实,可以说他的个人奋斗是有局限性的,这种理想主义注定会遭受现实的刺痛。

小说第二章叙说的是乡村青年关子良和他的好朋友希望借由进城打开上升通道,这挺像巴尔扎克《幻灭》中塑造的外省青年形象。在这章里,螺螺虽漂亮却不能吃苦,而关子良认真勤奋,有着满腔的热情和理想主义。由于欲望不同,螺螺迅速在城市里迷失了,成为在各种社会形态中漫游的流浪者,而关子良因爱情幻灭,寄希望于在城市中打拼证明自己,他自始至终强调自己作为小岗村人的身份,却遭受了身份危机,还是以失败收场。

以小说中关子良这个人物的性格脉络来说,他回到小岗村其实是注定的,从一开始就注定他是不可能在城市中接受外乡漂泊的那一类人。关子良看重的究竟是什么?他维护的又是什么?关子良是我们的同龄人,我们这一代年轻人所处的时代是一个持续转型的时代,对小岗村的认知也是两面的,正是这些共存的对乡土的复杂态度和想象、冲突又交融的文化背景才能在现代性的基础上构建现实的中国乡土,才能完成对农村现代转型和未来命运的反向的追寻。今天,土地已经不再珍贵了,之前,土地一直是农民的核心。离开土地的人们在城市世界却遭受生存主体身份建构的艰难,所以只有树立一种健康的主体精神,农民才能从根源上摆脱进城以后的生存困境,包括从城市回到乡村以后对自己精神的一种确认,可以说也是真正意义上的现代性的反思。

到了第三章,关子良以可用人才的身份回乡后,情况不是那么不简单了,当下文本里面已经有不少文本可以作为我们乡村叙事化的参考。我觉得作者是把希望放在了这一群年轻人的身上,尤其是放在了关子良的身上,显然希望打造一批能够承载未来乡村发展方向和发展重任的年轻人。

我很期待着能够看到最后这些年轻人的走向会怎么样,迫切期待下一部作品。但是我知道仅靠现实的写作是非常难的,有太多的约束,包括小说里面的一些语言、一些情节的设计,我觉得大部分是由于题材的问题,也是现实存在的问题。

2018 年安徽小说创作漫评

方维保

在 2018 年的中短篇小说中，许春樵的《遍地槐花》是一部有深刻象征意味的诗意之作。小说《遍地槐花》写李槐花和赵槐树在年轻时相爱，为了一句"我等你"，赵槐树在远走他乡归来后，流浪全国各地，寻找李槐花。小说采取蒙太奇的手法，将四十年剪辑成若干典型的片段进行组合。主人公的故事自 1978 年发生，到 2018 年结束。四十年不懈的寻找，但到头来李槐花当年的承诺只不过是一句戏言。小说结尾的反转，瓦解了爱情诺言，也瓦解了寻找爱情的意义。许春樵再次展示了他叙述的刻毒和狠辣。小说在朴实的现实主义叙述中糅合了现代主义叙述手法，有暗示，有嘲讽，有诗意。他的另一部中篇小说《月光粉碎》讲述了进城农民姚成田，因怀疑自己杀了人，而被犯罪心理裹挟，并处于草木皆兵的恐惧之中。一个无辜的人，一个真正的好人，却时时担惊受怕，活成了一个罪犯。许春樵以他惯有的戏谑的语调，讲述了这样一个具有若干悬疑特征的现代主义故事。这个黑色幽默，揭示现代人的破碎如月光的生存状态。月光粉碎的意象，不仅是诗意和隐喻，也包藏着戏剧性的调侃，以及刻骨铭心的同情和宗教意义上的悲悯。以自然风物或民俗意象做诗意隐喻的还有潘小平的中篇小说《雪打灯》。这篇小说以写实的笔触，状写了唐小淮、余前前、麻三等电视台打工仔的生存状态。潘小平对生活高度逼近，叙述绵密、筋道，"雪打灯"的意象，有着丰富的意蕴，是现实，也是预言，更是打工仔空幻情绪的艺术呈现。潘小平以她的深刻，照亮了繁华世相及其背后的破败。小说中的生活很浮躁，叙述却很有韵味。

乡土题材在 2018 年创作量比较大。赵宏兴的长篇小说《父亲和他的兄弟》在当代历史背景中，叙述了父亲与叔叔之间的纠葛，既展现了历史的变迁，也表现了当代乡土社会的风俗文化和伦理嬗变。赵宏兴的叙述是极度写实，淬炼到根部的叙事，使得父亲和叔叔的故事有了传奇的韵味。他的短篇《旅行》写同事大砖本来要回乡退亲，结果在一次身体接触中，戏剧性地转变了态度。小说很短，误会叙事加上戏剧逆转的手法，讲来很有趣味。何世平也是一位醉心乡土创作的作家。他的《把一块钱给我》写小学教师马健在社会的夹攻之下，最后"堕落"成了一个乞丐。《明天请客》中，父亲和大海叔，一对老兄弟，随着年岁变大，慢慢发生了莫名的纠葛。同属于老年题材的还有《失母记》，这部小说中王大宝、李黑皮以及大宝娘的纠葛，虽然鸡毛蒜皮，却是乡村生活的现实。情节的安排比较好，节奏比较好，火候不急不慌。《去城市》写刘向群、范小玉夫妇在城里虽苦苦挣扎,但也不愿意回到乡下去。这些小说大多写的是乡村青年进城的生活经验,表现了乡村青年在城市和乡村之间来回摇摆的生命状态。这些小说一如既往地朴素、凝练、实诚,虽然格局小,但韵味十足。钱玉贵的中篇《羁绊》讲述了质朴耿直的乡村老汉花贵田的两个女儿和一个儿子在城市里的酸甜苦辣,大姐是学霸,最后成了大学老师,不过也照顾不了自己的弟弟和父母;二姐到深圳打工失业,后来被包养;三弟好吃懒做,最后因敲诈勒索被逮捕。他的《云崖寺》讲述了两个不相干的故事,一个是表姐的苦难,一个是藏身云崖寺再造辉煌人生的富商的故事,似乎是一种对照,似乎又不是。王永华的中篇《老余的石头》在闪烁的回忆中讲述了余家垴的余子发、余子昧和菊花等的往事纠葛和现实处境。这是一部极其有叙述意味的实验之作。值得注意的是,2018 年的乡土叙述与传统的乡土叙述已经有了很大的差别,城市是乡土摆脱不了的参照系,也折磨着乡土叙述。

2018 年安徽小说中现代都市味道浓厚的是李为民的创作。李为民连续在《青年作家》《牡丹》等刊物发表了中短篇小说《大菜市》《约定》《谁是警察》《卧底》等。与何世平专注于写乡村青年的城市体验不同,他把所有的笔墨都泼在了城市的商战中。他的小说显然受到爱伦·坡的影响,扑朔迷离的利益纠葛中,暗藏着说不清道不明的血缘纠葛。在他的云山雾罩的故事里,总有一个卧底的警察。但他的故事绝不是侦探故事,而是利用对卧底警察的恐惧,为故事立一根看不见的线索,驱动叙述推进。他的小说展现了现代都市的生活场景和人心世态。他的小说的结局,多少有着好莱坞电影的效果。李为民有着流畅的叙述语流,他对都市生活了解得多,懂得深透,他急不可待地一股脑地要将这些都表现出来,他不得不把其中的有些情节流程掐断,剪掉,这就造成了情节的断裂,而在艺术上,这恰恰是一种绝妙的遮掩术。李为民的小说,表现了现代都市道德浇漓、都市生活的魔幻,以及现代主义的动荡不宁的心理状态和对于生存无法把握、信任的心理状态。

2018 年安徽小说中真正的历史小说是季宇的创作。小说《金斗街八号》讲述了抗日战争时期敌占区五湖城里的一场惊心动魄的地下斗争。小说情节掌控张弛有度。紧张的跟踪和反跟踪游戏,伴以瞎子歌手看似悠闲的《马嵬驿》唱词,危险气氛的渲染非常成功。市井风情伴以历史。小说语言简洁,点到为止,又饶有趣味。《最后的电波》(《人民文学》第 7 期)是从许多真实的新四军通信兵的人和事中提炼出来的。作家熟练地运用了悬疑小说的手法,表现了皖南新四军艰苦卓绝的突围战。小说通过作为"群众"的报务员李安本的讲述,在历史的危机点上,有力彰显了新四军的革命英雄主义精神。季宇的小说一反早期创作的新历史主义消解哲学,代之而起的是新时代建构主义的革命英雄传奇。

此外,还有朱斌峰的《大泽乡》、陈斌先的《响郢》等历史题材的创作。

以公务员和教师等职业为题材的小说,也有很大的收获。孙志保的长篇小说《黄花吟》是有着显著的文化深度和价值追求的长篇叙事。小说通过主人公王一翔与妻子家族之间的较量,表现了当代知识分子的古典主义价值追求——在朝则忧国忧民,在野则放浪江湖携眷独处。小说有着浓重的皖北文化特色,诗酒人生,红袖添香,剑侠江湖与官场无间道,交织成行,相映成趣。小说《浣纱记》以一个美女同学蓝亭的归来为故事情节,讲述了三四个当年的高中同学与她的感情纠葛,以及这些或经商,或当官,或做教师的同学现在的处境。小说以假冒嫁入豪门的误会故事,揭示了世事的无常和人情的冷暖。小说结构精巧,以昆曲《浣纱记》中的西施与范蠡的故事隐喻主人公蓝亭与高华盖之间的爱情关系,现实人物的命运也沾染了古典主义的浪漫与悲情。孙志保的小说人物多是公务员,而张尘舞的小说人物则多是教师。她的短篇小说《关系》通过办公室的同事在两个竞争对手杨晓峰和王俊之间巴结,测试人情的冷暖。小说结尾的反转,具有反讽的意味。中篇小说《大雪横飞》讲述了一个崇尚竞争的海归女博士,在学业上,在工作中,哪怕是在婚姻生活中,处处争强好胜,不近人情,不懂得生活的乐趣,在绝症缠身时,才蓦然发现,所有的成就和荣誉都不过是过眼烟云。这是一个反《阿甘正传》的故事,一心向学的死心眼的主人公米卢的悲剧人生,典型地体现了中国式的奋斗哲学及其幻灭。短篇小说《门牙》运用人物自述的方法,围绕着一个学生磕掉门牙的事件,状写了小学教育和小学教师的困境。小说的生活实感很强,叙述也非常丰富活泼。小说通过一个小事件反映了我们时代的一个大问题。主要人物各自独白式的叙述,不但使人物的生活发生了交织,也使他们在心理上形成了对话和交流。曹多勇在《江南》《清明》等发表了《女人圈》《白霜》《白露降》《寒蝉鸣》等多部中短篇小说。其中在《小说月报》(原创版)发表的短篇小说《孕事》,讲述了生病的妻子为了做一个完整的女人冒险怀孕生育的故事。曹多勇以朴实的文字,讲了一个感人的人性故事。杨小凡的《太平道》讲述了两个出狱贪腐官员的故事:一个依然保持着市长的做派,做生意套取国家扶持资金;一个回到乡下养鸭子,真心悔过赎罪。《知青小金》用乡下孩子的眼光讲述一个上海知青小金在下放地农村的生活经历,与当年知青文学所讲述的故事有所不同。陈斌先的小说《寻找刘真红》讲述了经济危机所造成的连锁债务,以及它给基层干部和老百姓带来的痛苦等,小说对连锁债务所造成的错综复杂状态叙述得非常逼真。人物形象在复杂的纠葛中奇迹般地站立了起来。小说《分水岭》主要讲述了分水岭农家女苗苗到上海娱乐场所打工,以及回乡后与和尚静尘的感情纠葛。小说语言洁净,叙述散淡,有着较为浓郁的佛教气息。中篇《寒腔》在当代背景下,讲述了两代庐剧名伶洪霞、水月母子与父子戏迷之间的恩怨纠葛,展现了庐剧及其艺人在当代社会中的困境，用庐剧的"寒腔"暗喻人物命运和精神状态，人在戏中，戏如人生。陈斌先的小说有一股子野性。秦超的《你种菜，我养鸡》讲述了一个留守工厂的保安老许与流浪哑巴在工业区里种菜养鸡的故事，披露了所谓工业区的前世今生。周蓁的小小说《书殇》《奔跑的电子秤》构思精巧，风格朴实，饶有风趣。

具有魔幻现实主义特色的创作，也是2018年的很好的收获。余同友的《千手观音》讲述了一个有着美丽双手的姑娘，凭着有特异功能的双手，看到商场每一个人的前世今生。作家通过手的灵异功能，揭露了被掩盖的真实而不堪的人生。这似乎是由看手相而演绎出来的灵异故事。他的《精灵之家》讲述了孤儿、离家出走的诗人、傻子和疯子羊儿、牛儿、马儿、猫儿，以及失去主人的鸽子，苦难而温馨的生活。小说以童话的手法，写出了这些残障人士的透明的精神状态，有安徒生童话的味道，又多少带一点中国化的灵异。小说《斗猫记》讲述了山里的大爷朱为本斗猫的故事。余同友运用幻觉手段，让朱为本将白猫幻作自己的已经离开的儿媳妇，一心一意要将其赶走，置之于死地。小说表现了山里人对子嗣的重视。余同友的小说，精到老练，不拖泥带水，叙述上不做特别设计，浑朴自然。余同友过去的小说喜欢利用鬼神文化资源，比如《白雪乌鸦》，而《斗猫记》虽神奇，却也保持在科学能够解释的范围之内；《牧牛图》中的胡芊藤之死甚至被解释为弟弟胡芊苗在幻觉之下失手将兄致死。具有魔幻现实主义特色的还有李云的中篇小说《大鱼在淮》。小说讲述了在淮河边一个叫作刘郢的村庄，捏泥狗的艺人刘淮北带着傻儿子宝柱一起过活。傻子宝柱是一个通灵式的人物，他看上去痴痴傻傻，却可以与羊对话，与水塘里的大鱼对话交流。小说通过父子两人的独白，展现了淮河边上苦难的生活、现实的压迫，以及神奇的民间艺术和神话传说。小说采用了魔幻现实主义的手法，在现实和神话传说之间无缝切换，亦真亦幻，残酷的现实中糅进了神奇的童话，营造了一个具有淮河地方文化色彩的魔幻境界。

而同样具有神奇魔幻色彩而又很有文体实验味道的是陈庆军的长篇小说《天堂鸟》。小说讲述了生长在水乡的美丽女子蒯丽丽，三次见到或听到天堂鸟的身影或叫声，而死了三任丈夫的故事。这部小说并不是传统意义上的传奇小说，但是，它显然吸收了传奇的讲述方式。小说一开始所讲述的就是设局，将蒯丽丽设计为一个谜底。然后再通过杨二龙、宋小秋与蒯丽丽的交往，逐步相互信任，甚至宋小秋还做了蒯丽丽的干女儿，诱导蒯丽丽逐步讲述了自己三个丈夫的故事。蒯丽丽的讲述，经历了从最初不愿意讲，到最后完全控制不住要讲的过程；杨二龙和宋小秋从最初怀着好奇探究故事，到听到故事，最后"惨不愿听"的过程。这两个相逆的力量，相互激荡，造就故事讲述的驱动力，也形成了故事讲述的张力。这是一部颇具文体意味的讲述方式。这部小说的作者陈庆军先生对于水乡的历史文化，以及水乡的生活显然有着特别的了解，也有着特别的感受,对于水乡人民的生命状态有着深刻的体察,因此,他所讲述的水乡人民的故事,尤其是船上人家的故事,让人感受到特别的新鲜和刺激。这是我第一次看到如此刻骨铭心地表现水上人家生活和命运的长篇小说。

恰逢改革开放四十年,出现了一批讲述社会文化和道德嬗变的小说。李凤群"大江三部曲"的最后一部长篇小说《大野》讲述了两个生长在大江边的70后女孩的故事。一号主人公今宝是一个小县城中底层市民的女儿。今宝勉强读完高中,回乡帮助母亲维持家庭,而两个弟弟很早就辍学,干起了偷盗营生。今宝在现实的刺激下,嫁给了城郊做电缆生意的老三,又让丈夫带着两个弟弟做生意,结果两个弟弟将姐夫老三骗得倾家荡产。今宝借着到外地参加朋友婚礼的机会,一去不复返了。小说的二号主人公在桃出生于大江边的普济圩农场。在父母离异的打击下,她离家出走混社会。她跟随剧团走穴唱歌,歌厅卖唱被人包养,追星被歌星玩弄。她在城里经历了无数的屈辱之后,回乡嫁给了一个老实巴交的农场男人。小说采用了平行叙事的方式,今宝为奇数,在桃为偶数,两个人,两种命运,相互对照、补充、对话,最后出走的回乡了,在乡的又出走了,形成了一个命运意义上的循环。李凤群善于以小人物的命运隐喻宏大的历史变迁。她的长篇小说叙述结构的安排,经常令人眼花缭乱。在内部组织中,历时性的现实主义的明晰的线索,与共时性的现代主义的迷离和动荡的叙述同场共存。富有哲学隐喻意味的组织,是李凤群长篇小说的长处,但也是她的阿喀琉斯脚踵,过于精巧的技术设计,必然导致小说叙述的景观化。

许冬林是散文写作的好手,近年操练小说,写起经济社会下的道德纠葛也是别有洞天。其短篇小说《家宴》讲的是曾氏长者曾老过年筹办家宴前前后后发生的故事。曾老的凝聚家族亲情的家宴,被儿子巴结商业伙伴的饭店宴会所取代。传统的家族的过年家宴,已经被商业政治所取代,传统道德流失,亲情浇薄。作家同时借助家宴将当代乡村社会的种种现象,诸如买房子、高利贷、年关要债、穷人的艰难等等一幕一幕人间戏剧排演了出来。她的长篇小说《大江大海》以长江流域两代民营企业家高云天、郑永新、唐升发、高远波等人闯市场办企业的曲折辉煌经历为主要内容,呈现了改革开放前后四十多年间中国乡镇企业、民营经济在中国社会经济发展过程中所做出的贡献、所经历的风雨、所面临的困境与挑战、所展现的信心与魄力。波澜壮阔之下,暗流汹涌;徘徊迷茫之际,阳光仍在。有脚,就有路;敢弄潮的人,才有机会以生命和青春书写破浪于大江大海的时代传奇。许祚禄的长篇小说《青弋江儿女》全景式地描绘了皖南青弋江两岸的人民,从抗日战争,到中华人民共和国建立,到改革开放,为保卫家乡、保卫祖国、建设祖国,投身改革浪潮,所做出的巨大牺牲和突出贡献,热情讴歌了在青弋江各条战线上不断涌现出的各种英雄和模范人物,颂扬了青弋江儿女勇于牺牲、勇于奉献、吃苦耐劳、开拓进取的精神。小说以陶寡妇家童养媳柳金梅、长工陶水生的命运为主线,放射性地塑造了青弋江儿女的群像。宏大叙事和克里斯玛氏人物是许祚禄小说的特点。同样以改革开放四十年为背景的,还有李圣祥的长篇小说《李木匠的春天》。小说以木匠李圣祥的入城经历为线索,上半部讲述了主人公李圣祥进城打工,做木匠,心灵手巧会来事,与城里姑娘相爱结婚,后又因为利用关系给乡下的父母偷开药而入狱的故事;下半部讲述出狱后的李木匠,遇到逃婚进入城市的同村姑娘韩圆圆,与已经被老板包养的韩圆圆之间发生了暧昧的情感关系。小说通过李木匠的眼光,展现了改革开放四十年间城市历史的嬗变,展现了乡下人融入城市的艰难历程,以及城里人在社会大变革中所承受的生活的变化和精神的阵痛。李圣祥小说的语言富有弹性和活性,有时不免粗糙和油滑,却有极强的生活实感;小说所讲述的故事,大多来自作家自己的生活经历,他以自己的乐天派性格,看待笔下人物和事体,叙述有滋有味,充满了生活的乐趣;小说语调诙谐,就是悲剧也会有喜剧的气氛。与很多乡下人进城故事不同,李圣祥对待城里人没有固执的成见,无论是说到城里人还是乡下人,都没有刻意的丑化和美化,同情、悲悯、调弄以及爱怜也都是兼而有之。此外,还有洪放的《一把火》。小说讲述了庄家子弟庄长生回家乡三河口办化工厂,村民赚了大钱,结果污染使得整个村子的村民得癌症。他的中篇小说《人烟》由《冬至》《回答》《一把火》三个短篇构成。小说通过 88 岁的庄约之的冬至巡游,回顾了淮河边人家的历史;通过临淮镇外出做生意的庄向贤回乡重建文庙的失败,揭露庄家子弟借重建文庙做房地产生意的现实。

2018 年安徽小说最为风姿绰约的当属刘鹏艳的创作。她的短篇小说《雪盲》讲述了便利店"老板娘"桃子与帮工陈墨的爱情故事,穿插了陈墨的母亲和父亲的故事。主人公生命中的两个女人——母亲和桃子,都饱受丈夫(或情人)的虐待。小说有着鲜明的女性主题。陈墨与桃子的交接,始于本能的驱动,却也有着沉痛的个人家庭经验,瘫痪的父亲就是这个经验的提醒。由此,陈墨对于桃子的保护欲,并不完全出于雄性的天然使命,备受虐待的母亲,让他将男性的责任扩及每一个女人。小说对桃子与陈墨情感的叙述是印象主义的朦胧美,裸而不色,处理极其艺术。小说《午月光》更是一部佳作。小说以一个青春期男孩的口吻,叙述了一个令人感伤的青春伤害。父母双亡的外甥与姨母洗翠相依为命,在洗翠对姐夫复杂情感的作用下,她对于外甥有着别样的情感,而父母双亡的外甥由于长期与姨母厮守,而产生暧昧的情愫。伴随着青春期的躁动,高中生男孩与单亲家庭初中生女孩越出了雷池,并因此而受到了刑事处罚。这部小说的底子,显然是一个刑事案件。但作家以一个成长中的男孩的口吻来讲述,充分展示了青春期的迷离及其复杂和暧昧的社会原因。刘鹏艳小说的语言,柔滑、丰腴、诗意、质感，仿佛一团充满能量的涌动着的夏日雾气。故事很简单，但情绪很暧昧，神奇的联想搭载着奇妙的感觉，如柔韧的藤蔓在故事的躯体上触碰、缠绕、游走，无声无息地闪电般抵达叙述的神经末梢，将战栗传导给每一个语词和句子。忧伤的故事，并不传奇，但她的故事很绵软，爆发式的高潮如诗如画，戏剧式的逆转又迅如闪电，令人猝不及防。叙述的触角在故事的神经里触碰，反复地咀嚼体味，绵厚的甜腻，深沉的疼痛，中毒般的清热，在叙述中弥漫，一直到终了。《拔点》(《山花》第 11 期)非常逼真地呈现了战争中的人性和心理。

老作家潘军在《山花》发表了小说《断桥》，一如既往地水袖飘荡，才情和诗意同在。年轻作家大头马发表了《赛洛西宾 25》《麦田守望者》《搁浅》《幻听音乐史》《十日谈》等小说，这些小说一般有着欧·亨利式的故事，内容比较单纯浅白，有一种 90 年代后创作的风格。

2018 年安徽小说创作取得了数量和质量两方面成绩，但也存在着一些明显的缺点。第一，江淮文化历史悠久，但至今没有出现一部与这种古老而厚重的文化相称的、如陈忠实的《白鹿原》那样的史诗性的力作。2018 年的创作当然也没有出现具有深厚文化意蕴的小说，需要作家对文化对历史有深刻的理解和长久的深思，显然，当代作家太过于急功近利，太过于急着出成果，当然也就导致其创作在浅水区转圈，在思想上缺乏思考，在艺术上缺少精心打磨，浪费了素材。第二，中短篇小说取得了不错的成绩，但是，只是局限于少部分作家的创作。相当部分的创作，在艺术手法上比较老套，局限于现实主义层面，想象不够大胆。在现实主义和现代主义的跨界手法，已经为国内作家普遍接受的情况下，安徽作家的故步自封，就很吃亏。第三，很多作家还局限于自我经验的消耗，缺乏虚构能力。理论家竹内好说："兴趣只局限于对过去的追忆，这是作为小说家的致命伤。"个人经验的有限性，个人经验的狭隘性，都决定了其作品在普遍性上所行不远。第四，一些从事历史小说创作的小说家，缺乏对于历史的深刻的体察，也缺乏历史知识。比如在一部历史小说里，一个作家直接让汉武帝刘彻的妃子称他为"武帝"。第五，叙述语言枯燥，缺乏弹性，缺乏韧性。小说是一门艺术，就如同其他所有的艺术门类一样，其语言需要有想象力，需要有隐喻。直接的和直白的叙述，当然可以呈现一种朴实的风格，但是，朴实的风格最适宜的不是文学艺术，而是历史。有的小说意义太过于显豁，缺少意蕴；由于太拘囿于现实利益，而导致小说的构思陷入庸俗。小说家只有在小说修辞上下功夫，才能创作出优美的作品。

当然，上述的所谓不足，也只是就一部分作品说的，总体上来说，2018 年的安徽小说创作还是取得了不俗的成绩。

大自然文学在生态文明建设中的作用

韩　进

生态文明建设是保持可持续发展和实现中华民族伟大复兴中国梦的基本国策。党的十八大把生态文明建设纳入中国特色社会主义事业五位一体总体布局,十九大更明确提出推进生态文明建设,努力建设美丽中国,实现中华民族永续发展。这标志着中国现代化建设进入社会主义生态文明新时代,也要求新时代的文学必须承担起建设生态文明的新使命。以人与自然关系为审美对象,呼唤生态道德、传播生态知识、宣传生态意识、培育生态文化的大自然文学,在生态文明建设中发挥着越来越重要的舆论作用。

一、呼唤生态道德

大自然文学是呼唤生态道德的文学,生态道德是建设生态文明的基石。所谓生态道德,就是人类对自然的看法和态度。热爱生命,尊重生命,热爱自然,保护自然,实现人与自然和谐共生,是生态道德的基本内容。

大自然文学以纪实手法,在文学的世界里,还原了人与自然关系的基本事实,包括三项基本内容:一是人来自自然,始终是自然的一部分,人从未离开自然界,大自然也从未离开人类,人类与自然是生命共同体;二是人类与自然的生命密切相关,所有生命都是相互关联、休戚与共的整体,人类只有把其他生命视为与人类一样神圣、把动植物生命视为人类的同胞兄妹、去爱护自然界所有生命的时候,人类才是道德的;三是自然界任何生命都有独立的价值,人类对任何生命都要保持敬畏的态度,保护生命、促进生命发展就是善,毁灭生命、压制生命就是恶,只有人与自然和谐共生才是美。

人类怎样对待其他生命,其他生命就会怎样回报人类。一旦认识到人类生存环境的危机正是来自人类自身"不道德"地对待大自然,一种呼唤生态道德的大自然文学就会应运而生。大自然文学作家刘先平说,"我在大自然中跋涉40多年,写了几十部作品,其实只是在做一件事:呼唤生态道德",因为他要"感谢大自然! 大自然给予了我最生动、深刻的生态道德教育,因而无论是描写在大熊猫、相思鸟世界探险的长篇小说,还是讲述在野生动植物世界探险的奇遇故事,我都在努力宣扬生态道德的伟大,努力让生态道德在人们心间生根、发芽"。

二、传播生态知识

大自然文学是传播生态知识的文学。生态知识不仅是大自然文学的重要内容,还是建设生态文明的知识力量。如何不再发生"不道德"地对待自然的行为,就需要"有道德"地对待自然的生态知识。

大自然文学的认识功能集中体现在对生态知识的传播上,包括四个层面:一是关于大自然的知识,帮助人们了解自然现象,认识自然规律,按照自然规律办事;二是关于人类与自然关系的知识,讲述人与自然关系变迁的历史,人类如何适应自然、利用自然、改造自然,乃至破坏自然、重建自然的经验和教训;三是关于人类社会发展的知识,人类如何走出自然、建构人类社会,以及人类社会发展的知识;四是关于人类社会发展进入生态文明时代的知识,如何构建人与自然命运共同体、实现绿色发展的知识。

上述四个层面的知识又是一个整体,涉及博物学、社会学、环境学、生态学、人类学、未来学等方方面面的知识,共同成为大自然文学的反映对象,从这个意义上说,大自然文学可以被当作关于人与自然关系的科学文艺来欣赏。如刘先平的《大熊猫传奇》讲述了易危物种大熊猫的保护知识,《续梦大树杜鹃王》讲述了植物皇后大树杜鹃的植物学知识,《追梦珊瑚》讲述了珊瑚礁生态系统的海洋知识,《一个人的绿龟岛》讲述了人与自然命运与同的生活知识。生态知识将改变人对自然的看法,也将改变人类自身的行为,成为生态文明建设的认识基础。

三、宣传生态意识

大自然文学是宣传生态意识的文学,生态意识是建设生态文明的前提。生态意识的核心是环保意识,环保意识不仅是大自然文学的重要内容,还是推进大自然文学发展的现实动力。

1962 年,蕾切尔·卡逊出版《寂静的春天》,以大量事实和科学依据揭示了滥用杀虫剂对生态环境的破坏和对人类健康的损害,猛烈抨击了这种依靠科学技术来征服自然、统治自然的生活方式、发展模式和价值观念,让人们想起恩格斯曾对人类行为发出的忠告:"不要过分地陶醉于我们对自然界的胜利,对于每一次的胜利,自然界都报复了我们。每一次胜利,在第一步都确实取得了我们预期的结果,但是在第二步、第三步却都有了完全不同的、出乎预料的影响,常常把第一个结果又取消了。"

人们越来越强烈地意识到,保护生态环境就是保护人类自身,特别是随着社会发展和生活水平不断提高,人们对干净的水、清新的空气、安全的食品、优美的环境等的生态要求越来越高,生态环境在人们生活幸福指数中的地位不断凸显,环境问题日益成为重要的民生问题,人们从过去"盼温饱"到现在"盼环保"、从过去"求生存"到现在"求生态",在这一生态意识觉醒的进程中,特别需要大自然文学给人们补上一堂"环保文学课",让人们认识到生态危机的危害性和树立环保意识的紧迫性,形成良好的社会舆论导向,放弃人类中心主义的片面认识,把自然界看作人类"有机的身体";放弃狭隘的人类自我,追求更高、更宽大的人类与自然和谐相处的"大我";正确处理经济发展与生态环境保护的关系,像保护眼睛一样保护生态环境,像对待生命一样对待生态环境,坚决摒弃损害甚至破坏生态环境的发展模式,坚决摒弃以牺牲生态环境换取一时一地经济增长的做法,让良好生态成为人民生活的增长点,成为经济社会持续发展的支撑点、成为展现我国良好形象的发力点。一句话,要提高保护生态环境的社会意识,协调物质财富与精神财富的均衡发展,创造人与自然和谐共生的美好家园。

四、培育生态文化

大自然文学是培育生态文化的文学,生态文化是追求人与自然和谐共生的文化,是生态文明建设的重要支撑。中共中央、国务院《关于加快推进生态文明建设的意见》明确指出,生态文明建设要"坚持把培育生态文化作为重要支撑。将生态文明纳入社会主义核心价值体系,加强生态文化的宣传教育,倡导勤俭节约、绿色低碳、文明健康的生活方式和消费模式,提高全社会生态文明意识"。

大自然文学表现人与自然的关系,挖掘生态危机的根源,讴歌生态和谐的美好,以其独特的生态关怀,潜移默化中交给了人们一种认识世界的方法——从生态的视角看问题,建立一种人与自然和谐相处、协同发展的新型文化——生态文化。利奥波德在《沙乡年鉴》一书中提出,人类应该"像山那样思考",亦即在牵一发而动全身的生态世界整体面前,人类应该谦卑地学会"换位思考",摒弃盲目自大的人类中心主义,与自然世界里的万事万物心连心、同呼吸、共命运。因为"人不是自然存在的主人,而是自然界的看护者、存在的牧羊人。人应该懂得他仅仅是整个生态系统的一部分,并且人的命运从属于整个生命系统的命运"(海德格尔语)。

人是自然的存在物,人类的能力也仅仅是自然能力的一种体现形式,就像恩格斯告诫的那样:"我们必须时时记住:我们统治自然界决不像征服者统治异民族一样,决不像站在自然界以外的人一样——相反地,我们连同我们的肉、血和头脑都是属于自然界,存在于自然界的;我们对自然界的这个统治,是在于我们比其他一切动物强,能够认知和正确运用自然规律。"如果我们不能"认识和正确运用自然规律",那人类与其他动物又有什么两样? 生态文化就是告诉人们"科学认知和正确运用自然规律"的文化,大自然文学就是以生态文化引导人们如何与其他生命和谐相处的文学。

由此可见,大自然文学对生态文化的培育有三层含义:一是关注生态现状,激发人们对自然环境的忧患意识和人类发展的生态意识,重新思考人与自然的关系以及所有生命存在的价值,人因自然而生并对自然界的生态保护负有绝对的义不容辞的责任和义务。二是倡导和谐共生,告诫人们充分认识维护人与自然关系的重要性、紧迫性和艰巨性,把推动形成绿色发展方式和生活方式摆在更加突出的位置,形成全社会共同参与的良好风尚。三是憧憬诗意的栖居,讴歌天人合一的生命智慧和生态和谐的美好前景,牢固树立和自觉践行"绿水青山就是金山银山"的发展理念。

综述以上四个方面,大自然文学是反思人与自然关系的生态文学,建设生态文明是大自然文学与生俱来的时代使命。十九大报告指出:"我们要建设的现代化是人与自然和谐共生的现代化,既要创造更多物质财富和精神财富满足人们日益增长的美好生活需要,也要提供更多优质生态产品以满足人们日益增长的优美生态环境需要",在"社会主义生态文明新时代",需要充分发展大自然文学,为生态文明建设提供文化支撑与舆论氛围。

"非遗"在乡村振兴计划中的角色定位与文化担当

程波涛　孙丽媛①

　　"三农"问题是关系国计民生的根本性问题,始终受到党和国家的高度重视。党的十八大以来,习近平总书记提出了一系列新思想、新理念,从社会主义新农村建设到实施乡村振兴战略,"乡村"的概念逐渐取代了"农村"的概念,更具人文情感气息与价值模式,从一个更高的层次揭示了乡村新文明的建设。德国社会学家斐迪南·滕尼斯认为:"乡村是人们生产、生活的天然共同体。在这个共同体内,基于人与人、人与自然、人与社会的相互统一形成了独特的乡村文化,并规范着乡村的基本社会关系,维系着乡村社会的生产、生活秩序。"②长期以来,乡村作为一个个相对独立和丰富多彩的社会文化体系,特别是在我国这个幅员辽阔的多民族大家庭中,由于不同地域的自然环境和生存条件的差异,导致了乡民生活习惯、民风民俗的丰富多彩,而其中也包含着很多优秀的非物质文化遗产资源,这些非遗的价值在它们所根植的乡村社会文化中就显得尤为突出,凝聚和承载着我国广大农民的社会心理、思维方式、观念价值与风俗习惯,是当代乡村文化与和谐社会构成的重要基础,更是实施乡村振兴战略的关键题中之义,充分挖掘利用好非遗的独特资源优势,充分利用好这份宝贵的文化财富,还乡村(尤其是传统村落)以原有的精神之魂,这也将可能会在实现乡村全面振兴发挥其应有的促进与推动作用。

一、重构乡村文化自信,为振兴乡村提供内生动力

　　留存在乡村的非物质文化遗产资源,是我国历代乡民们凭借自己的智慧创造出符合当地风土人情和文化情境的一种特色文化,有着深厚的受众基础、应用场域和传承传统,而其中的各类节庆礼俗、家风家训、民间文学、民族语言、民间曲艺、民间手工艺等,一直适用于人们的现实生活之中,无论其物质应用,还是精神价值都不容小觑。不同形式的乡村非遗,不仅集中体现了当地人民的生存意愿、审美情趣和生产生活方式,而且有些非遗依旧在规范和塑造乡民的文化心理方面,同时在协调人际关系与维护乡

　　①　程波涛,男,安徽利辛人,安徽大学艺术学院教授,研究方向:非遗传承与保护、民俗艺术;孙丽媛,女,山西长治人,安徽大学艺术学院2018级美术史论硕士研究生。

　　②　斐迪南·滕尼斯:《共同体与社会:纯粹社会学的基本概念》,北京大学出版社,2010年。

村社会秩序、人伦秩序方面，长期发挥着日常实用和精神安慰等积极的文化功用。而在当代社会城镇化的发展日渐加快的过程中，随着物质生活和精神生活的日趋丰富，人们的文化观念也在发生着一些改变。相比较而言，大量的产生于农耕文化传统下的非遗资源，也日渐与当今乡村民众的生产生活节奏产生了一些间隙，甚至直接"脱节"，不少曾经在人们人伦日用中发挥过积极作用的传统非遗，也因时过境迁而慢慢淡出了人们的视野，甚至因无人继承等原因，遭到了不同程度的损毁和摒弃，面临着濒危与消亡的境地，着实令人叹息与痛心。党的十九大指出："深入挖掘农耕文化蕴含的优秀思想观念、人文精神、道德规范，充分发挥其在凝聚人心、教化群众、淳化民风中的重要作用。划定乡村建设的历史文化保护线，保护好文物古迹、传统村落、民族村寨、传统建筑、农业遗迹、灌溉工程遗产。支持农村地区优秀戏曲曲艺、少数民族文化、民间文化等传承发展。"由此可见国家对于优秀传统文化资源的重视。因而，包括积淀深厚的非物质文化遗产，由于产生并长期应用于农耕社会生活中，在乡村具有得天独厚的扎实文化根基和传承条件。而在实施乡村振兴战略的过程中，介入对于非遗资源的保护和传承，有利于促进民众深入认识非遗资源的历史价值与精神价值，激活乡民主体的情感记忆，满足乡村村民个体的乡土情怀精神需求，重构乡村文化自信，为振兴乡村提供内生动力。古人云："慎终追远，民德归厚矣"，中国人重视孝道，更是注重血脉的传承和厚人伦、成教化的文化传统。尤其是在传统的宗法制社会制度下，"忠""孝"长期作为规范国人的一种行为准则，也是国人立身处世要遵循的心理约束，更隐含有家庭和谐、社会稳定的丰富观念元素。孝道文化中固然有其过时的部分（如"父母在，不远游"等），但就总体来看，其综合价值与影响力却历时而不衰，并且，成为当今社会人们仍旧可以参照与借鉴的立身标准。近年来，安徽省黟县西递古村落在乡村振兴工作中大力弘扬孝文化，每年都会如期举行隆重的祭祖活动，用"孝文化"作为支点开展乡村治理，来正村风、正民风，已经取得了积极的社会影响，其打造的"孝文化墙"既美化了乡村环境，又起到了倡导文明家风的作用。村民在"润物细无声"中沐浴"孝文化"千载不变的遗风，成为当地继承优秀传统文化、移风易俗活动中又一道特殊的文化风景线。如今，徽州黟县的西递古村落正阔步行进在新时代乡村振兴道路上。这种行为也得到不少学者的认同，例如，东南大学艺术学院王廷信教授认为："如果借助乡村振兴的东风，把中华优秀传统艺术体系的建构问题纳入其中，则会从根本上解决国人对于传统文化的认知问题，也将会借助广大的乡村空间大力推动传统文化的建设，让中国传统文化成为国人文化自信的立足点。"①由此可见,对于包括非遗在内的优秀传统文化资源的有效保护与合理利用,就是对民族文化的根脉的守护和延展,将这些带有本原文化生态的"历史记忆"与当代生活之间的巧妙过渡、接洽和有机融合,充分发挥其历史价值与当下意义,从而更有助于构筑起新时代的乡村文化观与文明秩序,不断推动乡村物质文明建设的同时,促进乡村精神文明建设的进一步提升,这样无疑将有助于实现传统与现代、历史与文化的有机结合、良性互动,让乡村振兴具足底气。

二、彰显地域文化特色,为振兴乡村提供文化参照

所谓"十里不同风,百里不同俗",始终根植于农村沃土之中的非遗资源有着浓郁的地域烙印,乡村非遗资源最大的特点就是本土性、历史性、唯一性、可辨识性,展现了一个民族或地域不同的历史渊源、生活方式、民风民俗、地域环境等的巧妙融汇,也长期深刻地影响着乡民的文化生活。从非遗的生成、应用、传承与传播来看,乡村是其得以存在与延续的重要空间。而且,非遗作为传统文化与现代文明相连的重要文化纽带,它自身就在延续着很多古老村庄的绵长文脉,在乡村振兴中,非遗无疑已经成为弘扬传统文化可资借鉴和不能缺位的重要文化参照。

在振兴乡村的过程中,就必须要彰显地域文化特色,以地域性文化的传承与弘扬为核心,传递出当地独有的信息介质。如果将独具特质的非遗资源融入当代乡村建设之中,无疑会营造出具有鲜明特色的地方文化,这样也会有效地避免乡村振兴过程中"千村一面"和防止乡村振兴中的文化走味、错位,以及乡村文化生态受到断崖式破坏现象的重现,从而实现重塑乡村精神与还魂乡村的文化理念。由此可见,尊重各地区的历史沿革、乡土民情和传统风俗,遵循乡村发展的内在规律,展示出中华民族几千年来文化的多样性与民族性,深入挖掘乡村民俗艺术,具有地方性特点的曲艺、舞蹈、民乐等,作为重要内容进行特色文化建设,这些"土生土长"的民间艺术有广泛的群众基础,并与乡民有着深厚的情感联系,能够充分调动村民的参与性与积极性,在传播和发扬的过程当中,使之成为远近闻名的民间艺术文化,无疑成为彰显本地地域色彩,又颇具个性特征的"文化名片"。2013年,习近平总书记在中央城镇化工作会议上发表的重要讲话中就强调,城镇建设要体现尊重自然、顺应自然、天人合一的理念,要能"望得见山,看得见水,记住乡愁"。乡村振兴离不开地方传统工艺,各地区的建筑民居、传统手工艺造型、选材等都具有浓厚的本土特色,凝聚着千百年来中华民族农耕文明下的造

---

① 王廷信,李制:《乡村振兴战略与中华优秀艺术传统体系建构》,《民族艺术》,2018年第5期。

物文化,尤其应注意挖掘其背后的"生产方式""营造技艺"与"工匠精神"等,激发传统地方工艺的活化、转换与有序发展,结合不同乡村的自然资源与历史风俗文化,做到"一地一规划、一村一政策"的乡村振兴措施,整合资源,科学分析,合理利用,建立共识,实现村落生态系统的整体性发展,打造属于自己独具特色的"地方属性"。各地乡民为满足生活的需要,就地取材,一草一木、一石一土,显示出天然的质朴味与乡土味,其基本特点就是生活化特质,其全部价值都是在日常生活的实践中,被赋予和检验的,并与村民的生产、生活密切相关,融入了村民的生活体验与情感记忆,同时也揭示了人与自然和谐相生的融洽关系,造就了我国民间文化的地域性、独特性和不可替代性,其意义与价值将伴随着历史的发展而愈加弥足珍贵。当然,由于地分南北,加之自然环境与人文因素的差异性与多样性等原因,在乡村振兴的过程中,人们对于非遗资源的利用与传承也显示出丰富性与灵活性,很多在成功地传承与有效地利用方面所取得的成效还是值得借鉴的。近些年来,全国各地"手艺乡村"活动的展开,致力于传统手工艺的传承与复兴,祖祖辈辈许多失传已久的技艺,重新焕发出新的生机与活力,手工艺人各个有着拿手绝活,聚集形成了许多具有民族文化特色的手工艺村落。例如,在安徽绩溪的尚村,已经赢得了"百匠之乡"的美誉,既彰显了地域特色,更展示出较为典型的手工艺村落文化。尚村的村民将手工艺的振兴与手艺、守艺的观念相结合,真实地保留着世代相传的乡村的手工艺,也正是通过本村手艺匠人们的工艺坚守,真切地守住物质类非遗的文化记忆。由此可见,弘扬"大国工匠"的匠人精神,也重构了乡村的文化记忆,在乡村振兴中的当下价值与标本意义是值得推行和借鉴的。

三、助推乡村经济发展,为振兴乡村提供文化资本

非遗作为一种蕴含深厚人文底蕴和生命力的文化资源,具有合理开发利用的当代价值。随着城镇化进程的加快和现代工业文明的扩张,不可避免地消解着原有的乡村文明,日渐改变并重新建构出乡村自身特有的文化秩序,加速了乡村土地、人口、产业、生活方式等问题和矛盾的集中凸显。而且,在城市,公共文化空间的应用正在日趋饱和,加之大量乡村人口和劳动力的拥入城市,使得很多村落出现了"空心化"与"空巢化"现象,村民的文化生活也发生着前所未有的改变。城市化节奏加快的进程中,显然会有一些并非城市所渴望与迫切需要的东西,于是人们又回望乡村,以发现其中可以挖掘的东西,如很多古老村落中那种清新安静、恬淡自然的田园风光,日出而作、日落而息的农耕生活,以及淳朴的民风、简单的生活方式……另外还包括一些世代传承的民歌、民间文学、民间工艺品等,而这些本身就是一笔值得珍视的无形文化资源与和可供深度开发的经济资源。

而且,乡村的振兴,更不能缺少主体村民的参与和介入,他们才真正是乡村振兴得到切实实施的真正主体和值得依赖的中坚力量。乡村经济发展最主要和亟待解决的问题在于,只有让村民成为经济利益的受益者和乡村文化建设的参与者、见证者,才能充分调动村民在乡村振兴中的积极作用。文化与经济从来都是一个不可分割的整体,党的十九大报告中指出:推动文化事业和文化产业发展,实施乡村振兴战略,实现中华民族伟大复兴的中国梦。完成这两项战略任务,乡村文化传承保护与发展意义重大,任务艰巨。乡村的资源中有和谐的、平静的、自然的和浑然天成的文化元素,和谐而美好的乡村生活,有助于调解和抚慰当代人一些躁动的、慌乱的、无序的心绪。而非遗是中华民族的重要文化根基,是乡土文化尤为重要的载体之一,蕴含着丰富而厚重的本原文化因子,涵盖了多方面的社会文化功能,是永不过时的文化资源和可供开发的文化资本,为乡村旅游业、文化产业的发展提供了"取之不尽、用之不竭"的资源与环境。"产业兴旺是乡村振兴战略五大总要求的第一位,是乡村持续发展'自我造血'的重要引擎。"①立足于各种优秀非遗资源的挖掘与整合,实施"非遗＋"计划,充分发挥特色乡村文化资源的优势,打造具有民间风情的特色村寨,有计划地开展以非遗为主题的研学活动;在确保非遗的原始价值与基本元素不被破坏的前提下,适度对其潜在的艺术价值与商业价值进行开发与利用,推动传统非遗资源的"创造性转化"与"创新性发展",实现非遗资源优势向文化产业优势的转换,形成优秀的文化事业和文化产业体系,为乡村经济发展提供强大的产业支撑。使得静态的非遗实现自我的发展与超越形成流动型的文化产业,实现"走进来"与"走出去"的双重路径。"走进来"便是通过发展具有乡土特色和文化内涵的乡村旅游业,增强乡村旅游的竞争力与吸引力,扩展乡村旅游的发展空间,为地方经济的繁荣提供一个广阔的交流平台;"走出去"即通过与乡村旅游业相结合的再生非遗产品"走出"家乡,从而扩大服务的对象与群体,打造非遗"文化名牌",让非遗产品更好地走进人们的生活,让人们更真切地感受到其中所传递出来的文化精神,从而带动文化产业的勃兴,培育新的文化消费增长点,增加当地民众的经济收益。在振兴乡村经济的过程中,应注意寻求文化开发与地区经济增长和谐共生的发展路径,不能改变或破坏非遗资源的原真性与稳定性,真正建立起非遗与经济发展之间的互哺机制,以确保二者之间的良性循环发展与互动。可以说,只要乡村文化的根基还在,就能为乡村文化事业与文化产业的蓬勃发展,提供源源不断的能量与资源,为广大村民群体带来长远的、持续性的收益,使得村落在收获文化效益与经济

---

① 彭莹:《乡村振兴战略与非物质文化遗产保护问题探论》,《上海城市管理》,2018 年第 4
期。

效益的同时能够实现立体全方位的文化生态可持续发展。

四、培养和提升村民的文化素养,为振兴乡村建立长效机制

生活在乡村的广大村民是乡村振兴的主体力量,更是重塑乡村文化的重要力量。实施乡村振兴战略离不开农民的有效参与,由于各广大村民的文化认知、水平与素质参差不齐,直接影响着乡村振兴建设的实现程度,因此,建立一支有文化、有素养的乡民人才队伍,才能更好推进乡村振兴的发展进程。事实上,很多非物质文化遗产生成于农村,并长期应用于农村、传承于农村,具有大众美学的特征和特有的应用场域。作为能够集中反映着民众文化的价值取向与精神诉求的一种载体,非遗无疑是建设和培养乡村文化人才队伍的理想资源与良好平台。虽然其受到现代工业文明的大力冲击与挑战,相当大部分乡村非遗中,诸如:民风民俗、歌舞曲艺、传统手工艺等文化形式逐渐淡出乡民的文化视野(尤其是年轻人),但是,非遗中所隐含的乡土社会中所固有的淳朴温情与文化记忆,依旧易于激活现代乡村的某些敏感神经与悠悠文脉,而在振兴乡村文化过程中,将非遗作为关键内容进行特色文化建设,将会充分发挥其原有的人文资源优势,使得生活在乡村中的民众在日常生产、生活中,就能很容易感知到非遗所带来的诸多益处,这样就可能会使他们在潜移默化中受到一定的影响,进而提升了他们的文化素养与生活品质。事实证明,优秀的民间文化资源一定会影响、改变和引导民众的文化心理定式,塑造着他们新时代的文化品格,培养他们在乡村振兴中的主体及参与意识,这样也就会使村民在潜移默化中分享到乡村特有文化(包括非遗在内的)所赋予的生活意义,并在与时俱进的社会发展进程中,积极投入乡村振兴建设的时代大潮里。这样既可以减少乡村建设主体流失问题,也夯实了建设主体文化认同的基础,使农村的精神文明建设得到长足而有序的发展。

以非遗发展提振乡村文化建设,不仅有利于提升村民的本原文化认同感和亲近感,也有助于培养新时期民众的文化素质。而一旦形成这么一支能形成合力的乡村文化人才队伍,或活跃在乡间的文化艺术团体,不仅有利于传统民间文化核心价值的传承与传播,也会在深入挖掘与整合乡村非遗资源,以及对于非遗历史价值与文化价值的再认识方面发挥着不可替代的作用。同时,诸如在山西的许村计划、福建的青田模式中,如果能够深入把握乡村非遗的内涵、价值与特质,无疑也会进一步赋予传统文化新时代的活力,促进乡土文化健康有序地发展。与此同时,在乡村新一代儿童教育教学中融入乡村优秀非遗的元素与符号,开设非遗课程教学内容,突出本土文化特色,倡导广大学生走进田野,让学生切实亲身感受本土文化的魅力。实际上,乡村振兴战略是一项长久而复杂的系统工程,建立乡村非遗教育机制和研学模式,从小培育学生浓

郁的乡土情怀与认知,让传统民族文化在他们心中落地生根,将为乡村振兴建设提供动力保障和后备人才。

结　语

乡村振兴战略实施过程中离不开优秀传统文化的哺育和支撑,根植于广大乡村的非遗是实现乡村振兴的一种文化助推器。深入整合与建设优秀非遗资源,合理扬弃部分非遗中那些不能与时俱进的过时文化元素,进而充分调动村民建设乡村的积极性与主动性,对于推动乡村物质生活与精神文明生活发挥着重要的意义。同时,也是振兴乡村文化、满足民众美好生活愿望的内在要求与现实选择。而将非遗建设作为乡村振兴战略的"灵魂工程"之一,和其他优秀的传统文化一起,综合发挥其多元的文化功能,无疑会在推动乡村特色文化振兴、产业振兴、经济振兴的建设方面起到积极的推动作用,这将有助于推动乡村社会的文化发展,并在实现乡村的全面振兴中添砖加瓦。

安徽文艺 70 年

让徽派文艺绽放时代光芒

文艺事业是党和人民的重要事业,文艺战线是党和人民的重要战线。中华人民共和国成立 70 年来,安徽文艺披荆斩棘,风雨兼程,以坚定的人民性导向、与时俱进的创新精神和独特的地域风格,绘就了安徽文艺的鲜明底色,为中华文艺百花园贡献了绚丽的徽派画卷。70 年来,广大文艺工作者以真情奉献人民、以精品书写时代、以明德引领风尚,为弘扬中国精神、坚定文化自信,铸就了安徽文艺的精神品格。70 年来,安徽文艺砥砺前行,硕果累累,以大量的精品力作点亮文艺的星空,让徽派文艺绽放出时代的光芒。回顾 70 年的辉煌历程,翻检历史的多彩片段,总结过去的成功经验,将为新时代安徽文艺的高质量发展提供强大的精神动力。

一、坚持以人民为中心的创作导向

安徽文艺事业始终坚持"二为"方向和"双百"方针,坚持以人民为中心的创作导向,采用现实主义与浪漫主义相结合的创作方法,用精彩纷呈的文艺作品,表现了不同时代人民群众的丰富生活和精神风貌,也反映了党领导人民推进民族复兴的伟大历史进程。安徽文艺的 70 年历程,形象生动地印证了社会主义文艺就是人民的文艺的真理。

思想引领指向人民

70 年来,安徽文艺自觉坚持和服从党的领导,贯彻党的文艺方针,把握正确文艺方向,做到始终与党和人民心连心。特别是进入新时代,文艺事业面临更高要求的新形势下,安徽文艺的政治建设和思想引领工作又提高到新水平。近两年来,安徽文艺界把学习宣传贯彻新时代中国特色社会主义思想和党的十九大精神作为首要政治任务和政治责任,通过党组中心组学习会、文艺家座谈会、专题培训(研讨)班、专题讲座、会员轮训等多种形式,分期分批分层分众开展培训。邀请中国曲协主席姜昆等著名艺术家来皖开展中国文联"崇德尚艺,做有信仰、有情怀、有担当的新时代文艺工作者巡回宣讲活动",出台《安徽省文联关于加强省文联委员会委员履职工作的暂行办法》,向全省文艺工作者发出《新时代文艺工作者"讲品位、讲格调、讲责任,抵制低俗、庸俗、媚俗"倡议书》等。团结引领广大文艺工作者树高标杆、对标对表,进一步坚定文化自信、坚守艺术理想,更加自觉地投身到现代化五大发展美好安徽建设的火热实践中,争做德艺双馨的文艺工作者。

题材选择贴近人民

安徽文艺在题材上内容丰富、多姿多彩，以贴近人民群众的现实生活和历史创造见长。安徽花鼓灯集歌舞、锣鼓音乐为一体，人民喜闻乐见，具有广泛的群众参与性。新中国成立初期，冯国佩、石金礼等人表演的花鼓灯被选调到北京怀仁堂会报表演，受到毛泽东、周恩来等党和国家领导人亲切接见。改革开放之后，《欢腾的鼓乡》等优秀花鼓灯节目在全国屡获大奖，并登上国际舞台，使花鼓灯名扬海内外。进入新时代，安徽花鼓灯取得长足发展，2018年，花鼓灯舞剧《大禹》喜获中国舞蹈"荷花奖"。由安徽省文联与中国音协联合举办的"在希望的田野上"农村题材专题音乐会，催生了歌曲《在希望的田野上》，这首歌迅速传遍大江南北，风靡全国，传唱至今。安徽农民歌手姜秀珍、殷光兰创作演唱的《山歌唱到北京城》，王和泉作词的《再见了大别山》等经典歌曲也因为题材来自人民而经久流传。挖掘与表现安徽现代红色题材的油画《激流：刘邓大军挺进大别山》，反映中国农村改革从安徽小岗村起步的国画《生死印》，艺术再现医务工作者与"非典"作战的油画《抗击非典》等作品，在描绘现实生活、表现历史事件、激励人民斗志上都发挥了重要作用。

创作手法贴近现实

坚持现实主义创作方法是新中国成立后安徽文艺创作的一个传统。随着时代的变迁，现实主义从内涵到外延都有了一些变化和拓展，也吸纳融合了其他文艺流派的许多创作手法，因而更加丰富、愈加广阔。版画的表现手法简练形象、复制传播便捷，一直是大众美术的代表性画种。20世纪60至70年代，安徽版画家运用现实主义表现方法，创作了一批反映社会主义建设和人民精神面貌的版画作品，开启了"新徽派版画"的时代。安徽音乐艺术继承民歌传统，融入现代意识，取得不俗成绩。特别是在2014年北京亚太经合组织会议专场文艺晚会上，选唱了由安徽省音协主席盘龙作曲的歌曲《板蓝花儿开》，受到了国内外听众的好评。鲁彦周编剧的《天云山传奇》《廖仲恺》，方义华编剧的《焦裕禄》等电影，反思历史、颂扬楷模，反映现实生活的本质特征和时代精神，体现了现实主义批判反思与弘扬正气相统一的价值取向。

审美风格贴近生活

在审美风尚的时代演进中，安徽文艺一直秉承大众化、生活化的特质与雅俗共赏的审美取向。无论是满怀豪情、斗志昂扬、主题崇高的"宏大叙事"，还是洞幽见微、个性化的"小型叙事"，抑或更加丰富、多元、复杂的审美表现，生活气息浓郁始终是安徽文艺创作的不懈追求。安徽戏曲艺术，既博大精深，又深入浅出，黄梅戏、徽剧、庐剧、泗州戏、皖南花鼓戏等，无论古装剧还是现代剧，都具有浓郁的平民化和大众化色彩，许多脍炙人口的优美唱段,穿越时空,长盛不衰。《徽商》《文房四宝》等优秀电视纪录片,从微观细节入手,将深厚的地域文化融入奇山奇景奇物之中,以生活化、故事化方式挖掘安徽文化的内涵,展示了独具魅力的徽风皖韵。荣获第十七届中国文化艺术政府奖"群星奖"的淮河琴书《轧狗风波》,通过生活中家长里短、邻里琐事的日常口语化表达,揭示当下的乡土人情与社会风貌,具有很强的艺术感染力。

二、在创新创造中与时俱进

1978 年 10 月,安徽凤阳小岗村的 18 位农民冒着生命危险签下了分田到户的"生死状","如同一声惊雷"奏响了全面改革开放的先声。"文艺的生命在于创新。"70 年来,安徽文艺秉承"徽文化"厚重的传统,发扬改革创新的精神,在文艺观念、文艺式样、文艺服务方式等方面创新创造,继往开来,创作生产了一大批优秀文艺精品,为安徽经济社会的全面发展发挥了积极作用,为人民美好生活的逐步提高贡献了精神力量。

观念创新激发创作活力

文艺只有始终与时代同步伐,才能实现创作观念和创作实践的与时俱进。20 世纪 50 年代,中华人民共和国刚刚建立,人民的精神面貌焕然一新,社会主义建设热潮高涨。安徽文艺界由初期的皖南、皖北文联分设到 1954 年合并成立安徽省文联,文艺事业可谓筚路蓝缕、砥砺前行。广大文艺工作者关注现实生活,热情讴歌党和人民的丰功伟绩,成为这个时期的创作主题。陈登科的小说《淮河边上的儿女》、严阵的长诗《老张的手》、吕宕的电影《林则徐》、严凤英和王少舫主演的黄梅戏《天仙配》等一批优秀文艺作品享誉中华。

改革开放初期,文艺思想观念的解放带来了文艺实践创作的繁荣。鲁彦周的小说《天云山传奇》、张弦的小说《被爱情遗忘的角落》、公刘的诗歌《深思》、梁小斌的诗歌《雪白的墙》等风靡文坛。以赖少其为代表的新徽派版画作品,以萧龙士为代表的中国画作品,以鲍加为代表的油画作品,以《在希望的田野上》为代表的歌曲,以李百忍为代表的书法作品,以《女子排椅》为代表的杂技节目,等等,都具有开创性的艺术价值,成为当时富有全国影响力的艺术品牌。

党的十八大以来,特别是在《习近平在文艺工作座谈会上的重要讲话》精神鼓舞下,"以人民为中心"的创作理念引领安徽文艺进入了蓬勃发展的新时代。广大文艺家深入生活、扎根人民,文艺创作呈现重点突破、整体提升的良好态势,近两年,共获国家级奖项 29 项。其中,陈先发《九章》获第七届鲁迅文学奖诗歌奖,季宇、李凤群分别获得"弄潮杯"2018 年度人民文学奖中篇小说奖和长篇小说奖,小品《等爱回家》获第十届中国曲艺"牡丹奖"文学奖,舞蹈《命运》和舞剧《大禹》分别获得第十一届中国舞蹈"荷花奖"现代舞奖和舞剧奖,摄影家汪强荣获第十二届中国摄影金像奖纪实摄影类大奖,《清明》荣获第四届中国出版政府奖先进出版单位奖等。

安徽文艺评论与文艺创作同步并进,以苏中、郭因、钱念孙、赵凯、刘继潮等为代表的一批文艺评论家,主动关注和积极探究文艺创作的重大理论与实践问题,对安徽文艺家的创作成果进行建设性的研讨与评论,成为文艺皖军中一支重要的力量。

样式创新伴随科技飞翔

科技改变世界。特别是互联网影响广泛而深刻,互联网技术和新媒体不仅改变了文艺形态与创作生态,也催生了一大批新的文艺类型。积极运用现代科技成果,增强文艺作品的吸引力和感染力,让文艺借助科技的翅膀飞得更高,成为当代文艺创新发展的重要引擎。近年来,安徽网络文艺出现了青子、步千帆、杨治、安意如等一批具有全国影响力的网文作家,创造出一批富有影响力的代表作。如江南的《龙族》系列数次位居作家主榜之首。美术界运用现代新型材料创作的美术作品多次入选全国美展。黄梅戏的舞台美术技术与现代声光灯技术发展融合,实现了戏剧舞台艺术的时代跨越。多部门联合制作的百集微广播剧《安徽好人》,取得了很好的传播效果。打造"有戏安徽"直播品牌,通过剧场、电视、网络、手机、广播"五位一体"传播戏曲艺术,为全国首创。安徽的电视纪录片制作,善于借助现代科技手段,实现了拍摄技术和艺术效果的全面升华,获得了业界的一致称赞。如《大黄山》的成功制作,很重要的是借助了现代科技无人机、陀螺仪技术,实现了多角度、不间断的立体呈现。

服务创新彰显文艺力量

举办活动,打造文艺服务品牌。安徽省美协与中国艺术研究院美术研究所 1985 年联合召开的"泾川全国油画研讨会",对于当时全国美术界确立美术事业的正确发展方向,发挥了重要作用,产生了重大影响。由中国书协和安徽省文联联合主办的"邓石如奖"全国书法大展暨"邓石如与清代碑学"书法研讨会已连续举办了两届,树立了邓石如书法研究的全国性品牌。2018 年,省文联以庆祝改革开放 40 周年为主题,先后精心策划组织了"全国文艺名家看安徽"系列活动和"新时代新徽派——安徽书画 40 年精品晋京展"。"全国文艺名家看安徽"活动共邀请作家、摄影家、音乐家、书画家、戏剧家、曲艺家、诗人、舞蹈家 200 多位,深入安徽科技创新、重点工程和脱贫攻坚的一线开展采风创作,取得了创作、交流、培训、宣传等综合效益,被省委宣传部评为工作创新案例。安徽书画 40 年精品晋京展暨理论研讨会在中国美术馆成功举办,是中华人民共和国成立以来安徽省规模最大、层次最高的一次书画精品集中晋京展示和研讨。

建立机制,为文艺家创作采风和服务人民创造条件。省市县文联上下协同、各艺术门类携手联合,组建近千支"文艺轻骑兵"小分队,以"聚焦美好安徽扎根江淮沃土"为主题,"采、创、送、种"相结合,开展了近千次采风创作和"送文化年货"到基层、"送文化"进高校、送志愿服务到农村等活动。组织部分文艺家带着创作任务蹲点创作,中国农村改革发源地凤阳小岗村、千里淮河两岸、大别山革命老区、科技创新的一线等都活跃着作家、艺术家的身影。延伸工作手臂,服务各类新文艺群体,为他们在业务培训、评奖评优、创作展演、加入协会等方面提供优先服务,最大限度团结引领新文艺群体听党话、跟党走。

服务大局,助力现代化美好安徽建设。狠抓主题性创作,努力以"四个讴歌"的作品奉献社会。连续开展"我们的沃土我们的梦"和"扎根江淮沃土讴歌美好安徽"主题性创作采风实践活动。一批表现安徽的红色题材、历史文化和科技创新的文艺精品应运而生。戏曲《秋分》、文学《唱大淮》、歌曲《幸福花鼓》、美术作品《大美黄山》等入选 2018 年安徽省重点打造的创作生产文艺项目。反映安徽省科技创新成就的 4 万字报告文学《领跑者》在《人民文学》2018 年第 8 期推出,反映新时代淮河新面貌的报告文学《一条大河波浪宽》在《人民文学》第 12 期刊发。省美协"科技之光"创作组的 27 位中青年画家,历时 10 个月采风,已基本完成近 60 幅作品,其中有 6 幅作品入围第十三届全国美展。开发特色摄影资源,在黄山、宣城、池州等市设立最佳摄影点 400 多处,与中国摄协共同将宁国市港口镇西村打造成为"中国摄影艺术乡村",组织"庆祝丰收、弘扬文化、振兴乡村"多场文艺演出等,探索出了一条用艺术唤醒乡村、用文化振兴乡村的文艺扶贫之道。与上海、江苏、浙江文联共同发起成立"长三角文艺发展联盟",通过艺术联通四地,推动实现文艺资源共享、文艺平台共建、文艺合作共赢。

三、彰显徽派文化艺术的地域特色

安徽是徽文化、皖江文化和淮河文化的重要发源地,传统文化艺术积淀非常丰厚,特色十分鲜明。中华人民共和国成立 70 年来,安徽艺术家们一直注重传承弘扬徽派艺术传统,在推动徽文化的创造性转化和创新性发展上积极作为,使徽派文化艺术的地域特色进一步彰显,影响不断扩大。

推动徽文化的创造性转化和创新性发展

对新安画派的有序传承与清醒拓新。新安画派在中国绘画史上占有重要地位,其优秀艺术传统在现代得到了传承弘扬。1984 年举办"纪念渐江逝世 320 周年国际学术研讨会"和"新安画派名家名作展览"与 2009 年举办"经典回顾与现代思考·中国画学术系列活动",大大扩展了艺术家们对传统的认识,也向海内外展示了安徽的优秀文化传统,对于推动当代安徽乃至全国绘画的发展产生了重要影响。赖少其、王石岑、黄叶村、徐子鹤、郭公达等老一辈画家为新安画派艺术传统的创造性转化和创新性发展发挥了重要作用。"新徽派版画"的崛起是徽派艺术转型发展的重要标志。20 世纪 60 至70 年代,时任安徽省文联主席、党组书记的赖少其,组织张宏、师松龄、陶天月、郑震、周芜、易振生、林之耀等版画家去安徽各地体验生活,学习徽派版画艺术传统,创作了大型套色版画《黄山后海》《梅山水库》《淮海煤城》《丰收赞歌》等作品,布置于人民大会堂安徽厅。这些传承弘扬徽派版画艺术优秀传统,具有鲜明时代特色与地域特色的版画,被李桦先生和古元先生称为"新徽派版画"而载于史册。1983 年 12 月,"安徽版画展"在中国美术馆展出,"新徽派版画"首次整体面世亮相,在全国美术界引起轰动。2017 年 8 月,"锦绣中华——当代新徽派版画作品展"在中国美术馆展出,新徽派版画重大题材创作作品《大美黄山迎客天下》《九华灵境》等巨幅版画,展现新徽派版画的突破与升华。此外,集体创作的大型版画《汉代太学与独尊儒术》《算盘与算法统宗》,入选"中华文明历史题材美术创作工程"。

改革开放尤其是党的十八大以来,反映徽文化内涵的文艺作品获得全面丰收。安徽作家在开掘传统文化方面收获颇丰,季宇的《新安家族》、许辉的《每个人身体里都有一点老子和庄子》、赵焰的"徽州文化散文系列"、胡竹峰的《中国文章》等受到文艺界肯定。黄梅戏《徽州女人》、话剧《徽商传奇》、纪录片《徽商》、电视剧《黄山情》、大型电视连续剧《新安家族》、电视风光片《神奇黄山》、音乐风光电视片"黄山四季"系列,以及袁廉民表现"黄山奇观"的系列摄影作品、陆开蒂表现黄山日出和徽皖风情的摄影作品等,都在省内外产生了广泛影响。

推动传统地方戏剧的现代发展

安徽传统地方戏剧艺术丰富多样,其中五大剧种"徽、黄、庐、泗、花"(徽剧、黄梅戏、庐剧、泗州戏、皖南花鼓戏)源远流长,积淀丰厚,特色鲜明。安徽的黄梅戏、徽剧、庐剧、岳西高腔于 2006 年列入第一批国家级非物质文化遗产名录,文南词于 2008 年列入第二批国家级非物质文化遗产名录。70 年来,在各级政府及文艺部门的引导、推动、支持下,这些地方剧种在继承优秀艺术传统、坚守各自艺术特点的基础上,面向时代生活,服务人民大众,大胆地进行剧目题材内容的创新、唱腔音乐的创新、表演形式的创新等,推出了一大批具有时代审美情趣、广大观众喜闻乐见、思想性艺术性兼优并胜的新戏。譬如,黄梅戏《天仙配》《女驸马》等传统剧目从表现内容到音乐唱腔到表演程式都有很大改进与提升,还先后推出了《红楼梦》《无事生非》《徽州女人》等新剧目,在戏剧界和社会上都产生了广泛影响。再如,徽剧《惊魂记》以虚拟、写意的形式来改编、表现莎士比亚经典名剧《麦克白》,是对古老徽剧的传承发展的探索和创新。为纪念徽班进京225周年而重点打造的徽剧精品剧目《徽班》,再现了200多年前徽班在徽商支持下进京演出并留在京城顽强坚守、兼容并蓄,孕育国粹京剧,开启中国戏曲繁荣盛世的辉煌历程。

推动民间艺术适应时代不断发展

安徽的民间艺术非常发达,形式多种多样,地域特色鲜明。中华人民共和国成立尤其是改革开放以来,这些民间艺术获得了空前的繁荣发展,徽州三雕、文房四宝、芜湖铁画、界首彩陶、阜阳剪纸等异彩纷呈。徽州三雕(木雕、石雕、砖雕)已广泛运用于城乡建筑及居住场所,徽派雕刻也广泛登临现代艺术殿堂及公共空间,散发出独特而永恒的艺术魅力。安徽文房四宝已誉满海内外,而宣纸作为中国书画艺术载体驰誉世界,其品质与产能都无与伦比。芜湖铁画20世纪六七十年代便大放异彩,巨幅铁画《黄山迎客松》放置在人民大会堂接待大厅广迎世界宾客;界首彩陶烧制技艺经过上千年的发展,已经从最初的素烧陶、三彩刻花陶逐渐演变为今天的三彩刻画陶,于2006年被列为首批国家级非物质文化遗产项目。近年来通过壮大传承人队伍、建设彩陶特色小镇等举措,界首彩陶在保持古老风韵的同时焕发出新的生命力。阜阳民间剪纸艺术历史悠久,2008年被列入国家非物质文化遗产名录,颍州区也被文化部命名为"剪纸之乡"。历史悠久的花鼓灯是汉族舞蹈的典型代表之一,也是安徽省优秀的民间艺术,中华人民共和国成立后尤其是新时代以来,花鼓灯艺术迎来了发展的高峰期。蚌埠市、凤台县、颍上县的花鼓灯被列入第一批国家级非物质文化遗产名录,并入选"国家文化创新工程",花鼓灯得到有效保护、传承和弘扬。在第十届中国艺术节上,凤台县的花鼓灯舞蹈《千里长淮一条线》获得群星大奖。2016年6月,在第七届国际舞蹈大赛中,颍上花鼓灯艺术团获得大赛唯一金奖与指导奖。

安徽戏剧70年回顾

安　子

70年前,随着毛泽东主席在天安门城楼上那一声庄严宣告,中国人民从此站立起来了。这个"站立"是指一个苦难深重的民族从此摆脱了外族的欺凌;处于底层的劳苦大众摆脱了压迫,成为一个新生国家有尊严的主体。这一切都具有解放意义——民族解放、人民解放、思想解放和生产力解放,总之,一切的一切都获得和将要获得彻底解放。这是一个新社会的标志,也是这个新社会的目的。

回顾安徽戏剧70年,"解放"就是它的主旋律。

一、当家做主——人的解放

戏剧形成于旧中国,除少数被有势有闲有钱者赏玩外,绝大多数都是底层劳动者谋生度日的手段。统治者偶尔也借它来歌舞升平、宣传教化,但从根本上却是极端排斥和嫌弃的,不惜动用公权对它进行污名和打压,以致社会评价低下,戏剧从业者的社会地位与妓、丐等同。绝无尊严、人格可言。

以今天发展较好的黄梅戏为例,形成之初即被认为是"淫词滥调"。成书于民国二十八年的《皖优谱》就说:"今皖上各地乡村中……有所谓草台小戏者,所唱皆黄梅调。戏极淫靡,演来颇穷形尽相,乡民及游手子弟莫不乐观之……官中往往严禁搬演。"民国二十九年,黄梅戏流行区的怀宁县还发布县长训令,以"败俗伤风"之罪名,予以"严加取缔"。黄梅戏早期的女演员胡普伢,童年时就因偷着去看了一次黄梅戏,被家人抓回来一顿痛打。黄梅戏老艺人丁永泉,也因为唱黄梅戏而和同伴一起被抓去"头套芦席"游乡,颈项被席茬割破,鲜血直流。这种被抓、关押、游乡,在他一个人身上竟发生过八次之多!

安徽的另一个主要剧种庐剧(原名倒七戏),是土生土长的安徽地方戏,其产生较早,远在黄梅戏成熟之前就已在皖中地区流行。而这也并没能改变统治者对它的歧视和打压。20世纪末在巢湖市发现的清同治七年(1868年)所立《正堂陈示》碑,就是当年巢县知县陈炳所颁的禁演"倒七戏"的法令。其云:

> 今倒七戏名目,淫词丑态,最易摇荡人心,关系风化不浅,嗣后如有再演此戏者,绅董与地保宜秉案本县捉拿,定将此写戏、点戏与班首人等,一并枷杖。

由此可见,统治者打压戏曲的态度之坚决,手段之凌厉,动作之彻底。戏剧与戏剧人得不到起码的生存与工作的权利。庐剧表演艺术家丁玉兰在《我的庐剧人生》中就讲述过,1940年她在含山县城演出,因为住在后台边的一位大嫂被演出吸引,忘了照看灶膛,导致失火。伪营长就认定火是戏班放的,把他们全都捆绑抓走,"从此被逐出了含山县城"的悲惨遭遇。更有甚者,同年在定远县的一次演出,恶霸在台下搭床,携大小两个老婆一起在床上抽着大烟看戏。出于一种淫邪心理,他点名要唱《寡妇上坟》。丁玉兰说不会唱,他竟向舞台上开枪,"把柱子都打穿了"。

不仅地方小戏如此,即使是后来赢得"梨园佳子弟,无石不成班"广泛赞誉并滋养了国粹京剧的早期石牌徽调班社,也得不到社会的正确评价,同样认为它们是害风化、伤仪礼的"渠魁"。清嘉庆年间歙县人汪必昌就曾忧心于家乡礼仪民风的崩紊而作《徽郡风化将颓宜禁说》,痛陈安庆班之害,吁请严禁。其言:"世称淳朴,毋逾徽州。孝弟忠信,毋逾徽州……首重礼乐,毋逾徽州。""士农工商,各守本业。耳无管籥之声,目无靡曼之色。"在他看来,原本这么好的乡风,就是被"乾隆廿六七年(1761—1762),安庆班之入徽"给毁了。"民不堪命,皆由石牌班坏礼乐、堕人伦、抽人脑之所致。"他还历数石牌班的所谓种种劣迹:

> 名曰乱谈,无曲文,喊街调,淫声淫式,无所不为……伤天地之和而不知,礼乐倾堕全不省。贤者观之,则损其德;愚人观之,家资如土;妇人观之,廉耻渐失;女儿观之,引动春思。似此兽行之剧,败坏人伦,竟无贤明起而禁之!……尤可恶者,昔年逐出徽境之班,到处不称安庆、石牌,而曰"徽班",岂我徽郡礼仪之邦,而出此禽兽演串不肖之剧哉!真可恫也已!

这种偏见和诬蔑可谓登峰造极,连"徽班"之名都被认为是败坏了徽郡"礼仪之邦"的声誉。

这其实并非只是他的一己之见,而是整个社会对戏曲及戏曲艺人长期歧视、污名化的结果,是主流社会的一贯思想和官方话语、社会洪流在一个同样持有士大夫立场的具体人物心中的反映。足见旧中国对戏曲艺术和艺人的偏见和不公以及由此所酿成的灾难有多么深重。也正是因此,说旧中国戏曲风雨飘摇、命悬一线、朝不保夕可也;说旧中国戏曲艺人身世凄凉、命贱如草、低人一等亦复可也!

中华人民共和国成立,首先就是广大戏剧从业者随着普天下劳动者一起站立起来,从被压迫、被欺凌、被歧视、被侮辱的底层一跃而为中华人民共和国的主人,开始了在中国共产党领导下自己主宰自己命运的新生活。新中国怀着对民族文化的虔敬之心,怀着对发展和保护民族艺术的责任之感和担当之志,在百废待兴的当口,于大规模开展社会主义经济建设的同时,不失时机地开始了社会主义文化建设。而这个建设,就是从对戏剧的大规模改造入手的。

五星红旗在天安门广场升起的第二个年头,1950 年 11 月,即在北京召开了有 219 名代表出席的全国戏曲工作会议。著名戏剧家田汉先生作了题为《为爱国主义的人民新戏曲而奋斗》的主题报告,第一次把戏曲与"爱国主义"和"人民"等概念相连,把戏曲看作爱国主义力量和人民事业的重要组成部分。毛泽东主席还亲笔为肩负全国戏曲改革工作业务指导责任的中国戏曲研究院作了"百花齐放,推陈出新"的题词。紧接着,1951 年 5 月 5 日,周恩来总理就亲自签发了政务院《关于戏曲改革工作的指示》,俗称"五五指示",进一步明确了"改戏、改人、改制"的"三改"任务和方针。由此,中国戏剧进入了新时代,戏剧人也获得了作为共和国的建设者、党的"文艺工作者"的社会人格,成为劳动人民的一员。

1952 年,一个大规模培训提升戏剧工作者的行动"安徽省暑期艺人训练班"在合肥展开,来自全省的戏改干部、文工团员、戏曲、曲艺艺人共 512 人参加了培训。这不仅为正在进行的戏剧改革、戏剧发展和戏剧文化建设奠定了人才基础,而且也提升了戏曲艺人们的存在感、自豪感和职业尊严。训练班对旧社会强加给戏曲艺人的种种污蔑和偏见进行了批判,要求文化领导和戏改干部要"到艺人中去,拜他们为师","放下架子,和艺人打成一片"。这是戏曲艺人做梦也没想到的时代礼遇,极大地激发了他们的主人公意识,召唤出他们投身改革,潜心创作,增加演出的强大动力。是年,黄梅戏和泗州戏就联合组成"安徽省地方戏曲观摩演出团"赴上海演出了《打猪草》《补背褡》《蓝桥会》《路遇》《柳树井》《新事新办》《小女婿》等一批改编、移植和新创剧目,受到好评。贺绿汀等沪上知名艺术家还纷纷撰文祝贺演出成功,盛赞安徽戏曲改革的出色成果,说在安徽戏剧家的演出中"仿佛闻到农村中泥土的气味,闻到了山花的芳香",进而,号召"上海的文艺工作者,特别是上海的戏曲音乐工作者,应该重视黄梅戏在上海的演出"。还有媒体称严凤英的《打猪草》让他们感到了"农民对青春生活的歌唱"。这实际上是安徽戏剧家整体的一种"翻身的喜悦",一次"当家做主的歌唱"。

翻身做主的社会现实,还从党和政府对戏剧工作者的关怀和保护中体现出来。1956 年 10 月,在民间职业剧团和零散艺人生活面临困难之际,文化部一次性拨款 500 万元予以救济。省里也组派了 3 个工作组,分赴全省各地落实救济事宜。把党的温暖、政府的关怀和人民的挂念送到戏剧家的心坎上。1961 年夏季,安徽省文化局发布《剧院、剧团工作条例》,在明确剧院(团)的工作方针、任务的同时,充分关注到戏剧家的权益。在创作方面,提出院团"应当有自己固定的创作人员","允许创作者在选择剧本题材、形式、体裁等方面有广泛的自由,充分发挥他们的创作才能和个性","不要勉强他们写他们所不熟悉的、力不能胜任的东西"。并且还提出在艺人们参加劳动时,要"特别注意保护表演人员的声带、关节和形体","有条件的单位可以试行'歇夏'制度"。这是何等的细致入微啊!充分体现了党和政府对戏剧家从工作到生活,从精神到身体的全面关怀。老艺人们曾深有感慨地说,新社会"真把戏剧艺人当人待了"!

这里还有一个小事件值得一提,这就是1953年1月24日,《解放日报》报道了一则新闻,合肥的公安人员因没有买到戏票,而在接下来的公务行动中泄私愤,把包括实验剧场(后更名庐剧团)负责人在内的7人抓进了公安局。此事被认为是对老百姓和艺人权益的侵犯,是对人民民主国家性质认识不足的表现。经媒体报道后,安徽省委立即做出决定,将负有直接责任的副局长撤职并追究刑责。尽管此事或许还有某些细节尚待明确,但却着实体现了新中国的正气,体现了党、政府和社会对包括艺人在内的旧中国受奴役的劳苦大众、新中国的建设者、国家主体的尊重与卫护,体现了公民权利的神圣不可侵犯。

此后,为了进一步维护剧场秩序,保护戏剧家的权益,尊重艺人的创造性劳动,1955年12月9日安徽省文化局还专门报请省委省政府,决定"自1956年元月份起,凡各单位需要国营剧团作晚会演出或招待演出时,均需收费","各机关团体干部一律购票入场"。再次强化了戏剧从业者的社会地位和存在感、幸福感,艺人们由衷地感到新中国带给他们的"人的解放"。

也正是这样的解放,才使得戏剧家们有着强烈的获得感,也才能在戏剧作品中真切生动地表现出那样一种获得解放与自由的幸福和满足。此后演出的《天仙配》中,当七仙女告知董永她要上天(夫妻分别)时,一直沉浸在"满工"、结束傅员外家劳役,获得解放的快乐之中的董永才脱口说道:"娘子,你比得对呀!你我夫妻今日离开傅家回转寒窑,真好比从地狱里,爬上了天堂一样哪!"这里,戏剧家们借人物之口发出了对新生活的歌唱。一曲"树上的鸟儿成双对,绿水青山带笑颜""从今不再受那奴役苦,夫妻双双把家还",把这种切身体会到的解放感、这种翻身做主的自豪与幸福之感,传递给了亿万观众,并借此感动社会,唱出了全体翻身做主的劳动人民的共同心声。

二、百花齐放——艺的解放

旧时代不仅艺人身世凄凉,是被欺压与被凌辱的一群。戏剧艺术本身也惨遭挞伐,得不到应有的生存与发展空间。特别是老百姓喜闻乐见的民间小戏,命运就更加悲惨。剧种凋敝,班社消亡,生意惨淡。

据《中国戏曲志·安徽卷》介绍,黄梅戏刚进入安庆城区演出,即被官府强行取缔。后经开明人士的斡旋和广大市民的呼吁,才勉强在保证"每天缴纳十吊铜板的'娱乐捐'"之后得以苟且,但却只能以"皖剧"的名义张贴戏报。黄梅戏(那时叫"黄梅调")作为一个剧种的身份,就这样被实实在在地剥夺了。文风淳朴的徽州也不例外,早在20世纪30年代,徽州徽班即已相继解体,以致最迟到全面抗日战争之前,徽州已找不到正规的职业戏班了。

中华人民共和国成立后,首先就在暑期艺人训练班的基础上成立了安徽省第一个国营剧团"安徽省地方实验剧场",演出"倒七戏"。1953年又成立安徽省黄梅剧团。新中国对剧种、剧团和戏剧艺术给予了前所未有的重视。1954年文化部正式批准"倒七戏"和"黄梅戏"剧团为国营体制。1955年安徽省委宣传部又批准将"倒七戏"以合肥古称"庐"定名为"庐剧"。1956年,在田汉先生的建议下,安徽省委省政府又决定成立"安徽省徽剧团",使各地方戏剧种(声腔)无论大小、强弱,均有平等发展的权利和法定身份,共享共和国的阳光雨露,成为在艺术百花园中争芳吐艳的一朵。在"百花齐放"的方针指引下,一时间,全省各声腔、剧种、剧团如雨后春笋破土而出,遍布江淮大地。在1956年7月24日至8月24日长达一个月的时间里,在省会合肥举办的第一届"全省戏曲观摩演出大会"上,一次就有15个剧种登台亮相,职业剧团近百个。1959年,新建的安徽省徽剧团带着《淤泥河》《水淹七军》等传统剧目首次晋京演出。没想到的是,百忙中的周恩来总理不仅连续两天观看演出,还到后台与老艺人和小学员们会面、交谈。当时的《文汇报》即以《党救活了徽剧》为题开辟专栏,并在按语中写道:"衰亡已久的安徽徽戏,在新中国成立后随着祖国飞跃般的建设而新生、发展起来;这是全国戏曲建设工作的重大成绩之一,也是全国艺坛上的一件大喜事。"

由此可见,戏剧作为一门在总体上堪称古老的民间艺术,在新旧社会有着不同际遇;可见新中国对民族艺术的尊重和对人民喜闻乐见的所有戏曲剧种、声腔的扶持与呵护。是党把它们从灭绝或濒临灭绝的境地中拉了回来,并且焕发出新的生机与活力。

1954年9月25日至11月6日在上海举办的"华东区戏曲观摩演出大会",是中华人民共和国成立之后第一次大区级的省际戏剧艺术交流竞赛,这也是安徽省声腔、剧种、院团建设和戏改成就的第一次大规模跨省集中展示。

在这次为期40余天的观摩演出大会上,安徽省派出了倒七戏(庐剧)、黄梅戏、泗州戏、皖南花鼓戏、淮北梆子戏、曲子戏6个剧种,演出了庐剧《讨学钱》《打芦花》《打灶》《打桑》《借罗衣》;黄梅戏《砂子岗》《夫妻观灯》《天仙配》《红梅惊疯》《打猪草》;泗州戏《打干棒》《挡马》《拾棉花》《结婚之前》;皖南花鼓戏《打瓜园》;淮北梆子戏《寇准背靴》和曲子戏《云楼偷诗》等 17 个剧目。另有包括徽戏《醉打山门》在内的 8 个剧目参加了展览演出,可谓盛况空前。这也是安徽省戏剧艺术在新中国获得新生的一个生动体现和显著标志。在大会闭幕时公布的评奖结果中,安徽代表团成果突出,表现亮眼,初步展示了百花齐放的烂漫景象。不仅黄梅戏的大戏《天仙配》和小戏《夫妻观灯》分别获得了"优秀演出奖"和"演出奖";泗州戏的《结婚之前》《拾棉花》《拦马》,淮北梆子戏的《寇准背靴》,庐剧的《借罗衣》《打芦花》也都获得了"演出奖"。表演方面,除了严凤英、王少舫、潘璟琍、王本银、丁玉兰、李宝琴、霍桂霞等 7 人分别为自己所代表的黄梅戏、庐剧、泗州戏斩获了演员"一等奖"外,还有张云风等 10 人、孙静如等 15 人、顾锡轩等 6 人,也分别代表各自剧种获得了演员"二等奖""三等奖"和演员"奖状"。至此,一个安徽省内各地方戏剧种争芳吐艳、百花盛开的美好局面即告形成。在这个基础上,黄梅戏这个相对晚出的年轻剧种,还初步显示了"青出于蓝""后来居上"的可喜势头。《天仙配》在"演员"和"演出"双重获奖的同时,还全面斩获了"剧本一等奖""导演奖""乐师奖"和"音乐演出奖",一跃而为安徽戏剧的领跑者。这应当说是得益于"百花齐放"、各剧种协同发展、交相辉映的"艺的解放"的大好局面。正是这些,构成了黄梅戏长足发展的内外在生态格局。

1958 年 11 月,安徽省文化局又正式批准梨黄、含弓、端公、清音、嗨子、二夹弦、坠子、瑶琴等稀有和后起剧种成立专业剧团。至中华人民共和国成立 10 周年前夕,地跨长江和淮河两岸的安徽省,已成为多个地方戏剧种百花齐放、共同繁荣的一方绚烂的戏剧沃土。据《戏剧报》(今《中国戏剧》)所作《新中国成立 10 周年专刊》介绍,"截至本年(1959 年)9 月","全国共有戏曲剧种 368 个",这是一个令世界惊叹的数字!而此时,安徽省登记在册的正式剧种已为 24 个,接近全国总数的 1/15。这与 10 年前旧中国的安徽戏剧濒临灭绝的境状何啻天翻地覆!

这样一种百花齐放的局面,直接牵引了艺术创造的喷涌之势。继华东戏曲观摩演出大会的首战告捷,《天仙配》1955 年便在上海天马电影制片厂拍成电影,集中展示了对传统剧目整理改编的成果和新中国对艺术家创造智慧的再聚合。

该剧改编自黄梅戏传统剧目,原作内容比较庞杂,主要是宣扬传统孝道,表现统治者对董永"卖身葬父"孝行的褒赏。其中还有董永与七仙女分别后,董永以七仙女所赠之"罗裙""白扇"进京献宝得官,又续傅员外之女傅赛金为继室的情节。黄梅戏的这次改编,站在新中国和人民的立场上,对其重点作了三个方面的突破:

一是变弘扬孝道为讴歌自由爱情,顺应新社会的价值观。众所周知,七仙女奉命下凡与董永结配"百日姻缘",实质上是一个被动作为。所谓爱情,也只不过是给予董永的一种"物质奖励"。这与中华人民共和国建立之初全社会摒弃"父母之命""媒妁之言"旧有包办婚姻秩序,建立青年男女自由恋爱、自主婚姻的新的婚姻观念和社会总体的人格解放潮流颇不相符。是时,新中国第一部《婚姻法》刚刚颁布,黄梅戏作为同样在新中国翻身获自由的草根艺术,对此感同身受。于是,以顺应时代的新思想和新的爱情观念对此作了颠覆性改变,即变七仙女的"奉命下凡"为"偷跑下凡"。改本让七仙女在天宫看到人间"忠厚老实"的董永时,首先为他的品质所打动,当即萌生爱恋之心,接着,便趁玉皇大帝外出巡游之际,在众位姐姐的帮助下"私下凡尘",以身相许。这里,七仙女和董永的婚姻已不再是既往的对孝道的嘉奖;七仙女及其婚姻也不再是一件被用作掖励的奖品,而是她自主选择爱人,大胆追求婚姻自由,实现婚姻理想、主宰自我命运的爱的壮举。董永和七仙女的成功结合,是新婚姻规则对旧婚姻规则的战胜;是新婚姻道德对旧婚姻道德的冲决。改编使之成为新婚姻观念的一首凯歌,也是被压迫者翻身做主的一种象征。诚如著名电影导演石挥所赞美的那样:"仙女下凡,嫁与卖身为奴的农民,这是多么大胆而智慧的想象。"

二是变董永的秀才和官宦身份为农民身份,弘扬了劳动创造幸福的时代观念。新中国的建立,使劳动人民当家做主,全社会的情感天平倾向下层劳动者。这与千百年来"万般皆下品,唯有读书高"的社会评判标准大相径庭。知识分子也以他们在文艺作品中的情感表达,介入了对传统或世俗理念的解构和颠覆。旧本《天仙配》中的董永起初是一个家境贫寒、尚未获得功名的穷秀才,其后,由于将七仙女赠予"罗裙""白扇"等宝物晋献朝廷而受封得官。可以明显地看出,董永的全部幸福都是由外部给予的,并不含有"用诚实劳动创造幸福"的成分。原作对他的歌颂,实际上也还是停留在对"十年寒窗无人问,一举成名天下知"世俗人生路径的肯定和艳美上。这也与中华人民共和国成立之初的社会主流和大众情感格格不入。改编取消了董永的秀才身份,删除了"进宝得封"的全部情节,还以下层劳动人民的普通身份,使之紧贴当日社会价值取向和大众情感诉求,成为一个具有时代意味的典型人物形象。由此,我们看到了董永的居贫不馁、处逆不刁、勤劳善做、诚实本分,看到了一个普通乡民的淳朴善良、忠厚持正。这些正是他获得爱情和社会赞许的基本理由,体现了新时代的风尚刷新和价值更替。那一段"上无片瓦不怪你,下无寸土我自己情愿的。我二人患难之中成夫妻,任凭是海枯石烂我一片真心永不移!"的爱情表白,不仅是情人间的坚定誓言,而且也是社会、是艺术家和黄梅戏舞台对普通劳动者价值与地位的认同与弘扬,是对新风尚的追慕。也正是因此,七仙女虽然真实的仙女身份未作改变,但下凡后在思想和行为上却彻底地"农民化"了,成为可与董永"无缝对接"的"村姑"、百姓、劳动者的一员。著名导演石挥先生就曾对此大加赞赏,夸"七仙女不是白蛇精不是祝英台","董永不能娶一个文质彬彬、弱不禁风、好吃懒做的老婆,她必须与一个不怕穷苦、能劳善作的人共同生活,这样才符合人民的想象"。也正是在这一点上,七仙女完成了与董永身份和精神的同构,使得"你耕田来我织布,我挑水来你浇园"的爱情境界和生活理想获得了产生的基础,成为一首劳动和劳动者的赞歌。

三是变大团圆结局为悲剧结局,揭示了新思想、新道德建立的艰巨性。旧本《天仙配》在七仙女奉命返回天庭后,傅员外又主动将女儿傅赛金许配给喜得"进宝状元"、荣归故里的董永,是一个大团圆的喜剧结尾。这虽是传统戏曲结构上的固有套路,但也毫无疑问地显现了对"嘉奖孝道"主旨的顺从。让傅员外步玉皇大帝的后尘,继续着正统文化的导向。把"皇恩"民间化,把朝廷的倡导转变成民间自觉行动,这显然是有悖时代精神的。改编本把重心放在青年男女的自由恋情和自主婚姻上,当其目的不能实现或遭到破坏时,悲剧也就不可避免地要出现。尽管新中国已颁布了《婚姻法》,但男女青年真正的婚姻自由还面临重重阻碍。习惯于包办子女婚姻的家长,还很难接受年轻人自谋婚嫁。七仙女的"自嫁董永""未得善终"其实就是对这种破坏力量的揭示。本欲"比翼双飞"的"鸳鸯鸟",却遭到"从空降下"的"无情"之"剑"的砍杀。改编后的《天仙配》,由七仙女的"偷跑下凡"为开始,以七仙女的"被迫上天"为终结,表现了追求自主婚姻的艰巨性。从而激起人们捍卫自由的决心,珍惜翻身做主权利,用"不怕他天规重重或拆散,我与你天上人间心一条"的决心和意志,去争取自由与幸福,争取人的自我实现。这里,悲剧给人以力量,也带领人们走向崇高,显现了新中国安徽戏剧艺术家的责任与担当,也鼓舞和激励了一代又一代追求自由爱情和幸福生活的青年男女。

这样一出浪漫而悲怆的爱情悲剧,寄托了作家的社会理想。一时间,成为男女青年婚姻的理想模式。电影首次发行放映,在当时只有4.5亿总人口的中国大陆创造了1.43亿人次观看的奇迹,几乎占人口总数的1/3!

此后,安徽几乎所有的剧种都有了自己的保留剧目、代表性作品,有了各自实力雄厚的表演和主创作队伍,以及热情有加、乐此不疲的观众群。

安徽戏剧的第一个黄金时代也在这个时候诞生了。

三、放飞梦想——心的解放

中华人民共和国的建立,不仅使戏剧人和广大劳动人民一样翻身做主,获得了人格的解放,从此摆脱受欺压受凌辱的地位,也不仅使戏剧艺术像其他各项事业一样"久旱的禾苗逢甘霖",步入了长足发展的快车道,更了不起的还在于使广大戏剧从业者的心性得以解放,突破各种制约,从而可以毫无顾忌地进行艺术创作,让创造力彻底迸发。这与中华人民共和国70年,国家从"站起来"到"富起来"再到"强起来"的发展历程颇相一致,经历了戏剧家的站起来(人格的解放)、戏剧事业的富起来(各剧种繁荣发展),最终进入了戏剧业态的强起来。广大戏剧家真正获得了"心的解放",开始了筑梦追梦的新历程。实现"高原"向"高峰"的跨越;推动民族文化的全面复兴;引领时代,走向世界,这些全新命题的提出,成为当今剧坛剧事的新使命,成为戏剧艺术发展、做强的新标杆,也成为推动创新、创造的新引擎。至此,安徽戏剧也进入了前所未有的创造力全面勃发的新时代。

释放创造力,解放生产力从来就不是一句空话,它需要良好的社会生态和艺术家心态作保障。新中国70年,安徽戏剧的放飞梦想是由放飞心灵开始的。

1979年春天,复刊伊始的《安徽戏剧》出版了以《维护艺术民主,繁荣戏剧创作》为题的"增刊一号",在戏剧界乃至整个文艺界引起了强烈反响。事情的经过是这样的:

1978年岁末,安徽省阜南县文化馆的三位剧作家联合创作了一部小戏,剧名《犟队长》。说的是一个县公安局局长在"生产队蹲点",因不懂农业生产,搞强迫命令瞎指挥,侵犯了农民群众的"生产自主权"。冲突中,他竟以强凌弱,指挥拖拉机强行秒犁"社员"种下的花生。性情倔强的"犟队长"与之斗争,躺在拖拉机车轮下不让拖拉机前进。结果,公安局长大怒,竟动用公权"抓人"。此剧演出后,令县公安局领导十分不快,自动"对号入座",认为这是丑化公安干警,污蔑"专政机关",是"四人帮""砸烂公检法"的继续,并在全县范围内禁止此剧演出。三位作者不服,给当时恢复不久的安徽省文联写信,于是,省文联即派出特约记者前往调查。大家一致认为,此事看似一桩艺事纠纷,实质上是对艺术创作规律和特征的认知问题,牵涉对作家"写什么"和"怎么写"的权益尊重问题。如果说此前发生在20世纪50年代初的合肥公安因没买到戏票而泄愤,抓走艺人,是对艺术家人格的不尊,是对戏剧从业者人身权的侵犯的话,那么,此番发生在阜南县的事件则是对艺术家创造权利的无视。新中国的戏剧家们虽然获得了人格解放,但如果自由创作的权利不被尊重,则便是一种心灵的束缚。没有创作的自由,没有心性的解放,新中国所追求的实现戏剧甚至整个文艺事业真正繁荣的目标将会落空。为此,这个"增刊"发表了特约记者的"调查报告",发表了三位作者的来信和县公安局的"送阅材料",还配发了特约评论员的文章。中国文联的《文艺报》在了解此事后,也辟专栏予以报道并发表评述,在全国引起了广泛关注。最终,此事作为一件维护艺术民主的典型事件,启动了艺术创作打破束缚、突破禁区、追逐梦想的既热情奔放又生动活泼的新局面。

由此激发出的创造勇气和创造活力,首先表现在对戏剧艺术的时代性开发上。面对改革开放所横陈眼前的各种文化思潮和五光十色的现代流派,安徽戏剧也开始了创新创造追赶时代的新征程。1986年初,安徽省话剧团和合肥市文工团(现为安徽省话剧院和合肥市歌舞团)联手推出了原创音乐话剧《红气球》,率先在安徽开启了小剧场演出模式。全剧仅两个演员,通过不幸被埋入地下坑道的特殊情境探索人性的回归,使原本对立的两人最终走向和解,表达了生存大于信仰的现代主义理念。紧接着话剧小品《名字》又借鉴荒诞派戏剧手法,塑造了一个被官场阿谀之风所异化的官员形象——其在入住旅馆办理登记时,竟然不知自己叫什么"名字"。观众由此领悟到长期以职务相称,让官员们忘了本来。这样的表达,不仅使作品的思想性大幅度提高,也最大限度地提升了观众的审美愉悦。这些,假若没有自由创作的氛围保障是不可能实现的。

不仅话剧,戏曲也在消除疑虑和束缚后,迎来了创造的盛花期。进入20世纪90年代和21世纪初年,黄梅戏接连推出了《红楼梦》《风雨丽人行》《徽州女人》《秋千架》《孔雀东南飞》《青铜之恋》等一批令人耳目一新的原创剧目,在创新创造上均可圈可点,不乏闪光之处。《红楼梦》借鉴了西方象征主义手法,让整个剧情呈现出一种寓言模式。舞台上的一切实际上就是宝玉的一个梦呓,大观园、林黛玉、薛宝钗也都是经他主体修整过的现实存在。大幕拉开,观众看到身披袈裟的宝玉在一束追光下独白,大观园的情景随之出现……然而,那花丛、门楼,似都是"墓冢"和"棺椁"的变形。宝玉的大红袈裟与天幕的一片漆黑形成强烈的对比,象征了人性与礼教、生命与现实的不可调和。《徽州女人》则更多地让形体语汇参与戏曲表达,使一个凄美的故事有了可感知的形态造型,把"看"的功能发挥到了极致,极大地提升了演员表演和观众观看的兴致,很受城市观众的追捧。韩再芬本人也因在此剧中的新颖表演,获得了中国戏剧"梅花奖"。《秋千架》一剧又全面尝试了戏曲携手音乐剧的可能,破除了原来的戏曲格范,即不因虚拟而显现简陋,也不为哲理而流露艰涩,充分照应视觉、听觉、感觉的美感,使之大步逼近了青年观众的审美情趣。戏曲审美的现代感、流行味也陡然增强。《风雨丽人行》又在戏曲舞台的诗化品格上作了有益探索,使舞台通透、亮丽,人物优雅大方,剧情空灵俊逸,直逼艺术的理想境界。更难能可贵的是,此种诗化追求与全剧所讴歌的人性美实现了精神同构,二者浑然一体,成为"有意味的形式",使人物由民主主义走向了英雄主义。

进入21世纪的第二个十年,尤其是党的十八大之后,在习近平新时代中国特色社会主义思想指引下,安徽戏剧又迈开新步伐。在人格、艺术、心性全面解放的基础上,戏剧创作成为一项有梦的事业,在筑梦追梦的道路上焕发出熠熠神采。安徽省黄梅戏剧院把舞台艺术与当代电子影像技术相结合,带头尝试并推出了"3D 舞台剧"《牛郎织女》,大幅度拓展了戏曲舞台的表现力和时空感,令观众耳目一新。再芬黄梅戏剧院则大胆克服黄梅戏舞台对"高端人物"塑造的畏惧,连续推出了《寂寞汉卿》《邓稼先》两部大戏,实现了黄梅戏舞台上精英人物,尤其是科学家形象的可喜突破,为黄梅戏表现伟大人物的伟大境界、仰望崇高探索了新路,拓宽了格局。《邓稼先》还对黄梅戏涉足科学领域题材作了一个开路先锋。黄梅戏《地之梦》以史诗的广阔首次在安徽舞台上真实地表现了中国农民与土地的不解之缘,还原了农民和土地的初始含义。庐剧的《东门破》作为一部抗日题材的剧目,还探讨了战争中人性的升华,揭示了在我国现有条件下构建全体国民健康美好精神世界的长期性和艰巨性。徽剧《徽班》把古今戏剧穿插其间,使人们加深了对徽班历史贡献的认知。淮北梆子戏《永远的大别山》大胆运用舞台色调表现人物情绪,揭示人物性格,收到了良好效果。话剧《淮河新娘》运用双倒叙结构,首次大跨度地全面展示了淮河的历史和文化,反映了淮河人的无私奉献和豪迈情怀,塑造了顶天立地的淮河人的群像。这些应该说都是由戏剧家们思想解放,激情迸发,创造力空前活跃所取得的。"四个讴歌"的外在要求,也因之转化为戏剧家们的一种内在自觉。

当今戏剧艺术赶上了党和政府重视,社会关注,自身活力充沛的好时机。发展戏剧,弘扬民族文化已上升为国家意志。我们有理由相信,经过从人格到艺术再到身心的全面解放,经过70年的风雨兼程、创造积累,经过筑梦、追梦的崭新的社会实践,新中国、新时代的安徽戏剧,一定能迎来更加和谐美好、更加兴旺发达、更加有为有位有尊严的明天。

参考文献:

[1]天柱外史氏:《皖优谱》卷一《引论》,中华书局1939年出版。

[2]《中国戏曲志·安徽卷》,中国ISBN中心1993年出版。

[3]丁玉兰:《我的庐剧人生——丁玉兰口述史》,段金萍采写整理,安徽文艺出版社,2018年出版。

[4]〔清〕汪必昌:《徽郡风化将颓宜禁说》,安徽省博物馆1960年藏,总登记号:1587

[5]《安徽省人民政府省文化局关于国营剧团今后为各单位作晚会、招待演出,应予一概收费的报告》,《中国戏曲志·安徽卷》,中国ISBN中心1993年出版。

[6]魏绍昌:《石挥谈艺录》,上海文艺出版社,1982年出版。

[7]魏绍昌:《石挥谈艺录》,上海文艺出版社,1982年出版。

华丽的乐章
——安徽省音乐家协会记事
崔 琳

在全国人民喜迎中华人民共和国成立 70 周年的日子里,安徽省音乐家协会回顾自身发展的历程。在中国共产党的领导下,安徽省的音乐事业与新中国蒸蒸日上迅猛前进的车轮同步,砥砺奋进,风风雨雨 70 年,省音乐家协会从无到有,从弱到强,奏响了很多华丽的乐章。

20 世纪 50 年代,安徽的民歌手把安徽民歌《歌唱共产党》《王三姐赶集》等歌曲唱到北京怀仁堂,受到党和国家领导人的好评,周恩来总理夸奖池州民歌手姜秀珍:"你就是安徽的刘三姐。"60 年代,随着大型舞蹈《东方红》的播出,由安徽民歌填词改编的歌曲《八月桂花遍地开》唱遍全国。70 年代,由安徽词曲作家创作的歌唱党和歌唱毛主席的歌曲《站在田头望北京》《毛主席去安源》最流行。80 年代,人们开始追求歌曲的抒情性,我省作曲家创作的,描写军旅生活的抒情歌曲《月亮走、我也走》当红一时。在中央人民广播电台和共青团中央联合举办的"80 年代新一辈"全国征歌中,我省作曲家创作的男声小合唱《年轻的留学生去远行》入选,成为当时青年人最喜爱的歌曲。随着改革开放的大潮,一曲歌唱农业改革的歌曲——《在希望的田野上》唱遍大江南北,祖国大地。这首歌反映了走在农村改革开放最前沿的安徽新面貌,表达了在党的十一届三中全会精神鼓舞下,全国人民阔步向前的信心,被人们称为"具有时代标记的颂歌"。90 年代,我省词作家创作的,缅怀革命老区人民的歌曲《再见了,大别山》深受群众喜爱。儿童歌曲《走进校园》获得了中宣部"五个一工程"奖,这是我省在中宣部"五个一工程"歌曲创作奖中零的突破。2012 年和 2015 年安徽省音乐家协会又联合中国音乐家协会等单位,分别举办了"田野的春天""美丽安徽"的采风和创作活动。产生了《田野的春天》《幸福大道》《走进天仙配》《六尺巷》等歌曲。2014 年 11 月,我省作曲家创作的歌曲《板蓝花儿开》入选"亚太经合组织(APEC)第 22 次领导人首脑会议"文艺演出。在历史的长河中还有安徽词曲作家创作的无数声乐作品,在群众中传唱,这些歌曲给安徽乐坛增加了新的色彩和动力。

安徽的声乐作品创作丰富多彩。器乐作品的创作也不逊色。1992 年,在全国管弦乐作品比赛中,安徽作曲家创作的《花鼓灯舞曲》荣获第二名,作品还参加了 1993 年在北京举办的"中国元旦音乐会"。1994 年创作的钢琴曲《奏鸣曲》在 1995 年"中国风格钢琴作品国际比赛"中,荣获第九名,填补了我省钢琴作品在国际比赛中从未获奖的空白。在"第八届全国音乐作品(交响乐)比赛"中,我省作曲家创作的《e 小调小提琴协奏曲》荣获"优秀创作奖",填补了安徽在交响乐领域从未获奖的又一空白。1987 年,中国音协在广州举办的"全国广东音乐邀请赛",我省作曲家创作的《梦九华》一举夺得作品大奖。总之,新中国 70 年来,安徽的音乐创作作品繁花似锦、硕果累累,数不胜数。

安徽省音乐家协会章程规定"安徽省音乐家协会是中国共产党领导的全省各民族音乐家组成的专业性人民团体,是党和政府联系广大音乐家、音乐工作者的桥梁与纽带,是繁荣社会主义文艺,发展先进文化的重要力量,是安徽省文学艺术界联合会的团体会员"。1954 年安徽省召开第一次文代会,宣布成立安徽省文联。1960 年 2 月第二次文代会成立了四个专业协会:安徽省作家协会、安徽省戏剧家协会、安徽省美术家协会和安徽省音乐家协会。安徽广大音乐工作者和音乐爱好者有了属于自己的家。开始安徽省音乐家协会全名为:"中国音乐家协会安徽分会"。到 20 世纪 80 年代因工作需要才改名为"安徽省音乐家协会"。

安徽省音乐家协会已经召开了七次代表大会。历任安徽省音乐家协会主席:那沙、陈发仁、田传江、盘龙;历任秘书长:赵夫征、韩永昌、银星、崔琳、徐峻松、谢林义、徐海燕。跨过了几十年的时间,承载着几代人的心血。安徽音乐家协会从开始只有那沙、赵夫征、时白林、银星、党军辉五个人,发展到现在,已经成为拥有会员 3465 人(其中包括中国音乐家协会会员 468 人)的专业性人民团体。协会内设办公室、组联部、会员工作部、信息网络部、全国音乐考级安徽考区办公室等部门。同时建立了小提琴、声乐、手风琴、民族弓弦乐、管乐、民族管乐、琵琶专业、古筝专业、电子琴等 9 个专业委员会。常言道"向阳花木易为春",安徽省音乐家协会在党和国家的阳光照耀下,从无到有,从小到大,由一棵小树苗,历经了几十年的时间,已经成长为一棵参天大树。

为了培养人才,举办各类学习班

为了提高音乐工作者的专业水平,安徽省音乐家协会举办了各类学习班,请国内著名专家到安徽讲学。从 20 世纪 80 年代起,先后请了著名音乐理论家赵宋光来皖,进行了 7 天和声学专题讲学活动;著名作曲家吴祖强来皖,进行琵琶协奏曲《草原英雄小姐妹》作品分析和创作经过的讲学活动;著名作曲家朱践耳来皖,进行音乐创作的讲学活动;上海音乐学院教授桑桐、陈铭志、茅于润来皖,进行音乐理论的讲学活动;著名作曲家徐沛东来皖,进行歌曲创作的讲学活动;著名合唱指挥家严良堃先生来皖,进行现场指挥并讲学;著名二胡演奏家闵惠芬女士来皖,举行二胡独奏音乐会并讲学,等等。

安徽省音乐家协会还联合中国音乐家协会在皖召开各种专业座谈会,这样可以请更多的专家来安徽传经送宝。如:1995 年 6 月在淮南市召开首届"全国音乐评论座谈会"，由中国音乐家协会、安徽省音乐家协会、淮南市文化局共同主办。到会50多名代表，安徽省就有田瑛、竹笛、杨春等6名代表参加，还有一些安徽音乐工作者参加旁听。会后出版了《中国当代音乐评论》论文集(冯光钰、崔琳主编)。这次活动,对安徽省的音乐评论工作有很大的推动作用。

1996年在安徽省马鞍山市召开"全国歌曲创作研讨会",由中国音乐家协会、安徽省音乐家协会、马鞍山市文化局共同主办。安徽省音乐家协会一方面让本省的王成瑞、盘石等词曲作家参加会议,同时利用休会的时间,举办各种讲学活动,邀请到会的著名作曲家郑秋枫先生讲歌曲《我爱你中国》的创作体会,歌曲《春天在哪里》的作者、著名儿童歌曲作曲家潘振声讲儿童歌曲创作。这次活动,有力地推动了安徽省的歌曲创作。

1997年10月在合肥市举办第六届"全国民族声乐研讨会",由中共安徽省委宣传部、中国民族声乐学会、安徽省音乐家协会联合主办。一批我国民族声乐的大腕和新秀,如才旦卓玛、吴雁泽、李双江、姜嘉锵、梦鸽、郑咏等云集合肥,会议上多人宣读了论文,会后出版了《心儿的歌唱》论文集(陈发仁主编)。与此同时还组织了两场独唱音乐会。研讨会和独唱音乐会等活动均有安徽省的歌唱家参加。这次会议既有利于安徽省民族声乐水平的提高,也丰富了合肥的音乐生活。

2016年12月,由中国音乐家协会主办,安徽省音乐家协会承办的第九期"深入学习贯彻习近平总书记文艺座谈会重要讲话精神专题研讨会"在合肥举行,中国文联党组成员、副主席郭运德,中国音乐家协会分党组书记、驻会副主席韩新安,中国音乐家协会《词刊》主编、著名词作家王晓岭先后为学员做了专题辅导报告。

2018年9月,为推动我国电子键盘师资队伍繁荣与发展,由中国音乐家协会主办,安徽省音乐家协会承办的"全国中青年电子键盘骨干教师培训班"在合肥举办,来自全国27个省市的220名中青年电子键盘骨干教师参加了培训。

除了把专家请进来,安徽省音乐家协会还把本省的音乐家派下去,到各市县举办各种内容的学习班,帮助基层的音乐工作者和业余音乐爱好者提高专业水平,使一部分业余音乐爱好者通过学习,走上专业音乐工作者的道路。如寿县的农民魏艺,参加安徽省音乐家协会在六安举办的音乐创作学习班培训后,开始创作歌曲,经过刻苦的努力,他创作的歌曲纷纷登上国家和各省市的音乐期刊,有一些还被国家和各省市电台录音播出。他既没有学历,也没有职称,但是中国音乐家协会把他作为农民作曲家破格吸收为中国音乐家协会会员。后来他成为寿县文联的专职音乐创作人员。

为了多出精品，组织集体深入生活进行创作

安徽省音乐家协会经常组织词曲作家集体深入生活进行创作。每次集体深入生活进行创作都有一个明确的主题。1979年10月曾组织安徽的词曲作家到淮北深入生活进行创作。在20世纪60年代末到70年代中期，歌曲创作存在着口号化，内容高、大、空的现象。这次活动的主要目的就是让大家解放思想，创作一些以风花雪月为内容的抒情性歌曲，让词曲作家在实践中解脱被长期桎梏的思想，让音乐作品多侧面地反映生活来满足人民群众对音乐的需求。在涡阳县进行创作时，大家的意见不一致，争论很大。为了要不要歌词"莫去惊动情人的接吻"中的一个"吻"字，就能吵得一夜无眠。在争争吵吵中，历经了一周的时间，一批抒情性歌曲终于面世了，有《风儿，你轻轻地吹》《芙蓉赞》《月亮》等。歌曲创作出来了，但是词曲作家怕挨批判，都不敢署自己的真实姓名，全部用了化名。如：作曲家盘石创作了歌曲《等哟，等》就化名为"石舟"作曲。安徽省音乐家协会最后把这一批歌曲作为一个专辑，发表在协会的刊物《安徽音乐》上。刊出后引起了全国音乐界的议论，大家褒贬不一。经过这次活动，安徽省词曲作家在解放思想的大道上向前迈了一步。

在党的十一届三中全会精神鼓舞下，安徽率先分田到户，连年取得农业大丰收。因此，很多词曲作家非常关心安徽的农业生产情况，想到安徽来深入生活进行创作。在大家一再要求下，1981年5月由中国音乐家协会创作委员会的《歌曲》编辑部和安徽省音乐家协会《乐坛》编辑部联合组织瞿希贤、巩志伟、张卓娅、贺东久、任卫新、冯世全、时白林等全国著名词曲作家18人到安徽农村深入生活进行创作。由安徽省音乐家协会王廷顺带队从合肥出发途经当涂、繁昌、青阳、九华、黄山，最后到达歙县停下来进行创作。通过参观、访问，激发了大家的创作热情，一批歌颂安徽新农村的歌曲诞生了。有歌唱丰收的《丰收圆舞曲》《金山银山》等，有反映农村新面貌的《山村喜事多》《昨天今天明天》《小街小街像条河》等，还有歌唱皖南风光的《黄山杜鹃花》《江南美》等歌曲。作品出来之后，于同年11月11日由《歌曲》编辑部和《乐坛》编辑部联合举办了"在希望的田野上"农村题材创作歌曲专题音乐会（到安徽农村深入生活创作作品的演唱会）。"在希望的田野上"音乐会开幕式在合肥长江剧院举行，邀请了李谷一、叶佩英、刘秉义、陆青霜等著名歌唱家来肥参加演出。演员们热情地演唱了著名音乐家瞿希贤等谱写的三十多首歌唱安徽新农村的歌曲，获得了全场一千多名观众的热烈欢迎。几位著名歌唱家还在经久不息的掌声中演唱了自己的保留曲目。音乐会结束后，安徽省委书记张劲夫、省长周子健以及代表中国音乐家协会创作委员会的《歌曲》编辑部主编宋扬等领导上台接见了全体演职员。"在希望的田野上"音乐会在合肥共演出

了5天。除在剧院演出外,为了真正做到为农民写歌曲,唱给农民听,还特意组织全体演职员到农村演出了两场。音乐会闭幕式在北京举办,著名歌曲《在希望的田野上》就是其主题歌。

2012年,中国音乐家协会和安徽省音乐家协会联合组织全国词曲作家第二次赴安徽农村采风,同时发起"田野的春天"征歌活动。这次词曲作家特地奔赴拉开中国农村改革开放序幕的凤阳县小岗村深入生活,创作了歌唱小岗村的歌曲《小村故事》。一批歌颂农村新面貌的歌曲也同时面世。如《田野的春天》《魅力乡村》《幸福大道》等。

2015年,安徽省音乐家协会精心组织承办了由中国音乐家协会、安徽省委宣传部、安徽省文联共同举办的"美好安徽"全国歌曲创作征集评选活动,经过评选《走进天仙配》《美好安徽》《六尺巷》等19首歌曲获奖。

2015年,在中国音协指导下,安徽省音乐家协会承办了由文化部、农业部、安徽省人民政府联合举办的"第五届中国农民歌会·我最喜爱的十首乡村歌曲"评选活动,评选出《在希望的田野上》《天堂》等10首佳作。此次活动是改革开放以来,我国首次举办的全国农村题材歌曲作品回顾性推选评选活动,在全国产生了重要的影响。

举办各种类型的办音乐会,丰富广大人民的音乐生活

为了丰富广大人民群众的音乐生活,安徽省音乐家协会经常联合其他单位同文化厅、广播电视厅举办各种类型的音乐会。

1984年10月,由安徽省文化厅、安徽省广播电视厅、安徽省音乐家协会、安徽省舞蹈家协会联合举办安徽省首届"江淮之秋"歌舞节,中国音乐家协会副主席李凌、中国舞蹈家协会副主席齐牧冬和北京、天津、甘肃、云南、内蒙古、江西、辽宁、福建、广东等省市代表出席了在合肥举行的开幕式。

1985年5月,在安徽省音乐家协会协助下,宣城地区首届"宣州之春"群众音乐会在宣州开幕。演出后选出优秀节目到合肥公演,在省内产生了很大影响。该活动连续举办了四届。

1986年安徽省文化厅、安徽省音乐家协会、巢湖地区文化局联合举办首届"南巢歌会"。"南巢歌会"又名"巢湖歌会",开始以本地区的歌手参加,后发展到全省各地市都派歌手参加。这是我省规模最大、影响最广、历时最长的歌会。从1986年到2018年已经举办了十二届。

2015年,安徽省音乐家协会主办了"纪念抗日战争胜利70周年暨中国人民解放军建军88周年,保卫黄河——大型音乐会"。

2018年5月,安徽省音乐家协会主办了"到人民中去,江淮五月花正红——纪念改

革开放 40 周年音乐会"。

2018 年安徽省音乐家协会在组织开展"送欢乐,下基层"的活动中,组织音乐家小分队,先后赴阜阳太和县阮桥镇双王村、铜陵普济圩社区、合肥包公街道包河社区,开展文艺惠民演出,受到了百姓的热烈欢迎。

除了组织各种群众性音乐演出活动,安徽省音乐家协会还举办各种类型的音乐会。

1980 年 12 月组织了安徽省青年歌手音乐会,来自全省的 12 名青年歌手,在合肥登台献艺,深受群众欢迎。

1987 年为庆祝著名戏剧作曲家时白林先生 60 诞辰,安徽省音乐家协会组织了"时白林作品音乐会"。中国音乐家协会、中央音乐学院、上海音乐学院等单位均派代表出席音乐会,以示祝贺。

同时还先后为著名歌唱家、音乐教育家陈颐颢举办独唱音乐会,为安徽籍男低音歌唱家孙禹举办独唱音乐会,为青年歌唱演员李小舒、张研等举办独唱音乐会,为著名唢呐演奏家吴安明举办独奏音乐会,为胡华清师生举办双簧管演奏音乐会,等等。

为了发现人才和繁荣创作,举办大奖赛和征歌活动

为了发现人才,不断推出新秀,安徽省音乐家协会联合安徽省文化厅、安徽省广播电视厅多次举办各种类型的大奖赛。其中以声乐大奖赛为主,仅用"安徽省声乐大奖赛"冠名的活动就举办了六届。很多工农兵业余歌手,通过大奖赛脱颖而出,从业余走向专业,成为音乐事业的接班人。

征歌活动是一种推动词曲作者创作积极性、繁荣创作的好方法。安徽省音乐家协会的征歌活动分两种:一种是专题性征歌活动,另一种是一般性征歌活动。

专题性征歌活动是围绕一个主题,征集创作歌曲进行评奖的征歌活动。如:1992 年开始的"五个一工程"歌曲征集活动,是根据中共中央宣传部精神文明建设"五个一工程"歌曲征集的要求为主题的征歌活动。1996 年由安徽省文明委、安徽省委宣传部、安徽省文联、安徽省文化厅、安徽省广播电视厅、安徽日报社联合主办,安徽省音乐家协会承办的"黄山松精神"征歌活动,是以宣传安徽省委六届二次全会提出的"黄山松精神"为主题的专题性征歌活动。2015 年,中国音乐家协会、安徽省委宣传部、安徽省文联共同举办,由安徽省音乐家协会承办的"美好安徽"全国歌曲创作征集评选活动,是以在改革开放中建设现代化美好安徽为主题的征歌活动。

一般性征歌活动是安徽省音乐家协会为了繁荣创作,面向本省词曲作者开展的征歌活动。征集歌曲的内容不受限制,各种题材、体裁的创作歌曲均可参选。这种征歌

活动基本每年举行一次。

征歌活动能够激发词曲作者创作积极性,对繁荣歌曲创作起到了很大的推动作用。

坚定文化自信,继承和发展文化遗产

安徽是一个民歌资源非常丰富的大省。新中国成立之后,安徽省的音乐工作者为了继承和发展这份宝贵的文化遗产,就开始深入基层,收集和整理安徽民歌。在 1960 年以前,安徽省音乐家协会尚未成立,收集和整理安徽民歌的任务主要由安徽省文化厅(当时叫"安徽省文化局")承担。曾经出版了三集《安徽民歌》和一本《带露的花朵》(安徽民歌 100 首)。为了让民间歌手登上舞台,使民歌得以更好地交流和传唱,先后于 1955 年举办"安徽省青年业余文艺观摩演出"、1957 年举办"安徽省第一届民间音乐舞蹈会演"和 1959 年举办"安徽省第二届民间音乐舞蹈会演",先后推出了《姑嫂对花》《打麦歌》《划龙船》《摘石榴》《十把小扇》《怎么不是的》等一大批群众喜爱的民歌。同时发现了一批优秀的农民歌手,其中一部分被推荐参加 1955 年"全国农村业余文艺会演",受到专家和中央领导的好评。

安徽省音乐家协会成立以来,把收集和整理安徽民歌作为一项重要工作来抓,指定专人负责,系统整理。

1979 年 7 月 1 日,文化部和中国音乐家协会共同颁布《收集整理我国民族音乐文化遗产规划》,这一规划的颁布,标志着奏响了音乐文化基础建设伟大工程的序曲,开始编辑《中国民间歌曲集成》《中国戏曲音乐集成》《中国民族民间器乐曲集成》《中国曲艺音乐集成》。

《中国民间歌曲集成·安徽卷》的编辑任务就由安徽省音乐家协会负责。1980 年 4 月 8 日,中国音乐家协会在安徽芜湖召开"《中国民间歌曲集成》编选工作座谈会"。中国音乐家协会主席吕骥、副主席孙慎以及各省的专家 70 余名代表出席会议。会议先由山西、河北、安徽三个卷的编选小组介绍经验,通过重点发言和讨论,交流了编辑工作的经验,制订了下一步编辑工作计划,这次会议对《中国民间歌曲集成》的编辑工作起到了很大的推动作用。

《中国民间歌曲集成·安徽卷》于 2004 年 11 月由文化部民族民间文艺发展中心出版,共登载了 1007 首安徽民歌和《安徽民歌概述》《安徽方言与安徽民歌》《安徽民歌手简介》等章节,是安徽民歌最珍贵的文字资料。

配合素质教育,开展音乐考级工作

随着人民生活水平的提高,大家开始重视儿童和青少年的素质教育,业余学习乐器的人越来越多。为了配合素质教育,促进业余学习乐器的正常发展,安徽省音乐家协会于 1991 年进行了钢琴考级,开始只有 20 多人参加,由安徽的考官主持考试,颁发安徽省音乐家协会的考级证书。后来参加的人数逐渐增多,考级工作纳入中国音乐家协会的范畴,成为"中国音乐家协会音乐考级安徽考区"。按照中国音乐家协会音乐考级的要求,规范了考试内容、严格了考官管理、完善了所有的考务制度,颁发中国音乐家协会的考级证书。通过近 30 年的时间,从单一的钢琴考级,发展为钢琴、电子琴、小提琴、二胡、古筝、琵琶、竹笛、少儿歌唱、音乐听力等多个项目的考级。参加考级的人数也逐年递增,社会效益日渐凸显。

为了使考级工作真正成为学校音乐教育的延伸和补充,成为普及音乐教育,提高青少年音乐素质教育的助手,安徽省音乐家协会考级办公室还举办公益性的培训讲座、为指导教师进行义务专题辅导等活动。现在,安徽音乐考级有着良好的声誉,成为爱好音乐的少年儿童踊跃参加的一项活动。

办音乐期刊,为音乐工作者和音乐爱好者开辟一个园地

为了繁荣音乐创作,培养音乐人才,安徽省音乐家协会于 1978 年 12 月复刊了《安徽音乐》(《安徽音乐》原来由安徽省群众艺术馆主办,"文革"时停刊)。

随着音乐事业的发展,《安徽音乐》因为版面小,出版周期长,已经满足不了时代的要求。安徽省音乐家协会于 1980 年 7 月,将《安徽音乐》改为《乐坛》。改版后的《乐坛》,由《安徽音乐》的双月刊改为月刊,缩短了发刊日期;由三十二开本改为十六开本,扩大了版面。《乐坛》设有《创作歌曲》《歌词》《音乐评论》《名曲介绍》《乐坛人物》等栏目,极大地满足了音乐工作者和音乐爱好者的需求。当时《乐坛》已成为全国省一级音乐期刊中来稿量最多、订户量最大、影响力最广的音乐刊物。

加强组织建设,努力提高音乐工作者的能力和水平

要搞好安徽省音乐家协会的工作,首先要加强协会的组织建设,努力提高协会会员和工作人员的政治素质和业务水平。要加强政治学习,提高思想觉悟,使音乐工作者紧跟党和国家前进的步伐,积极工作。我们为新中国的迅速成长而歌唱,为改革开放谱写颂歌;在当前高举习近平新时代中国特色社会主义思想伟大旗帜,追逐梦想、阔步前进的年代,我们要以党和国家的大局为使命,积极主动地投入其中,增强道路自

信、理论自信、制度自信、文化自信,做一个听党话、跟党走,"有信仰、有情怀、有担当"的新时代音乐工作者。

在工作中通过实践来积极提高协会工作人员的业务水平。早在1983年,安徽省音乐家协会就和山东省音乐家协会、江苏省音乐家协会联合组织"三省联访"。目的就是在联访中互相交流协会的工作经验,同时一起到三个省深入基层体验生活。到瞎子阿炳的出生地了解著名民间艺人的事迹,深入农村、工厂,甚至忍受着晕船呕吐的痛苦,坐军舰到东海最前哨的小岛上,体验军营生活。大家通过这些活动,既交流了协会的工作经验,又创作了一批音乐作品,发表在各省的音乐刊物上。正是因为一直延续着到基层去,向人民学习,从实践中锤炼自己,努力提高业务水平的传统,几十年来,安徽省音乐家协会在做好了本职工作的同时还创作了不少音乐作品,为社会做出了很大贡献。今后,安徽音乐人要坚持以人民为中心的工作导向,以先进文化塑造灵魂,以优秀作品鼓舞斗志,充分发挥音乐在实现中国梦的征程中不可替代的作用,担当使命、开拓创新、同心同向、锐意进取,全面推进安徽音乐事业的繁荣和发展。

党的十九大吹响了中华民族伟大复兴的号角,也为音乐事业的进一步繁荣发展指明了前进方向。在这举国欢腾,喜迎中华人民共和国成立70周年之际,安徽省音乐家协会将团结全省的音乐工作者和音乐爱好者,在党中央坚强领导下,高举习近平新时代中国特色社会主义思想伟大旗帜,踏着祖国阔步前进的节拍,唱着时代激昂奋进的旋律,奋勇前进!

评论新锐

社会生活的视觉解读与多样题材的影像表现

——评《良友》所刊卢施福摄影作品

赵　昊

赵昊,安徽师范大学新闻与传播学院副院长、教授、硕士生导师,中国文艺评论家协会视听艺术委员会委员、中国高教学会摄影专委会理事、中国高校影视学会媒介文化专委会理事、安徽省摄协理论委员会副主任、芜湖市摄协副主席。主要研究领域为视觉传播、摄影理论、美术理论,主讲视觉文化研究、摄影发展史、摄影美学等,获中国摄影教育突出贡献奖、上海国际郎静山摄影艺术金像奖、安徽省文联文艺评论奖、安徽省摄影理论研究贡献奖等10余项,发表论文30余篇,著有《摄影镜界》等,主持国家社科基金项目、全国艺术科学规划文化部文化艺术科学研究项目等10余项,发表作品近百幅,作品入选平遥国际影展、安徽省美术展览等展览,在德国、奥地利等展出。

卢施福(1898—1983),广东中山县(今中山市)人,原名卢克希,早年学医从医,业余专研摄影。1930年发起成立黑白影社,系影社重要成员,1931年加入美国摄影学会。1933年6月与陈传霖举办了影展,《中华(上海)》刊载了《卢施福陈传霖合组影展出品》。1934年《摄影画报》第10卷第32期《摄影同志之世界荣誉:摄影进步之一瞥》中记录了卢施福的作品入选过法国摄影展览会、美国摄影展览会、美国展览年会、波兰摄影展览会等。1936年6月与陈传霖举办了影展,出版《陈卢影集》(与陈传霖合作),《美术生活》刊载《陈卢影展》时评价道"卢君则匠心独具,色调丰富"。1946年他参与创办了中国摄影出版社。1957年参加中国摄影学会,1979年当选为中国摄影家协会理事。卢施福是我国著名摄影家,也是我国摄影界最早拍摄黄山的摄影家之一,20世纪三四十年代即发表了《运用紫外光线所摄得的黄山美景》《黄山朝曦》《黄山松影》等佳作。他曾数十次攀登黄山进行创作,出版有《卢施福黄山摄影集》等。中华人民共和国成立后,卢施福长期在安徽工作,1958年担任《安徽画报》社摄影顾问,曾任中国摄影学会安徽分会筹备小组副组长等,对安徽摄影的发展具有重要的影响。

一、从《吾怎样开始学习摄影》等论述看卢施福对摄影的认知

《良友》第150期《吾怎样开始学习摄影》中刊载了卢施福的摄影学习心得,他认为"学摄影的人不是古董,年数越多越值钱","我只知勤于摄取题材,努力暗房的工作,和阅读近代的各国摄影书籍",指出对摄影研究的态度,认为提升摄影水平需要研读各国的摄影书籍,他每年都花一两百元购买摄影书籍,除了技术专著外,还订阅各国的摄影年刊和月刊,比如德国、英国、美国、法国等出版的年刊,他认为阅读此类年刊有助于研究学习摄影技巧。而订阅 *Photoart*、*Camera – Craft*、*The Gallery* 等杂志,可了解新的学说和研究动向。他认为在创作方面须勤奋努力,1933年他与陈传霖举办影展时,《文华》即评论道,"卢陈两位在影界这样沉寂的当儿,仍然以业余之暇努力制作,各以其精选的作品百余张,在上海开一次本年仅有的展览,不但其作品值得注意,其奋斗的精神亦极可佩服",高度评价了其作品与奋斗的精神,也足见他在实践中真正做到了知行合一。卢施福对摄影的发展有着清晰的认知,认为"摄影术的进展是跟着时代的巨轮前进的,只要勤于研习探讨,成绩是会一日千里的",明确指出摄影技术发展、摄影创作与时代的关系,这样的理解更使其在摄影创作中始终关注时代,通过表现社会生活来反映时代风貌。卢施福摄影佳绩的取得更是源自明确的远大目标,"我们不希望大家是为了热闹而起,更不是为做影坛中的名宿而来,是为服务此新艺术而卖力……希冀打开一路出来使我们中国这种新艺术的技能和制造都立在与他国同等的地位",这种不为名利,为艺术而艺术、为国家而艺术的创作思想,是其不断探究摄影创作的动力之源,尤其值得大众学习。真正的摄影家都应当具备这样的责任意识与担当精神,都应当具有这样的使命感,为推动摄影艺术的发展、为中国摄影艺术走向世界而不断努力。

二、《良友》所刊卢施福摄影作品解析

(一)社会生活的视觉解读

卢施福的摄影重视对社会生活的解读,用影像反映不同人物的生活状态。他在《我的摄影艺术观》一文中指出,"生活描绘的活泼情感来得有力而悠久",《我的摄影艺术观》这篇文章是中国摄影从立足于传统意境美学的美术摄影走向"为人生"的现实主义摄影的重要论述。从中可以看出他的创作侧重于现实主义的生活题材,注重瞬间捕捉和人物情感的表达。他于社会生活中感悟、发现,思考主题,探寻题材,通过摄影进行表现,创作了系列佳作。《良友》第78期《农村的与城市的——黑白影社卢施福陈

传霖摄影展览》中,《福履绥之》抓拍了坐在石块上的修鞋人专注修鞋的动态,主体位于画面左边三分之一处,鞋呼应了人物,注重了质感的表现;《人生之谜》表现了河边人物的生存状态,注重了典型环境下的人物表现;《最后休息》表现出人物休息读报的瞬间,光影表现出画面黑白灰层次分明,读报人读报状态的刻画入木三分,同时将一旁看报者手扶木椅、倾身注目的样子清晰展现出来,反映了平民的学习状况;《有所得》虚化的背景,人物倾斜的状态体现出动感,沉甸甸的篮子、人物开心的笑容体现有所得的主题,表现了收获的喜悦;《慈航》前景树枝形成有趣味的形态,俯拍表现出大面积的水面,从而突显了摆渡船,船中人物动态展现出来,船影点缀了画面。1933年8周年纪念刊《泼水》俯拍

《有所得》

《没有鸟语花香,只有机声汗臭》

表现了水面、小船、人物,展现了小船上人物泼水的瞬间动态,虚实对比更增添了动感,反映了船家人物的繁忙;第88期刊载了《她们生活在春天里》,拍摄了一群女士结伴在公园里踏春游玩情景,背景环境枝花繁密,春意盎然,人物站坐不一,动态各异,将生活在春天里的悠闲、快乐气息充分传达出来,地面树影美化了画面;《没有鸟语花香,只有机声汗臭》通过前景的织布机表现了正在忙碌的织布女工的状态,画面注重了线条结

构,垂直线、斜线的排列与交错增添了繁忙的气氛,破旧的墙面等背景的清晰展现,体现了工作环境的简陋,进一步凸显了劳动人民为生活而辛劳的主题。这两幅作品足见卢施福对生活的思考、认知与反映,既呈现出都市女士们的休闲生活,又表现了劳动女

《完了一天的苦工,良友相对,浅斟低酌,虽是粗茶淡饭,何异玉楼琼宴!》

工为生计而忙碌,通过春天里人物状态的对比表现,深刻地反映了不同阶层的生活状态。第91期《完了一天的苦工,良友相对,浅斟低酌,虽是粗茶淡饭,何异玉楼琼宴!》表现忙碌一天的工人,在餐桌品味晚餐情形,瞬间抓拍的人物表情、状态自然,背景环境清晰,既表现出工人的生活状态,又体现出劳碌后就餐的轻松状态与自在心境,更展现出劳动人民知足常乐的内心状态与质朴情怀。卢施福的社会生活摄影作品,展现了生活的多方面貌,充分反映出人物的精神状态,极具情感的感染力。

(二)多样题材的视觉表现

1.人与物的趣味显现

卢施福注重研读摄影书籍,勤于创作,在创作中,生动表现人与物,从而展现出特有的趣味。《良友》8周年纪念刊中,《面具》具有一定的观念意味,人物手捧着瞪眼露出獠牙的面具,未纳入画面的人物面容更凸显了面具的形

《影》

象,反映出内心不同的世界,在当时创作观念下,摄影作品具有一定的创新。《银色的梦》表现了夜晚灯光下,女生伏案而憩,渐入梦境之状,画面结构紧凑,长桌、台灯、窗帘等组合有序,灯光照射下桌面浅浅的影子与墙面人影相对应,墙面上的圆形装饰画中,画中人物动态与现实人物的静态相对比,渲染了梦的主题,在被拍摄者的意念中,也摒弃了日常留念的想法,进入了接受调度与设计的情景,抑或类似于一场故事片导演的想象世界里——他们从自己的"这一个"人物中跳出来,进入了一种典型化人物的表演中——摄影师把握人物内心的情感与图像期待表达的旨趣,获得了完美的统一。第98期刊载了《影》,简洁的画面突出了正在吃饼干的女士形象,作品的趣味在于影的故事表现,人物之影形成了故事情节,画面中既呈现出女士影子,又于左下方出现另一正在看着女士的人影,耐人寻味,实体形象的三分构图与影的对角线状态使画面具有一定

《六月的柔情》

的动感,影子在画面中突破了常规作品中衬托形象的作用,成为了故事的主线,作品构思巧妙,反映出他的创作思考。这三幅作品皆具故事性,强调了作品的构思,画面中体现出一种设计感,从人物状态的表现中,可以解读多样内涵,延展了读者的想象与联想,丰富了影像的表达能力。第83期《黑白社影展》中刊载了《少女琴心》,拍摄了时尚的青春少女惬意地半躺在沙发上弹琴时的状态,画面构图简洁,重点表现了弹琴时的动作与微笑的表情,画面黑白灰层次分明,整体环境及人物装束展现了人物生活的状况。第93期《海浴》表现了在大海中的女士形象,海面的波涛突出了人物,表现出休闲人物的笑容,注重了画面的明暗对比。第106期《黑白社影展》中刊载了《鹦鹉》,画面简洁,黑白对比中突出了主体,抓拍了鹦鹉的状态;该期第3页整版刊载了《六月的柔情》,俯拍了游泳时休息的女子,清晰地展现了水面波纹的质感,波纹的变化增添了画面的动感,画面弧线的表现使作品具有视觉的张力与变化感,人物神情生动,瞬间抓拍了人物笑容,人物影子的表现丰富了画面。

2. 戏剧等艺术作品的深入表现

卢施福尤为关注现代艺术的发展，积极拍摄相关戏剧展演的剧照，如第 117 期《话剧运动的再兴》中拍摄了话剧《雷雨》剧照等，既拍摄了后台人物化装的生动情形，又表现了剧照，画面结构完整，叙事清晰，生动地展现出剧中人物神态与动作；《茶花女》剧照生动。第 130 期《武则天》(卢施福、朱今明)对剧照拍摄的把握，注重典型环境中人物表情、动态的瞬间表现，对剧中人物神态的影像表现恰到好处。他对剧照的精彩呈现，更源自对剧情的理解，以及对人物动态的瞬间捕捉能力。第 106 期《处女的庄严》表现了泥塑作品的形象，注重了光线的运用，形成黑白的对比。从相关艺术作品拍摄，可知他对综合艺术的理解，密切关注不同艺术的发展，注重不同艺术门类之间的联系，广泛了解各类艺术创作，从而促进摄影艺术探索。

3. 景观的独特解读

除社会生活等影像表现外，卢施福还在《良友》发表了系列景观作品，第 78 期《曲直》注重了树形与建筑的曲线、直线的表现，在画面景观选择与组合中强调了形象的对比，在当时的创作具有现代意义的景观探索；《黎明》具有印象主义的朦胧唯美效果。第 150 期《空谷悬瀑》大气画面中呈现出一种境界，通过树林、石块等组合将山谷中幽深的环境表现出来，前景树形美化了画面，瀑布从顶部流下形成动感，形成了画面的视觉张力，井字形黄金分割点上的练武之人突出，动态生动，人物亦平衡了画面，表现出

《空谷悬瀑》

幽深自得之境。由此作品可知,他在表现风景同时关注了对景中人物的展现。

三、《良友》所刊卢施福摄影作品的启示

卢施福曾言"摄影简直是文章,更完全是诗词。不只此,摄影的生命力是逼真,是诚实,是简洁,并不如文章和诗词可以杜造,可以幻想,足不出户的,就可以写尽天下事。摄影,非身历其境,不能得其秋毫。所以一张美好的摄作,会胜过一篇文章,更会胜过一首诗词",指出了摄影的作用,阐述了摄影的影响力,论述了现场的感悟与体会,提出了真实、简洁的创作标准,这是摄影实践的总结。卢施福重视摄影的社会表现功能,注重从生活中发现,真实地表现人物状态,反映摄影家对社会、生活的深刻思考,其作品画面简洁,主体突出,有效地传递着主题内涵。解析《良友》所刊卢施福摄影作品,对当代摄影创作具有以下启示:

(一)对社会生活的思考与反映

从《良友》所刊作品中,可知卢施福对社会生活形象的提炼与表现,注重从时代角度理解,有效把握了不同人物的现实状况,由此在拍摄时注重了人物心理状态的展现,作品呈现的是对社会生活的深度思考与如实、准确反映。以《良友》所刊其春天人物为例,不是单一地表现一类人物情形,而是综合考虑不同类型的人物对于春天的认识与感受,不同的视角表现出丰富而深刻的主题。正是基于对时代、对大众的深入了解,他所拍摄的人物表现出真挚的情感、真实的状态,深刻地反映了人物的趣味、心态,从而表现不同的人物对生活的理解。

(二)对摄影创作的思考与探索

《良友》所刊作品体现出卢施福对摄影创作的思考与探索,他多方面探寻摄影主题,诸多作品围绕人物表现。在创作中,既有人物生产生存状态的记录,又有人物生活情形的展现,既表现了人物的外在形象,又展现出人物的内在心理,一个个瞬间形象的有效表达,体现出他对摄影创作的思考与探究。他在创作中,始终注重现代摄影创新,极具探索意识,积极创作了具有现代形式感的作品,还创作出具有观念意义的系列作品,延展着摄影表现的主题与表达的方式。他摄影创作的多主题、多题材、多内涵,总体上反映出摄影家不断探究、不断创新的创作意识。在当代摄影创作中,摄影人应不断探寻新题材,研究新方法,促进创新。

(三)对人与物状态的捕捉与表现

《良友》所刊作品体现出卢施福对摄影技术的掌握,他以其精湛的摄影技术,捕捉了人与物的瞬间动态与神态,充分体现了主题。卢施福所摄人物动态自然、生动,表现出与主题、内在思想一致的瞬间状态,形成"决定性瞬间"。在人与物的表现中,注重

了整体画面的简洁,通过结构、虚实、明暗等凸显主体,以突出醒目的形象,吸引大众关注,从而感受到形象所表达的内在意义,引起情感的共鸣。当代摄影人在摄影技术高速发展的今天,更应重视对技术的把握、对瞬间的捕捉,敏锐地发现能反映出核心状态的瞬间,并有效抓拍。

卢施福作为安徽摄影界的代表人物之一,近年来备受学界、业界关注。2017年9月,中国摄影杂志社、安徽省摄影家协会、安徽画报社联合主办了"卢施福摄影暨安徽摄影——史料与史识研讨会",对卢施福摄影进行了综合研讨;《中国摄影》2017年第11期刊载了卢施福研究专题;2018年11月,包河国际摄影周重要展览之"光阴·光影——安徽著名老摄影家致敬展(卢施福、董青、马昭运、袁廉民、陈谋荃)"展出了卢施福系列作品,以示致敬。当前,安徽摄影界正积极思考、策划安徽摄影史的整理与书写,全面、系统整理、研究卢施福的早期摄影作品,既是对摄影家个人资料的补充与完善,又是在个案研究中不断丰富安徽摄影史的研究内容。随着对一位位摄影家资料的不断完善及研究的不断细化,安徽摄影史的梳理与研究必将走向深入。

参考文献:

[1]《陈卢影展》:《美术生活》,1936。

[2]卢施福等:《吾怎样开始学习摄影》,《良友》,1940。

[3]徐希景:《摩登时代,民国时期"美术摄影"的现代性诉求》,《中国摄影》,2017。

[4]《卢陈影展》:《文华》,1933。

[5]施福:《黑白影社今后所处的地位和应负的责任》,《摄影画报》,1932。

[6]卢施福:《我的摄影艺术观》,《摄影周刊》1911。

[7]徐希景,黄乐婷:《诗意生活,卢施福摄影创作的黄金时代》,《中国摄影》2017。

[8]孙慨:《卢施福,流变中的追寻》,《中国摄影》,2017。

[9]陈传霖等:《黑白影集》(第一册),上海:黑白影社,1934。

本文系2015年度全国艺术科学规划文化部文化艺术科学研究项目"《良友》画报与民国时期摄影研究"(项目编号:15DF46)研究成果。

人格象征与精神分析的小说范本

——鲁敏《奔月》论

彭正生,男,汉族,1979 年生,安徽芜湖人,巢湖学院文学院副教授,校首批学术技术带头人。主要从事中国现当代文学和影视艺术研究,中国文艺评论家协会会员,中国当代文学研究会会员。近五年来,主持省部级科研项目5 项,包括:完成 2014 年安徽省哲学社会科学规划项目(免鉴)、

2016 年安徽省高校领军人才引进与培育计划重点项目(优秀),在研安徽省高校人文社会科学重点项目、省社会科学创新发展研究课题攻关研究项目和省哲学社会科学规划项目;主持省级教学研究项目 2 项,包括:完成安徽省 2014 年省级质量工程教学研究项目,在研安徽省精品课程建设项目;以第一参与人参加国家社会科学基金项目、安徽省哲学社会科学项目各 1 项。在《文学评论》《当代作家评论》《小说评论》《当代文坛》《江淮论坛》《齐鲁学刊》《电影文学》等刊物发表学术论文 30 余篇。先后获教学科研奖项近 10 次,包括:安徽省文艺评论奖一等奖、三等奖,安徽省文艺评论年度推优活动优秀奖,安徽省省级教学成果二等奖、三等奖,巢湖学院校级教学成果奖一等奖。

2017 年 10 月,鲁敏出版了数易其稿的长篇小说《奔月》。这部被鲁敏自称为"胆汁深处的一种极端逆反",对日常生活"充满质疑、否定和嘲讽"的小说,以极具形式感的双线并行方式展开叙述,从名叫小六的南京女人遭遇的一次事故启动故事,偶数章节讲述了她为了摆脱现实造成的压抑之感,抖落束缚肉身的沉重之物,追求可以栖身的自由乌托邦与无名之境,她利用此次事故成功地实现了预谋已久的奔走,可是在本以为是"愿望的达成"的乌鹊城,她获得的却是与愿望的南辕北辙与奔走的虚妄,隐身的喜悦被赋名的困厄替代,于是再次感到存在的压力,最后选择重返南京。奇数章节讲

述的是在小六失踪之后,丈夫、情人等对她身世、生活以及情爱秘密的调查和探寻,以等待她的重新现身,然而随着谜底的渐次揭晓,她留给他们的记忆与印象不是越来越强化,相反地却是慢慢地淡化和被遗忘,最终,丈夫选择了向闺密求婚,情人则在将其从身体的游戏对象虚拟为精神的恋爱符号。

如同此前的《六人晚餐》《墙上的父亲》《西天寺》等小说,这部备受期待与注目的《奔月》依然极具"鲁敏化",之所以如此指认,是因为它一如既往地保持着对现代人精神体验与心理问题的凝视,呈现精神世界的结构、深度和疆域,揭示现代人的精神困境,比如深刻弥漫着的无聊感和孤独感。然而,如果说它完全是一部复写性的文本,则显然忽视了其鲜明的异质性与区分度。如果将其置放于鲁敏迄今为止所有的创作中,这部灌注着她对现代社会中人的人性、心理和精神问题的新体验、新思考的《奔月》,不可否认地又标示着鲁敏的一次新探索、一个新起点。

一、本我、自我与超我:作为人格象征的人物形象

在《奔月》中,最让读者震惊并讶异的,无疑是"小六"这一女性形象。就其对现实生活的抗拒和世俗道德的挑战来说,她无疑是世界文学经典女性形象——比如安娜·卡列尼娜、爱玛·包法利和康妮·查泰来等在当代的继承者。然而,在身体欲望的恣意张扬方面,她甚至比她们走得更远,这也预示着《奔月》必将会是一部争议性的现代文本。那么,该如何理解这个人物及其象征意义?小说出版之后,鲁敏在个人微信公众号发表了《关于〈奔月〉》,其中有这么一句涉及创作动机的话:"我想在小说中创造这么一个'小六',她真的得以摆脱世俗和道德的原罪重力,飘逸出尘,实现对'本我'的一次逸奔。"一般来说,作家对文本意图的自我阐释很多时候是"假面告白"——真假莫辨,那些言之凿凿的坦白书在多大程度上能够抵达文本意义的核心或完全覆盖文本的所指是令人怀疑的,实际上,只有懒惰的批评家才会完全信赖作家们的创作谈,即便是挖掘创作主体与文本"隐含意义"的精神分析批评家,也不过将其视为"仅供参考"的"症候"。但同时不可否认的是,某些与文本相伴而生的创作谈,又是打开文本的密钥,鲁敏的这篇就是如此。这句话,它提供了一个重要的线索,即在鲁敏的意识里,她是将"小六"与"本我"画等号的,它们是同构的关系,换句话说,"小六"是"本我"人格的象征性形象。

在弗洛伊德的人格结构理论中,"本我"对应于心理结构中的"潜意识"——即"被压抑的冲动",它是人格里依从"快乐原则"活动的"情欲"与"力比多"部分。为了形象地描述与界定"本我",弗洛伊德用"野马"来进行比喻,以标识其自由不羁、叛逆不逊的特性。《奔月》中,为了有意识地凸显小六的"本我"色彩,鲁敏甚至以违背逻辑性的方

式将其理念化地塑造成欲望的化身、一个挑战世俗伦理的形象。具体来说,鲁敏从这个形象奉行的信条、思想的意念和实际的行动三个层面来对其塑形。比如:当她在清晨的小区内遇见一个颓唐、厌世的陌生男人,可以瞬间产生"闪电般的爱意",而这种爱意并非同情之爱,是"可以搂抱交欢"的肉体之爱;当她在下午的公交车上被后座的陌生男人摩挲头发,显然这是典型的骚扰行为,可是她不仅没有摆脱与抗争,而是专心致志地沉醉其间,感受"罪过、渴望与愉悦"。如果说,这些还仅是一种精神的幻觉,或意念的放纵,那么,她与情人张灯保持着定期的"汉庭约会"则将这种意念与精神付诸行动。不仅如此,她还将这些欲念和行动内化且固化为一种理论或信条,在她与聚香的关系中,她扮演的是人生导师角色,然而她向聚香灌输的是"没有性、秘密和黑暗的人生只是一半的人生"和夫妻自由互换理论,怂恿她在性爱中要像一个"撒野的猪""多试试各种味道"。甚至,鲁敏对这个人物的命名也具有象征意味,在当代中国文化的人称语符里,小三不但是称谓,更是一个对常态社会和稳态家庭具有破坏性因素的特指概念。在《奔月》里,小六完全沉溺于欲望世界,被身体本能所驱使,她甚至比《上海宝贝》中的妮可更耽于身体欲望。历史地看,她的情欲或本能冲动已经不再是像莎菲女士这种启蒙意义上人性解放的象征,甚至都不是虎妞那种起于婚恋焦虑却仍在伦理规约内的欲望诉求;这里的情欲书写已不具有传统文本里的文化话语功能,也不再承载某种意识形态或价值观念。对小六来说,情欲就是情欲本身,情欲即是目的。当然,这个人物仍然还是一种具有象征功能的文化符号,在鲁敏夸张化和理念化的塑造中,她的所指显然已经胀破了"本我"意义,即:她不仅仅是一种对世俗伦理进行反抗和颠覆的形象,实际上,她还折射了这个物化或欲化时代的伦理症候。

正如将精神分析学从个体心理分析转向社会心理分析的弗洛姆所指出的,"任何一个社会都有它自身的'社会过滤器'。只有特定的思想、观念和经验才能得以通过"。这个"社会过滤器",在弗洛伊德的人格理论中便是"自我",它代表着"理性与常识",它依循"现实原则"发挥"稽查作用"和"压抑作用"。在"它和本我的关系中,自我就像一个骑在马背上的人",它的任务就是负责对可能进入意识/社会意识的本我/潜意识进行"现实检验",如果"某些思想和感情是不合适的、被禁止的、危险的,阻止它们进入意识层次,即使闯入了,仍要驱逐它们"。在《奔月》中,充当和扮演这个"检验"角色的人物是林子。林子是小六在乌鹊需要租房安身时认识的中介店职工,对于小六这个突然闯入的陌生人,他从一开始就清楚小六用以登记的"苏梅"并非其真实身份,怀疑可能是小六杀害了"苏梅",并暗中进行调查。然而,在和小六的交往过程中,他被小六的"神秘""叛逆"以及勃发的"情欲"吸引,情不自禁地爱上了她,并主动为小六在乌鹊的合法化存在(办理身份证)到处奔走。在此,似乎也印证了弗洛伊德指出的"自我"与

"本我"的"同谋关系",即"自我"会发挥"前意识的文饰作用把本我的潜意识要求掩盖起来……给本我和现实的冲突披上了伪装;如若可能,它也会给和超我的冲突披上伪装"。但是,即便是在小六已经点燃了欲望之火,主动挑逗他并献身于他的时候,他却仍然不忘逼问小六"你是谁?",由于没能获得准确答案,他最终还是理性地向派出所报了案。与小六相反,对林子来说,重要的不是肉身的放纵,重要的是现实的规则;尽管情欲不可或缺,但是它却必须被约束在伦理的领地之内。《奔月》里,林子表现出的强韧意志和冷酷无情姿态,以及小六在遭遇林子之后的无能为力与节节败退,不仅暗示着某种时代本质,也隐喻了在强大的现实法律面前,任何越轨思想与出格行动的难逃劫数。

严格来说,不管文化习俗、价值理念和伦理规范有何差别,对于女儿的突然失踪,母亲都应该无比焦急与无限悲伤,然而,颇有意味的是,《奔月》里小六的母亲却并非如此。当她得知小六失踪的消息后,小说写道:"她显得过分安静,她没有大哭大闹,也没有像贺西南这样东跑西找,简直像个局外人。"显然,《奔月》里的这位母亲已经不再是生理、情感等通常意义上的母亲,而是象征意义上的母亲符号。随着文本的打开,这个人物的面孔也逐步清晰。在她怀孕期间,丈夫便离家出走,小六28岁,她守寡28年。为了不让小六生活在"无父"的心理阴影中,她坚持不断地以丈夫的名义给女儿寄送礼物,且不断编造关于丈夫的想象故事。如今虽然像一朵"凋零过半的玫瑰,花瓣绣边,茎条枯黄",却保持着"骄傲的""受难的表情"。可以说,她为了女儿的成长而生活在心造的幻象世界,尽管她虚构着自己的记忆与岁月,但是,谁都不会指责她的谎言和自我欺骗。如果说,在《墙上的父亲》中,那位卑微的却有点暧昧的母亲为了让王蔷和王薇姐妹能够长大,多多少少还是有过荒唐、非议和妥协,然而在《奔月》中,鲁敏却塑造了伦理尊严和道德荣光的守护者,一位带有"楷模"意义的母亲形象。这个人物,她不仅弃绝了欲念(守寡独身),也超越了世俗(无怨无悔),正是在这个意义上,她不就是那个"自我典范"和具有"观察自我,命令自我,评判自我"的"我们的良心",即超我的象征。

所以,鲁敏原本只是希望通过种下"小六"这个人物来收割"本我"的观念之果实,而实际上《奔月》却让她收获了更多的意外,就像紫霞仙子所说的那样,"我猜中了前头,可是我猜不着这结局"。"小六"这个投入文本湖心的石头,却激起了不断延伸的波纹,最终画成整个人格象征之图像。实际上,《奔月》不仅是一本关于人格结构分析的象征小说,一个剖析本我、自我和超我的象征文本。此外,鲁敏还让本我、自我和超我各带镜像,最终建构起人格的象征系统,比如:张灯是小六的镜像,贺西南、绿茵女士是林子的镜像,舒姨则是母亲的镜像。

二、"本我"的逸奔，抑或溃败？

关于小说与小说家的关系，鲁敏曾这样写道："小说本身便是虚妄——自然，这虚妄很可依靠，它自成一体，别有洞天，深广而奇崛。我喜欢的。但要就这个虚妄之事再加以自我阐述，甚至还像解读说明书一样弄得头头是道，我总觉得有违职业趣味。"确实如此，即便文本不可否认地流淌着小说家情感之血液，镌刻着小说家思想之灵魂，终究，它在形诸世界之时便拥有了自己独立的生命。并且，其生命的意义和价值在时间中生长，在历史中不断繁殖。不过，鲁敏这次还是违背了自己的"职业趣味"，她忍不住对《奔月》进行了"自我阐释"，她说它写的是"'本我'的一次逸奔"，那么，这个鲁敏提供的文本谜底是否就是真相？或者，它能否涵盖《奔月》的全部真实？

一般来说，不论是身体的还是心理的反抗，其起源必定是有形或无形的压迫或者压抑，而终点也通常是实在或可预见的方向。如果说"逸奔"也意味着反抗，那么，它应该也不会脱离这样的逻辑。重返本文之前提到的那几位世界文学中的经典"逸奔"女性形象，我们几乎无一例外地可以看到这样的情况。安娜·卡列尼娜之所以不顾贵族身份与女性尊严，飞蛾扑火般地投入沃伦斯基的怀抱，是由于伪善、冷漠且陈腐的卡列宁让她体味到婚姻和家庭生活的无趣，以及随之而来的困厄感。爱玛·包法利委身于莱昂，除却其自身追求浪漫的天性，与查理的懦弱、沉闷和乏味也不无关系。在《查泰来夫人的情人》里，劳伦斯更是为康妮·查泰来的私奔铺垫了强有力的基础，那就是：查泰来在战争中负伤导致下半身瘫痪，那种无性的生活使康妮看见镜子里的自己被荒废的身体，产生青春与生命正在死去的危机感。可见，不论是安娜、爱玛，还是康妮，都可以找到她们的逸奔在小说的逻辑与生活的逻辑上的合理动机。然而，与她们相比，小六在逻辑上就明显缺乏促使她逸奔的动力。首先，她并非为爱逸奔，尽管丈夫贺西南是现实、理性的职业经理人，除了没有约束性地关注过小六的私生活，并没有迹象表明他是乏味、无趣和无性之人，实际上，最后在向绿茵女士献花求爱的环节反倒证明他有一颗浪漫之心。其次，她并非为性逸奔，因为在"此在"世界，她与张灯的身体关系至少表明为性逸奔的不成立，而在与聚香的谈话中，她甚至暗示自己曾有过四个男人。

然而，这些传统小说中为了性或爱而逸奔的理由并没有成为阻挡小六决绝逸奔的限制性障碍因素，也没有取消小六决意逸奔的行动。但既然逸奔，终有缘由。在小六这里，她为自己找到的缘由是现实生活的单调与无意义、存在的荒谬与无新意，因此，她要摆脱这如同西西弗斯般的存在之困厄和无聊感，奔向自由和无名之地，就像《不能承受的生命之轻》中的萨宾娜一样，"为了背叛而背叛"。在她看来，婚姻和家庭生活就是"衣柜里的十三条领带；冬天一起泡脚；清晨刷牙洗手间镜子里一对满口泡沫的人；

阳台上的衬衣在滴水;卡通杯里的茶垢",这让她感到"硬邦邦的厌恶"。正因如此,在事故发生之后,她被"某个含糊的念头"召唤而放弃呼救,丢掉一切可与世界联系的事物之后,她的心里"闪过一丝残酷的欢乐",获得了"仓促的满足感"。并且,在回望一切社会关系的时候,她竟然发现自己"毫不伤感,亦不愧疚",她甚至也惊讶于自己的"冷冷然的无情之态"。初到乌鹊的小六,自以为可以永久保持隐身与无名的她将乌鹊幻想成完全自由、没有约束,可以恣意放纵的"乌托邦"。她享受着这种无名的喜悦,也陶醉于那种破坏的幻觉,就像一朵鲜艳的罂粟花,又仿佛是"伊甸园"里的那条诱惑之蛇,无视乌鹊这个地方的社会秩序与现实规则。当聚香真诚地向她请教是否应该相信和等待爱情的时候,她的回答是"你如果信,我就要劝你不要信"。而当聚香困惑于能否婚前性行为的时候,她更是嘲讽那不过是"裹脚布",劝她"撇掉爱情的浮沫子"。

《奔月》的情节发展至此,我们不禁为鲁敏的勇气而惊叹,猜想鲁敏是不是真的冒险地开始"大动作",要将《奔月》写成一部如同《洛丽塔》一样的彻底颠覆伦理的精神冒犯之书。同时,也不禁迷惑与担心,小六的这种悖逆传统的做法能走多远,她的这种"本我"狂奔的尽头又在哪里? 或者说小说的情节该如何进行? 终究,叙事之舟还是慢慢转向。由于林子不断地对于"你是谁?"的逼问和调查,甚至怀疑她冒用"苏梅"登记租房和寻找工作乃是她杀掉了真正的苏梅(从这里,我们也可以看出,小六何曾真正的隐名,因为在一切都需要身份验证的社会中,无名根本就甚至连栖身之所都无法获得),并到派出所报案。到此,小六实际上才真正意识到她的处境:

在最深处,她看到了她自己,从不曾离地万尺、腾空而去,她一直在那里,在众人所不见的角落里,被重重误会所包裹,被情义缠绕,被往事挂碍,在渴求着亲与爱,爱衰老之脸,爱具体的物,爱一面镜子及镜中的幻象。……小六听凭自己滚下眼泪,听凭脑子里的本我、自我、超我,都在争先恐后地淌下热泪。

这里的痛哭与眼泪,既是一种无可奈何,也是一种领悟,更是一种幻觉消失后的清醒。现实还在最关键的时候冷酷地对她进行了一次最无情的启蒙:无名最终成为无名之累,梦想的南辕踏上的是伦理的北撤,最终是奔走的渴望让位于回归的渴望,空洞的逃离催生出更大的空洞。正印证了那句话,"个人还可以通过幻想和妄想的方式来摆脱现实世界,但是通过这些方法获得的快乐要么是短暂而微弱的,要么就是虚幻而空洞的"。

所以,当聚香说遵照她的"撒野的猪"的理论,决定生下与已婚男人的孩子的时候,她"心里涌上了悲怆的负疚感"。不错,在面对她的启蒙对象将其理论付诸实践的时候,她产生了"负疚感"。伴随着这种"负疚感",我们看到这个人物逐渐升腾的道德意识。这是一个根本性的转折,最初在小六坚定否定、恣意背离和无情嘲笑中退却的道德开始粉墨登场,而那个张扬的身体欲望开始退场。鲁敏再次与弗洛伊德达成共识,这便是道德、伦理与良心的现身,超我"作为一种罪疚感(或者更确切地说,作为一种批评——因为罪疚感是在自我中对这种批评做出回答的知觉)来表示自己",它对"本我"和"自我的支配,愈到后来就愈加严厉"。于是,在小六的意识里,"禁忌的、诅咒的意志,像暴君一样大怒,扶刀而起……她大费周折地抛离旧境,可绝非为了再次纵沦、再次自我厌弃。她需要新的能力,一种迟钝的能力,节欲的、干枯的能力"。此前,她是恣意地释放欲望,此后,她的欲望不断收缩。她清楚地意识到,她与林子之间建立在"无名"之上的对"未知"的探索和尝试罪恶的快感已经"黄鹤杳渺"。

于是,小六最终走完了她的逸奔之旅,告别了乌鹊,掉转方向,重新回到了最初出发的地方。开始她高举"欲望的旗帜"一路狂奔,试图抵抗弥漫的虚无感和沉重的压抑感,不断地向幻想之地挺进,然而,自由一脚踏空,陷入令人绝望的虚空;罪恶却扑面降下,让她不得不步步为营地撤退,于是,小六从南京这个"现实的牢笼"逃离,却绝望地看见乌鹊是另一个"现实的牢笼"。《奔月》的整个结构就表现为"出奔"—"归返"模式,正是从这个意义上,《奔月》的小说结构具有了象征意义,它不是"'本我'的一次逸奔",它是本我的一次溃败。

三、白日梦,以及鲁敏的虚妄诗学

鲁敏曾经区分过文艺作品的两种创造过程和生成机制,一种为"腌制"机制,另一种为"补偿"机制。所谓"腌制"机制,它更强调或突出"一个写作者的童年、家庭、学识教养、山水地域、所处阶层、所经之事等等"——"作家所拥有的那些往事"之于创作的意义,无疑,这是一种主张摹写与反映式的创作观。而在她看来,实在经验并不意味着可靠的创作财富,相反可能是"过剩性的匮乏",她更倾心于虚在的想象性情感,秉持一种表现和创造性的创作观,也即她自谓的"虚妄"的写作观。因此,她主张"补偿"机制的重要性,"写作者所未曾经历、所渴求或力图背叛的那些东西:负一加负二等于正三。就我个人的体验而言,就有这样的'正三',才是写作更凶猛的源头,带着自我的弥补与纵容,发出陌生的呼啸——最终,胆小鬼反而擅长邪恶美学,刻板之人会爆发诡异的狂想"。对于鲁敏来说,日常与世俗已经完全不再具有鲜活的生命意义,而是造成人们精神之困的现实源头,留给她的感觉就是:"这些年,我先后做过营业员、劳资员、团总支书记、秘书、记者、公务员,同时也忙着结婚生子走亲戚做家务,该干吗干吗,有着高度的社会合作性,妥协温顺到几乎无色无味","性别、姓名、地域、口音、职业、家庭、教育、口味好恶、日常习惯等编织构成了一个人,同时又禁锢了这个人"。鲁敏正是基于这种甚至对于日常生活带有偏见的体认与情感,以及由此造成的长久以来"厌倦感"

和"压抑感",促成了她与"长满倒刺"的内心的共谋,从而完成了"非写不可"的《奔月》。

由此可见,《奔月》就是一个鲁敏"以极大的热情创造"出来,同时又清醒而"严格地将其与现实世界区分开来"的"幻想世界",在这个她所虚构出来的文本世界里,她将自己在日复一日的僵化现实中"尚未满足的愿望",通过《奔月》这个虚构出来的文本世界,来实现"愿望的满足"和"对令人不满足的现实的补偿"。《奔月》就是鲁敏的一场"白日梦",它帮助鲁敏完成了对"力图背叛"的背叛。所以,与其说是小六在小说中蓄谋逸奔,不如说是鲁敏在现实中渴望逃离;鲁敏赋予小六以形象,小六就是鲁敏的精神镜像。在这个意义上来说,与其说它是一部虚构的小说文本,不如说是鲁敏的精神隐喻。

然而,鲁敏还是写出了逸奔的虚妄,让出奔掉头归返。虽然,她以极大的勇气让小六触犯陈规,但是,她又以虚妄的方式消解了分歧和对抗的意义。据此,在我看来,鲁敏采用近年来当代小说家惯用的双线平行叙事结构,以近3年的小说为例,就有艾伟《南方》、阎连科《速与共眠》、陈永和《光禄坊三号》等小说采用这种叙事结构,这种叙事似乎已然成为一种现象。尽管这种刻意的形式感有观念化嫌疑,似乎对表达主题也有一定意义。这种意义就在于,这另一条线索的故事所构成的关于小六故事的对应文本,如果我们将小六部分的故事视为幻想文本,那么它就是现实文本。正是这个从"追寻""等待"到"擦去""遗忘"的现实文本的存在,它重复性暗示并强化了小六必然返回的悲剧性命运。

这里,我们也看到了鲁敏的抗争、挣扎以及虚妄。还是在那篇创作谈中,鲁敏写道:

> 最早的一个设计,小六消失后是去往了一个类似"失踪乌托邦"的所在,那里聚集因各种原因投靠而来的失踪者……小六所去往的"另一个世界",其所遭遇到的一切,多少都包裹着我的某些企图与寓意,同时我又要协调到这些设置下的内部逻辑。这个比较难的,写到难处,我几乎也跟主人公小六一样,有着"不知道风往哪里吹"的根本性痛苦。

也就是说,在最初的构想里,鲁敏为小六设计了一个由"腐败官员、生小孩的明星、失败艺术家、假破产商人、厌世的单相思者、过失杀人犯等"组成的,可以永远隐身、真正保持无名的"失踪乌托邦"。但是,这个构想并没有形诸最后的文本,我们并没有看到不容于现实的自我放逐的人群,看到的是与现实世界里一样的人们,鲁敏用乌鹊置换了那个消失了的"失踪乌托邦"。之所以这样,鲁敏说乃是考虑到小说的某种"内部逻辑"。那么,这个"内部逻辑"又是什么呢? 实际上,如前所说,如果说小说非要遵循生活逻辑的话,《奔月》从一开始(小六的逸奔)就已经违背了生活逻辑。那么,是不是所有的小说都必须遵照生活的逻辑呢? 答案当然是否定的。正如谁都不会苛责卡夫卡《变形记》和胡安·鲁尔福《佩德罗·巴拉莫》违背了生活的逻辑,同样,谁也不会否认它们是伟大的小说经典。所以,小说文本合乎生活逻辑与否不是区分作品优劣的标记,它所体现的是不同小说家的叙事观念以及隐藏在文本内的认知态度与思想理念。因此,"失踪乌托邦"的消失、小六的归返等反映的都是鲁敏的逻辑与观念。只有循此,我们才能理解这里的"根本性痛苦"意味着什么。也就是说,同样在鲁敏的构想里,她是希望小六不回来的,但是她还是回来了。《奔月》里,小六附着了鲁敏本人的幻想和幻灭,她的出走与归返隐喻的是鲁敏自己的精神困惑和情感纠结,她意识到,在坚硬的现实法则与高悬的道德律令下,不论多么强硬的挥手告别最后还是变为苍白无力的手势,任何的越轨——不管是思想的,还是行动的,其遭遇只能是脱轨而行,而其结局也唯有返轨。也正是在这个意义上,鲁敏没有将《奔月》写成一部精神的冒犯之书,而是写成了与现实讲和、带有规训意味的隐喻文本;站在欲望彼岸召唤的鲁敏,最后还是疼痛且虚妄地渡回伦理的此岸。

最终,我们便看见了《奔月》里的多重意蕴的虚妄诗学。首先,所谓的性爱是虚妄的。不管是小六,还是张灯,他们恣意地释放身体本能冲动,性爱之于他们,已经越出伦理的边界,完全让渡为欲望的狂欢,转换为"身体消费和欲望游戏",亦即"抽离了精神因素,完全物质化,纯粹地沦落为商品性的身体消费","放弃了神圣姿态,充满随意性,转换为毫无正经可言的欲望游戏"。如此的结局便是,越放纵导致了越空洞、越虚妄,正如张灯最后的叹息所揭示出来的那样,"他从来没有真正深入过她们中的任何一个。凡有所相,皆是虚妄。他只是在与她的孤独反复性交,他永远饥饿和焦苦,这是推不完的西西弗斯大石块"。其次,所谓的自由是虚妄的。鲁敏让小六恣意地自由逸奔,可是结果却奔向虚无。那个曾经令无数人沉醉的字眼,那个在娜娜和子君们看来"不自由、毋宁死"的自由,却让小六感觉到了不能承受的生命之轻,就像弗洛姆所说的那样,"自由给人带来了独立和理性,但同时又使人陷于孤独、充满焦虑、软弱无力"。这真是多么的讽刺,又是多么的虚妄! 再次,甚至所谓的存在也是虚妄的。小六为追求无名和隐身而来到乌鹊,然而,她发现若是无法证明其身份,没有人会认可她的存在;林子念念不忘为她赋名,乃证实存在有赖于他人的确认,这样,她变成了"苏梅",也就是说,那个"小六"已经不存在了。当她最后无可奈何地重返南京,却没想到丈夫贺西南也已经到公安部门宣告其死亡并将其身份从户籍中注销,南京的那个"小六"也已经不存在了。也就是说,不论在南京还是在乌鹊,小六作为现象学意义上的"意向性客体"(胡塞尔语)或"此在"(海德格尔语)实际上已经不存在了,也正如最后小六心里默念的,"随便哪里的人间,她都已然不在其中",她成为一个虚妄的存在。

如上所论,鲁敏终于没有构筑起一个"失踪乌托邦",甚至如她所说的竟也未能"虚构一条鲸鱼街",她让她的梦在梦境中就已破碎。在此,我们看到了《奔月》的遗憾,就像它没有成为一部革命性、同时代性的精神冒犯之书,这似乎是时代语境和文化惯性所致的中国小说家的阿喀琉斯之踵。甚至更为遗憾的是,《奔月》也仍然没有忘记那个熟悉的"闭环"结构和"轮回"观念。反过来想,如果鲁敏坚定信念,执意放逐小六,让她做一个永远的逸奔者,或者说,即便乌鹊不能符合理想,何必非要返回南京?不是还有下一个乌鹊,再下一个乌鹊?就像鲁迅的"过客",就像加缪的"西西弗斯"。如此,《奔月》会不会呈现另一番景象?实际上,这个景象本就存在鲁敏没有去实现的构想里。

参考文献:

[1]鲁敏:《奔月》,北京:人民文学出版社,2017 年版。

[2]鲁敏:《关于〈奔月〉》,"我以虚妄为业"(鲁敏)个人微信公众号,2017 年 10 月 2 日。

[3][奥]弗洛伊德:《精神分析导论》,车文博主编:《弗洛伊德文集》(第 7 卷),北京:九州出版社,2014 年版。

[4][奥]弗洛伊德:《自我和本我》,车文博主编:《弗洛伊德文集》(第 9 卷),北京:九州出版社,2014 年版。

[5][德]埃里希·弗洛姆:《弗洛伊德思想的贡献与局限》,申荷永译,长沙:湖南人民出版社,1986 年版。

[6]张伟:《弗洛姆思想研究》,重庆:重庆出版社,1996 年版。

[7][奥]弗洛伊德:《精神分析新论》,车文博主编:《弗洛伊德文集》(第 8 卷),北京:九州出版社,2014 年版。

[8]鲁敏:《我以虚妄为业》,《小说评论》,2014 年第 6 期。

[9][奥]弗洛伊德:《一种幻想的未来》,严志军、张沫译,上海:上海人民出版社,2007 年版。

[10][奥]弗洛伊德:《达·芬奇的童年回忆》,车文博主编:《弗洛伊德文集》(第 10 卷),北京:九州出版社,2014 年版。

[11]彭正生:《消费时代的情爱症象》,《四川戏剧》,2015 年第 7 期。

[12][德]埃里希·弗洛姆:《逃避自由》,陈学明译,北京:工人出版社,1987 年版。

[13]鲁敏:《梦境制造者》,"我以虚妄为业"(鲁敏)个人微信公众号,2017 年 11 月 22 日。

本文为安徽省哲学社会科学规划项目"新时期以来小说家文论研究"(项目编号: AHSKF2018D89);安徽高校人文社会科学研究重点项目"中国当代小说家文论研究" (项目编号:SK2018A0486)。

理论探索

坚定民族绘画之路
——全球化格局中构建中国当代绘画的主体地位

陈明哲

鲁迅先生在《且介亭杂文》中说:"只有民族的才是世界的。"世界上有众多的民族,每个民族的文化都是世界文化的有机组成部分,民族文化构成了世界文化,世界文化的繁荣离不开各民族的个性文化,因此,真正的中华民族复兴是中华民族文化在世界文化之林中获得应有的地位。今天,随着中国的富强和崛起,国人更希望看到中国文化的全面复兴。

中国绘画经过数千年的发展,不仅是中华民族文化的精粹,也是世界文化的重要组成部分。中国绘画作为中华文化宝库的重要部分,其延续时间之长、传播地域之广、对中华文化影响之深,在我国民族文化形成发展进程中表现得相当突出。近百年来,中国绘画经历了"融合""改造""变革"等一系列探索发展,反而在全球化的共同语境中逐渐消解了自我存在的价值。从某种意义上讲,文化自信就是民族的自信,只有以本民族文化精神为基础,增强民族文化自信心,坚持绘画的民族立场,注重传统绘画独特的精神价值,在全球化格局中构建自己的美术主体地位,强调中国自身的文化价值与判断,才能在真正意义上扩大中国的国际影响力,促使中国在新的历史条件下全面复兴。

一、民族复兴首先要文化自信

缺乏民族文化的国家,在全球化的共同语境中只会消解自我存在的价值。我们应当清醒地意识到,中国艺术的希望最终还是在于民族艺术的复兴。民族艺术的复兴首先要文化自信,文化自信是对自身文化价值的肯定、认同,也是对文化精神及其主体力量的彰显与强化。中华优秀传统文化,积淀着中华民族最深沉的精神追求,是中华民族独特的精神标识。正如潘天寿先生所言:"每一个国家民族,应有自己独立的文艺,以为国家民族的光辉。民族绘画的发展,对培养民族独立、民族自尊的高尚观念,是有重要意义的。世界上任何一个国家都将自己的民族文化看成是莫大的骄傲,以此来证明本民族的文明程度和聪明才智。中国是世界公认的文明古国,传统遗产之丰富,艺术成就之高深,在世界上是少有的。作为中国人,应该花大力气研究、整理、宣扬我们的民族遗产，并从中推出民族风格的新成就。"①

众所周知，五四时期以白话文运动以及对"民主""科学"的追求成为中国文化史、思想史的转折点，它的实质是高扬"自由思想、独立精神"，试图以"科学"为旗帜，以实现"民主"之要求，以挽救日益衰落的国势。当时，中国经济领域有商埠开放，兴办实业；文化领域也西学东渐，百家争鸣；美术领域则出现了多种声音和力量：有高呼"打倒四王"的，有主张调和中西的，有主张中体西用的，有主张保存国粹的……潘天寿先生则提出"中西绘画要拉开距离"的"双峰论"，认为"中国绘画应该有中国独特的民族风格，中国绘画如果画得同西洋绘画差不多，实无异于中国绘画的自我取消"②。

关于艺术的民族性问题，1956 年，毛泽东在《同音乐工作者的谈话》中强调"要有民族形式和民族风格"，为处理中西学术之间的关系提供了指导思想。同年 7 月，文化部召开全国油画教学会议，又讨论了民族风格问题，民族传统重新得到重视，民族意识高扬，这给中国绘画创作发展带来了机遇③。一部分画家开始从中国画传统内部寻求突破与超越，如潘天寿、李可染、石鲁、傅抱石、陆俨少等，他们的理论与实践指向传统自身的延续和发展，坚持民族绘画的本位立场，在以民族绘画为主体的情况下，再从外来文化中获得滋养和发展。他们对中国绘画的思考，是通过理中国绘画发展的历史脉络，从中国绘画内部进行改革，使其成为可与西方绘画对峙和交流的画种。

强调文化自信，国家重新重视民族文化的整理、发掘，强调对中国绘画的民族精神的坚持，绘画界开始重新认识民族传统，画家在社会主义新时代思考"传统"的有效性和继续发展的可能性，"传统"能不能为当下服务？能不能继续深入和走向未来？其实这种思考和实践近百年来从未停止过。

二、近百年来坚持民族绘画之路的探索实践

近百年来中国画的发展道路是曲折的，但是始终有一部分画家坚持民族绘画之路，他们相信民族绘画独特的审美价值和持续发展进步的可能，并进而寻求这种精神气质与现代生活的连接。值得重视的是，这种主张在 20 世纪民族救亡与图强的历史潮流中，不仅保证了民族绘画相对独立的发展，而且为我们提供了一种成功的转化案例：由"传统"到"现代"的转化可以发生在传统内在的逻辑体系中，而不是以外来力量

---

① 潘公凯编：《潘天寿谈艺录》，杭州：浙江人民美术出版社，1985 年 9 月第 1 版，第 8 页。
② 潘天寿：《潘天寿美术文集》，北京：人民美术出版社，1983 年 6 月第 1 版，第 155 页。
③ 潘耀昌：《中国近现代美术教育史》，杭州：中国美术学院出版社，2002 年 3 月第 1 版，第 56 页。

为中心或以否定传统为目的的"革命"和"变革"实现。

新式美术院校同样充满坚持民族绘画之路的力量。早在 1928 年杭州国立艺术院成立时,教务长林文铮在《本校艺术教育大纲》中就讲得很清楚:"本校的艺术教育方针是在不偏不倚的立场,以忠于艺术、促进吾国文化、恢复其过去的荣光为目的。努力磨炼基本,努力摆脱古今中外的程式,努力创造足以代表个性及民族精神的新艺术,这是本校全体师生的法典!"[①]《大纲》提出的教育方针是尊重传统,发扬自己的民族精神。

1953 年 6 月,中央美术学院筹建中国绘画研究所,其目的是为了团结全国的中国传统画家,聘请他们担任研究员、副研究员,由黄宾虹兼任所长,理论家王朝闻担任副所长,全国著名国画家潘天寿、贺天健、吕凤子、傅抱石、唐云、关山月、于非暗、王雪涛、陈半丁、徐燕荪、赵望云等都集中到中国绘画研究所,探求中国画在新形势下如何繁荣、发展的问题,研究所的最终目的还是探索如何坚持走民族绘画之路。1954 年,为更好地传承和弘扬中华民族艺术遗产,强调中国绘画的民族性,中国绘画研究所更名为民族美术研究所。

1962 年 12 月,潘天寿在浙江美术学院举行的"素描教学问题学术研讨会"上,作了题为《赏心只有两三枝——关于中国画的基础训练》的发言。他的发言就中国绘画的素描概念和基础训练展开讨论,否定了外来的契氏素描体系普遍适合于中国绘画教学的论调。在谈到人物画时,他提出以宋代的现实主义精神和写实方法为借鉴,他提倡学习唐宋绘画的写实精神,特别是借鉴李公麟的白描法,并主张以白描或双勾取代苏式素描。潘天寿以反潮流的勇气和魄力向当时最权威的契氏素描体系提出挑战,充分体现了他的民族艺术观念和强烈的传统意识。他认为:"艺术处理不同于纯科学,纯科学讲效能而不讲形式和精神,科学没有个人特性和民族特性,中国艺术不追求科学的真实,而在乎心理的真实。"[②]潘天寿主张走民族绘画之路,但他并不反对与外来艺术的融合,他在 1928 年完成的《中国绘画史略》一文中写道:"历史上最活跃的时代,就是混交时代。因其间外来文化的传入,与固有特殊的民族精神互相作微妙的结合,产生异样的光彩。南北朝时的艺术,得外来思潮与民族固有精神的调护滋养,而得充分的发育。唐宋朝时的艺术,秉承南北朝强有力的素质,达到了优异的自己完成的领域。"同时,他又清醒地意识到,中国艺术的希望,最终还是在于民族艺术的复兴。他强调中国画要保持东方艺术的代表地位,要发扬民族传统特色。

---

① 林文铮:《本校艺术教育大纲》,原载《亚波罗》1934 年第 13 期,引自《中国美术学院七十年华》,第 149 页。

② 潘天寿:《潘天寿美术文集》,北京:人民美术出版社,1983 年 6 月第 1 版,第 155 页。

三、在全球化格局中构建中国当代绘画的主体地位

中国绘画具有深厚的文化基础和内涵,是民族文化精神的体现,蕴含着中华民族的智慧和精神。中国精神贯穿于中华民族五千年历史,同样蕴积于近现代中华民族复兴历程。振兴民族艺术与振兴民族精神有密切的关系。在全球化的今天,我们肩负着继承与振兴民族艺术走向现代的时代责任,更要坚定文化自信、民族自信,努力构建中国当代绘画在世界艺术之林的主体地位。

2018 年 5 月,中国文联党组书记李屹同志在"向人民学习,向生活学习,潜心创作无愧时代的精品力作"座谈会上讲到,要"坚持文化自信,充分发挥文艺的功能作用,自觉担负中华民族伟大复兴新的文化使命"①。每一个国家,应当有自己独立的文艺,中国绘画应该有中国独特的民族风格。只有坚持自己的民族风格、民族精神,走民族绘画之路,分析传统文化遗产在当代变革的可能,并从中西艺术比较的视野中,将这些探索与努力定位于光大中国绘画在世界艺术之林中的"高峰"形象,才能做到在全球化格局中构建中国当代绘画的主体地位。

"艺术的新,应该是对传统的补充,而不是抛弃和替代。"②近百年来,在中国绘画的发展进程中,坚持走民族绘画之路从未停止,这些画家既清楚地意识到西方绘画的长处,也不否认近代中国在物质文明上的落后,但他们并不因此就接受中国传统绘画艺术已日暮途穷的说法。他们严格地把物质文明和精神文明的标准区别开来,拒绝康有为、陈独秀等人提出的用西方绘画来改造中国绘画的方案,旗帜鲜明地主张中国绘画是东方绘画最中心的主流,与西方绘画并峙形成世界的两大艺术高峰,它有自己的主体地位。

我们应当清醒地认识到传统艺术形式的现代价值,坚持从中国画语言体系内部寻找创新的可能,从笔墨章法的个性气质、作品的内在风格等方面去追求时代审美的品质。许多画家的创作实践为传统绘画语言向现代审美的嬗变作了很好的诠释。他们努力使中国传统绘画与现代新生活接轨,深入思考如何以个体的精神创造来实现民族文化的当代价值,进而在世界艺术之林中树立民族艺术的高峰形象。中国绘画有着独特的中华民族的基因和元素,中国艺术家必须以强大的民族自豪感和文化自信心,坚持自己本民族的文化立场,在纷乱的当代艺术思潮中走自己的民族绘画之路,这就是

---

① 中国文艺评论家协会主办:《中国文艺评论》,北京,2018 年第 6 期。

② 邵大箴:《文化自信从何而来——以中国当代美术为例》,北京,《人民日报》,2016 年 9 月 20 日。

文化自信的具体表现。

伴随着中国经济的全面崛起，在经济、政治、文化全球化的当代语境下，坚持民族绘画之路的文化追求尤其值得我们重视和反思。在中国绘画的背后，有着一个足以与西方文化体系并峙的庞大的文化构架，而这个文化构架正是中国几千年历史发生、发展的基础。在可以预见的将来，中国画的"传统"仍将延续、发展，民族传统将在与外来文化体系的并存对照中，以新的视野、角度、观念、框架进行深入研究，传统文化的民族性将重新被发现、被认识，并会重新展示出其自身的意义，中国绘画也必将重新回到它在世界绘画中的主体地位。

（本文获 2018 年中国美术家协会主办的"首届全国美术高峰论坛"征稿优秀论文）

钢琴即兴伴奏微信平台在中小学音乐教师培训中的运用

孙艺辉

钢琴即兴伴奏，是指伴奏者在没有伴奏乐谱的情况下，根据看到的乐谱或听到的旋律，在很短的时间内完成内心编配并即兴弹奏出伴奏部分的一种伴奏形式。在我国当前的中小学音乐课教学中，歌曲演唱是重要教学内容之一，教材中的许多中外歌曲谱并没有相应的伴奏曲谱，老师在教学中也会经常变调、移调；同时，学生在学习歌曲演唱时往往也不能很准确地"跟"上伴奏谱的节奏、音调。这就需要老师在课堂教学中运用钢琴即兴伴奏这一基本功，灵活编配，来为学生的歌唱学习提供伴奏，让学生唱得更准更好。因此，钢琴即兴伴奏是当前我国中小学音乐教师所必备的教学基本功之一。

随着近十年钢琴这一乐器在我国城乡的普及程度越来越高，它似乎已经成为一件大众化的乐器，许多中小学生都具有一定程度的钢琴弹奏水平，这一现象对中小学音乐教师的基本技能提出了更高的要求。笔者通过调查发现：中小学音乐教师中相对年纪较大的一类，他们很多毕业于中等师范或师范专科学校，钢琴弹奏水平相对较低，再加上工作年限较长，音乐理论知识学习进修不够，在钢琴即兴伴奏能力方面较为薄弱；而中小学音乐教师中相对年轻的一类，他们大多具有本科甚至是研究生学历，教育层次相对较高，钢琴弹奏能力却也参差不齐，主要原因是他们在大学学习时有钢琴主修和辅修之区别，虽然是一字之差，但钢琴弹奏能力方面可能差之千里，主修钢琴的学生可以演奏肖邦、李斯特等人的较难的音乐作品，而辅修钢琴的学生的钢琴弹奏能力可能仅相当于《车尔尼练习曲849》程度。在这两类教师群体中，对钢琴即兴伴奏能力的掌握却是有些出乎笔者的预料，主要体现在以下几方面：

首先是，钢琴即兴伴奏能力与钢琴弹奏程度并不完全一致。在年纪较大的一类教师中，有一些人钢琴弹奏程度并不高，但是他们平时对即兴伴奏较感兴趣，通过自己钻研、实践，积累了一定的伴奏实践经验，能够较好地运用到课堂教学中，这些教师的即兴伴奏具有织体简单、和弦变化不多、以简谱弹奏为主的特征；而在年纪较轻的一类教师中，钢琴即兴伴奏弹得较好的反而以声乐专业的居多，他们在大学学习钢琴辅修课，弹奏程度一般，但是对于歌曲熟悉程度较好，其中一些教师对于流行和声、爵士和声比较喜爱，这类教师的钢琴即兴伴奏具有移调较为熟悉、线谱与简谱都较为熟练、和声编配能力较强，伴奏风格呈现多样化的趋势。

其次是，以键盘乐器演奏为主项的教师在钢琴即兴伴奏能力方面往往较为薄弱。笔者在调查中接触到几位这样的教师，有弹钢琴的，也有拉手风琴的，他们在乐器演奏方面都能够完成一些难度较大的音乐作品，但是在即兴伴奏方面存在畏难情绪，和声编配能力较弱，转调移调困难，尤其是遇到简谱就更是无从下手。即使能够勉强弹一点，也存在和声编配不够准确，织体单一的问题。要知道，他们演奏的曲目单里可是有着丰富的和声音响和风格多变的织体，这不得不引发笔者的思考。

另一个现象就是，相对中学音乐教师而言，小学音乐教师的钢琴即兴伴奏能力相对较强一些，而且在课堂教学中运用相对较多，然而就受教育程度和质量来说，中学音乐教师一般情况下是高于小学音乐教师的。

针对上述现象，笔者以为：钢琴即兴伴奏在中小学音乐教师的课堂教学实践中存在以下问题：

1. 重视程度不够。许多年轻的音乐教师在大学学习期间都参加过各种形式的钢琴弹奏、曲式分析、和声、即兴伴奏等相关课程的学习，可以说无论是理论还是实际操作都具备了一定的专业基础，但是从事中小学教学工作后，在教研活动中往往较为重视教案、教学设计、多媒体课件制作等环节，认为钢琴即兴伴奏这一技能比较难掌握，担心影响教学效果，不愿意在教学中展示，由此，他们渐渐"疏远"了这一技能。

2. 实践机会很少。钢琴即兴伴奏是一种结合多种知识与技能的键盘综合应用技能，它要求弹奏者进行大量的编配弹奏实践，来提高自己在即兴伴奏中适应各种情况的能力：不同调式调性的各种和弦及其转位，不同织体的实际运用，前奏及间奏的即兴演奏，与不同程度、不同年龄演唱者的合作，等等。俗话说"曲不离口"，长期脱离钢琴即兴伴奏实践的教师不可避免地会出现动手能力越来越弱的现象。

3. 学习、培训效果不明显。钢琴即兴伴奏同时也是一门实践性学科，需要学习者在教师的指导下，通过对音乐作品的不断学习、演奏、总结，从而使自己的钢琴即兴伴奏水平得到提高。中小学音乐教师由于教学工作等原因，平时是缺少专业教师指导的，只能在有限的业余时间自己练习，其效果自然不佳。再看看短期培训的情况：笔者在培训授课中发现，音乐教师的短期培训往往存在"时间短、任务重"这样一个特点，参训教师虽然听课积极性较高，但由于课后练习不足，理论及实践知识匮乏，难以实现预期的培训效果。

针对上述问题，正当笔者对于如何开展中小学音乐教师的培训提高进行一些思考之际，参与培训的一位小学音乐教师在微信上创立的"即兴伴奏俱乐部"引起了笔者的兴趣。这是一个歌曲即兴伴奏爱好者自发建立的微信群，发起者为合肥市一位小学音乐教师，目前已有四百多位群成员，他们大多是中小学音乐教师和钢琴即兴伴奏爱好者。想要加入此微信群，须经过考核入群——参加者要提交自己的即兴伴奏作品(通过微信发自己演奏的视频、音频资料)，经群主考核通过方能加入。群主通过微信平台定期发布作业和有关伴奏的信息，群成员围绕作业进行演奏视频或音频的制作、推送、分享。

由此，笔者认为，微信平台在培养和提高音乐教师钢琴即兴伴奏能力方面是切实可行的，它具有以下优势：

1.微信平台为音乐教师即兴伴奏培训构建了崭新的立体化教学模式。传统的培训教学主要以教师的讲授和示范为主，由于教师和学员的水平存在较大的差异，教师可以轻松弹奏出编配丰富的歌曲伴奏，而学生只能听听看看，难以上手，这样往往会导致培训课程"教师讲述示范精彩，学员听得看得一头雾水"这样的极端现象。

利用微信平台，教师可以利用网络的强大资源，整合对学员有用的教学资源，在微信群内集体授课；也可以针对每一个学员的实际水平，进行精准推送，学员在教学工作之余，可以通过微信集中或个别上课，针对自己不懂的问题进行有针对性的学习和提高，也可以通过微信群观摩教师或其他学员，乃至国内外的专家进行示范讲解、演奏。由此，学员的培训学习在不影响正常工作的情况下实现了立体化、常态化。

2.微信平台为音乐教师即兴伴奏培训开辟了课后学习的专区。在传统的培训教学中，学员在课后练习中往往无法与教师进行很好的交流，不能很好地解决练习中存在的问题。比如有的学员学习移调中的和弦运用，在课堂上看教师弹得很轻松，到了自己课后练习时，却发现很难练习，容易混淆，这就需要教师在学员课后练习中及时"一对一"进行和弦和指法的示范讲解，而微信群的运用使得这种课后辅导成为可能。

依托微信群，教师还可以将讲述内容提前发布，学员可以在工作之余预习，充分发挥了学员的主动性；学员也可以通过微信群进行作业的练习、提交，培训教师可以根据学员的作业完成情况进行点评和适时指导，有效地解决学员在练习、作业完成方面存在的不足。

3.微信平台的互动特性使得音乐教师即兴伴奏培训更具有开放性、建设性。在传统的教师培训中，由于受到时间、场地等因素的制约，教师与学员之间的交流和互动不足。歌曲即兴伴奏的"即兴"特性决定了一首歌曲的伴奏方案可以是多种，如何让这些方案在伴奏实践中充分展示和应用呢？

微信群的即时互动性有效地弥补了传统培训的不足。教师在微信群中发布一首歌曲的伴奏作业，学员可以根据自己的实际能力、风格喜好，编配、弹奏出自己的伴奏作业视频或音频上传，教师再引导学员分析、比较，这对于音乐教师即兴伴奏多样化风格的形成和运用有着重要的作用。

笔者以为,在中小学音乐教师中建立即兴伴奏课程培训交流群,围绕教师即兴伴奏能力的学习和提高,可以开展以下活动:

1. 在群内利用视频定期举办即兴伴奏专题讲座,让学员在工作之余能够足不出户,通过网络,系统地学习即兴伴奏所必须具备的钢琴弹奏技能、和声编配理论知识。教学中可以通过发信息、留言等方式进行互动交流,及时答疑,师生在交往中获得良好的教学效果。

2. 定期发布作业内容,所有群成员在规定时间内提交作业。利用微信平台的即时通讯功能,群成员根据自己的实际弹奏水平录制作业,并将自己的演奏视频或音频传送至群内,实现成员共享,群内成员可以欣赏视频或音频的演奏,给予演奏者一些评论,这些评论可以是点赞,也可以是一些意见和建议。群成员通过作业的布置—完成—推送—评论,这一系列环节,达到交流学习和共同提高的目的。

3. 群成员之间经常发送自己的即兴伴奏视频、音频,展示乐谱编配等技能,利用即时聊天功能互相欣赏、互相点评、互相学习;另外,教师和学员也可以围绕这一主题即时发布一些与即兴伴奏有关的知识,了解这一技能在国内外的发展动态,在群内分享自己的学习心得,在良好的交流氛围中开阔视野。比如前文提到的“即兴伴奏俱乐部”群里就有多位外籍即兴演奏爱好者,他们经常在微信群内发布一些爵士风格即兴演奏视频和知识介绍,微信平台依托网络资源,大大丰富了即兴伴奏的学习内容。

4. 培训教师既可以利用微信平台的群聊功能,进行集体讲解、示范和点评,也可以利用微信平台的一对一聊天功能,进行个别辅导。中小学音乐教师由于各自的学历背景等原因,在即兴伴奏方面的起点各不相同,所面临的学习重点和难点也不相同。笔者在之前的培训中就遇到这样的情况:同一个班级上课,有的学员即兴伴奏已经弹得相当不错,而有的学员却连基本的和弦功能、转调移调都听不懂。面对这一现状,传统的“课堂培训,课后见不到人”的教学模式很难达到“人人都听懂,人人都进步”的教学效果。而利用微信平台,培训教师可以根据学员的即兴伴奏能力,采取“一对一”或相近水平的学员再分组的小组教学,大大提高了教学效率和教学效果。

5. 传统的培训往往时间相对较短,参与培训的教师在培训结束后回到各自的工作岗位,钢琴即兴伴奏由于具有较强的技艺性,培训难以延伸到音乐教师的教学工作中,常常出现“在外培训弹一个样,在学校上课弹另一个样”的情况。而利用微信平台,参与培训的学员可以和培训教师长期在线上交流,针对钢琴即兴伴奏的技艺性,开展技能展示与辅导相结合的培训模式,并将培训和学习延伸到实际教学工作中,达到学以致用的教学目的。

由此可见,微信平台对于提高中小学音乐教师即兴伴奏能力具有较强的应用价值,应当尽快实施。相信这一应用平台会成为教师继续教育和培训的好帮手。另据微信官方网站上介绍:"目前已有超过 8 亿人在使用微信这一应用软件。它整合了互联网络的海量资源,支持发送图片、文字、视频等信息,可以多人即时聊天,并支持大部分智能手机。"微信,不仅仅是一种社交软件,它还带给我们一种崭新的生活方式。

参考文献:

[1]辛迪:《辛笛应用钢琴基础教程》,上海音乐学院出版社 ,2010 年版。

[2]刘聪、韩冬:《钢琴即兴伴奏教程新编》,人民音乐出版社,1999 年版。

[3]谢耿、陈雪慧:《钢琴即兴配弹教程》,花城出版社 ,2004 年版。

[4]李斐岚:《钢琴伴奏艺术纵横》,人民音乐出版社,1996 年版。

[5]刘冬云:《钢琴即兴伴奏配弹》,《钢琴艺术》,2006 年第 7 期 。

本文为安徽省高等学校省级质量工程省级一般教研项目《高校音乐学专业钢琴课程模块化分层教学研究》(2018jyxm1212)项目成果。

安徽原创文学

教育和美学是儿童文学作品体现的两个维度
——许诺晨、谢鑫作品研讨会专家发言选登

【编者按】第六届安徽当代原创文学作品研讨会于 2018 年 12 月 1 日在合肥召开，省文联副主席、省作协主席许辉，以及来自省内外的六十多名专家参加会议。本次研讨会主要围绕安徽省青年儿童文学作家许诺晨的"抗日小英雄"系列和谢鑫的侦探小说"课外侦探组"系列作品展开。以下为专家们在研讨会上的发言摘要：

许诺晨作品评论摘要

王泉根（北京师范大学中文系教授）：儿童文学对红色记忆自觉的传承

安徽是我们当代儿童文学的大省，而且正在向强省迈进。看一个省是不是某一种文学的大省强省，譬如在儿童文学方面，我认为可以从以下几个维度去判断：

第一，看它有没有全国性、国际性影响的现象级作品。

第二，看它有没有可持续发展的代表作家。

第三，文学类的相关部门是否具有强有力的条目与措施。

我从三个维度谈一下自己的看法：

第一，许诺晨的小说创作是一种本位的写作，定位下移的写作。儿童文学分三个年龄层次：为幼儿园小朋友服务的幼年文学，为小学生年龄段服务的童年文学，以及为中学生年龄段服务的少年文学。许诺晨的创作很好地体现了这个特点，写作目的非常明确，就是为幼儿园小朋友写作，就是为小学生写作，所以作品的儿童本位意识非常强烈。

第二，现代题材的创作。现代儿童文学创作是儿童文学非常重要的一个传承，就现代题材来说，许诺晨是在这一代作家当中走在最前面的。她探索出一个题材内容：出版了原创作品"淘气大王董咚咚灾难求生"系列，这是一套重要的现实主义题材作品。通过艺术的形式，让孩子们直面灾难，是作家的任务。许诺晨写了红色记忆，写了抗战红色少年英雄三部曲，她的这套书得到了很好的评价。我这里要强调的是：一位 80 后作家以"红色""抗战""革命题材"作为创作视野，对于艺术探索领域来说是非常难能可贵的。当下，80 后、90 后作家，有几个能做到？许诺晨是第一个。她写的三部小说各有特点，两部写城市，一部写农村。就许诺晨的作品来说，我们可以看到儿童文学新人们对红色记忆的一种自觉的传承。作为一个年轻作家，她自觉地写这个题材就

具有深刻的意义,她的小说创作还有待进一步的发展,但就这种自觉的艺术追求来说,值得大家充分肯定。许诺晨是一位非常年轻的作家,有很大的发展空间。我简单提两点建议:

一、希望能够找准自己的美学定位,已经创作这么长时间了,出版作品也比较多了,通过这么多的实践以后,要有自己的艺术追求。

二、深耕于某一种文体、某一种题材,像打一口深井一样不断地挖下去,人如果有这样的毅力一定会做好。

最后一句话,许诺晨的儿童文学不仅是安徽文学的重大收获,也是新一代原创儿童文学创作的重要现象与重要收获。

张品成(海南省海口市作家协会主席):将历史带入写作,不是简单地阅读历史

80后、90后身临其境地去关注历史,关注革命历史,起码作为写革命题材的作家,我接触得很少,许诺晨是我第一次接触到80后、90后作者写革命题材的人。我读了她的三部小说以后,有一些感受:首先是再现英雄;其次是作为一个坚持38年创作红色历史研究的作家,真心感觉到,00后是不是就不看历史革命题材的作品了? 因为我悲观过,一个人写了这么多年,虽然也有点影响,但是会不会后人就不看了? 但是许诺晨给我一个信心,不仅有人看,而且有人写,这个是很可贵的,我们后继有人了,可能今后她在红色历史方面会有更大的天地,会有更好的作品,这一点我很期待。

感触特别深的,首先许诺晨的作品对儿童有吸引力,刚才我有意看了她作品的发行量,已经第六次印刷了,2015年开始到现在,一个出版社第六次印刷这种红色题材的书,在我几十年的创作中没有出现过。这个现象说明一个什么问题呢? 说明年轻人信任同龄人写的东西。希望我们作家协会好好地推动青年,尤其是80后、90后进入红色写作领域。

另外,他们这一代作家的视野比我们的要宽阔,许诺晨写红色,也写校园,他们的涉足面和研究方向都比较广,他们的阅读量比我们这一代的作家要大,所以我觉得这是非常可喜的一个方面。

我再给许诺晨提一点建议。我觉得许诺晨架构故事的能力非常强。如果她创作革命历史小说,需要进入历史而不是单纯地阅读历史,比如说我是中央红军,我就是特教员,就是红军中的一员,就是抗日小英雄的一员,这种历史背景会使她的叙述更有张力,语言更有吸引力,故事就会更好。

徐鲁(《文化湖北》杂志主编):儿童文学读物中不能缺少英雄故事

读许诺晨的作品,确实有些惊讶,因为我没想到像这个年龄的青年作家也能写这类题材,而且写得引人入胜。许诺晨能够写出这类小英雄题材的儿童小说,说明她是有社会责任感的。同时,我们也应该为安徽少儿出版社点赞,因为许诺晨的书在安徽少儿出版社推出之后影响是不错的。安徽少儿社近几年推出了一系列红色题材的儿童文学作品,还有"红色中国系列",再加上许诺晨的"抗日小英雄三部曲"系列,我觉得已经形成了一个很可观的红色主题出版产品线。

习总书记说过"英雄是民族最闪亮的坐标,歌唱祖国、礼赞英雄从来都是文艺创作的题材,也是最动人的篇章",我觉得许诺晨这三本小说也是对总书记讲话的最好响应。这三本小说的主角都是在抗日战火中长大的孩子,在不同的地域背景下作者塑造了很多小英雄的形象,雷鸣、朱元宝、鲁小花等等,十几个生活在战争年代里生动而鲜活的少年英雄孩子的形象。

在三本小说里面出现了这么多人物,作者需要一种驾驭能力。许诺晨在写这三个故事的时候采取了一种非常明快的节奏,我觉得处理得还是非常好的,故事非常流畅。

我还有一个真切的感觉:这三本小说不仅仅是历史故事,也是三本少年成长励志小说。我们今天的儿童文学读物中不能缺少英雄故事,而且一个不懂得尊重和爱护英雄的民族,不会是一个优秀成功的民族,这也是很早就有定论的。同样的,一个没有英雄崇拜风气的时代,也不会是一个好的时代,良好的社会一定是建立在英雄崇拜的基础上。

许诺晨的这三本小说在文学特点上有一定的追求,她在整体叙事风格上照顾到了小读者的阅读心理,叙事非常简洁明快,引人入胜,而且我觉得作品里面吸收了中国传统小说,甚至民间文学的一些表现手法、语言和养分,这是很难得的。所以我要说这三本小说固然是红色主题故事,同时也具备儿童文学应有的文学韵味。

总书记还讲过:"清泉永远比淤泥更值得拥有,光明永远比黑暗更值得歌颂。"总书记寄希望于我们的作家要善于在幽微处发现美善,在阴影中看到光明,要用正义之光、善良之光照亮生活。这其实也是为我们儿童文学作家的创作,为我们的红色主题、爱国主题的励志小说的创作设置了很高的文学高度、思想高度和艺术标准。

王林(信谊图画书奖发起人及评审主席):要更高更强,不一定是更快

我第一次读到许诺晨出版的这一部《抗日红色少年传奇》,我收到书的时候很诧异,以为是新作,结果发现在2015年就出版了。很可惜之前没有看到这套书,对我来说是全新的阅读感受。

首先回应一下刚才徐鲁老师说的阅读感受,"抗日小英雄"系列语言非常流畅,每本也就五万多字,但是读起来很舒服,没有滞碍的感觉。

第二个感受,"小英雄"的创作开拓了我们小英雄一些立体的形象,在儿童文学的历史发展过程中有很多小英雄的形象。许诺晨的这一套小说也让我延伸到更深更远的一些话题。第一个,张品成老师已经谈到,可不可以用更现代的方式,或者是更能够贴近当代孩子的一种方式来书写主旋律的儿童文学作品,这可能是一个话题。第二个,在抗战神剧普遍引起观众反感的时候,我们的小说或者儿童文学如何在现代性、虚构性与真实性,包括历史性之间更好地进行衔接。我抛出这两个问题,其实也是许诺晨的这套书带给我的思考。

谈一谈对许诺晨未来创作之路的想法。许诺晨的创作刚开始以校园小说为主,我想接下来许诺晨的创作一定要追求更高更强,不一定是更快(我用体育上的一些术语)。更高更强的一个突破点就是寻求一流的儿童文学杂志发表作品。当然,在我的儿童文学价值体系当中,我从来不觉得类型化写作就低,文学化写作就高;畅销书的写作就低,所谓追求艺术性的作品就高。在我的价值判断里面,我不觉得这是两个门类,要去分辨。但是我还是希望许诺晨对自己的创作可以提出更高的要求。通过这三部作品,我也看到了,她不但有这样的创作实力和能力,同时也有令人羡慕的年龄优势。

王泽庆(安徽大学文学院教授):教育和美学是儿童文学作品体现的两个维度

我是来自一线的老师,同时也是文学理论研究者,我想从教育和美学两个维度来谈谈80后儿童文学作家许诺晨的作品。

主要讲三个问题:第一,作者对儿童文学题材的开拓;第二,作品对家国情怀主题的凸显;第三,儿童文学的真实性。

第一,作者对儿童文学题材的开拓。我在拿到这三部作品的时候,感觉真是眼前一亮。当前消费文化盛行,孩子们心目中的偶像更多的是一些影星、歌星,传统的小英雄张嘎、王二小的形象在孩子心目当中很难占有一席之地。习近平总书记说过,一个有希望的民族就不能没有英雄,我们要崇尚英雄、捍卫英雄、学习英雄、关爱英雄。所以我觉得,不管是学校、家庭,还是社会,都要共同关注这个问题,承担相应的责任。许诺晨推出"抗日小英雄"系列作品,塑造了中国小英雄的形象,是一种有社会担当的表现,是儿童文学作家应有的良知。

第二,作品对家国情怀主题的凸显。当前社会压力比较大,竞争也比较激烈,但是这不能成为没有家国情怀的理由。革命前辈毛泽东在学生时代就非常崇尚顾炎武说的一句话"天下兴亡,匹夫有责",他在笔记当中就记录下了"为天地立心,为生民立命,为往圣继绝学,为万世开太平"这样一段话,我觉得毛泽东后来有这样的成就,与他的家国情怀有很大的关系。阅读许诺晨的少年抗日作品是当前中小学文学教育重要的组成部分,在这里感谢许诺晨为我们儿童青少年提供了优质的精神食粮。

第三,儿童文学的真实性。我本人是学文艺学的,我们做了一些学习和研究,认为好的文学作品必须是真善美的统一,在真善美统一的基础上我们不应该有儿童文学和成人文学的区别,当然儿童文学和成人文学之间有不一样的地方。习近平总书记也说了,追求真善美是文艺永恒的价值,这是指导儿童文学创作的一个重要原则。我们在写书的时候不仅要注意真实性,还要注意善和美,一定要有价值判断,不是说真实的就是对的,真善美是统一的。

我有一个小小的建议,有一个细节问题,当然这个不影响许诺晨对作品的整体架构,对她的整体架构我是非常肯定的。《小英雄鲁小花》这本书中,主人公鲁小花十三岁,她在医院里看父亲动过五六百次的大手术,哥哥是医学专业的大学生,她能够记住哥哥课程当中所有的医学名词和一些不良的症状,哥哥的同学出事以后,她把医院的物资偷出来给他包扎上药。叙事非常简洁,但是有些东西还是要介绍一下,比如说鲁小花父亲是上海医院的院长,他所在的医院规格是很高的,那样的医院能否允许一个孩子进手术室?而且她父亲是反对鲁小花学医的,她能否进入医院?当然可以写这个情节,需要有一些细节描写。还有,她偷了那么多物资,为什么医院没有发现?她父亲反对女孩子学医,但是自己的妻子是护士长。所以有些细节有必要交代一下,如果把这些写清楚,对许诺晨的作品可能是锦上添花的。

周晴(《少年文艺》《儿童文学选刊》主编):儿童文学要文字好读,故事好读

第一,我看到了一种久违的小英雄形象,同时感受到了榜样的力量。童年时代留下来的对小英雄的刚正、勇敢、机智善良、爱国情怀和疾恶如仇的崇拜都刻在了我的心里,成为我长大后为人处世的基石,为年幼的我们埋下了一颗榜样的种子。小时候读作品的要求就是好读,这个"好读"有两层含义:一是文字好读,二是故事好读。就是说这个作品要有故事,有情节,有形象。我这次读到的朱元宝、鲁小花、雷鸣这样的形象,他们有血有肉、形象生动,有一些贴近生活的优势,这几个故事在情节上很具有吸引力,而且情节在不断深入,那些英雄的品格也就不知不觉地留在了读者的心底,所以从这个角度来说这一套作品是成功的。

第二,它好读,我在《少儿文学》做编辑,看了很多的短篇,对于一个短篇作品来说,最重要的是故事架构,尤其很小的篇幅是很不容易把握的。这些让我对许诺晨刮目相看,她从故事的开始直到故事高潮的节奏,整个过程掌握得很好。

第三,对许诺晨的写作提一些小小的建议。对于一个儿童文学作家来说,在语言方面讲求精雕细琢,有意识地追求一种属于自己的个性语感,可能是她今后在写作过程中需要考虑的。另外,我在读许诺晨作品的同时也在读《田湖的孩子》,读这部作品令我非常享受,因为从中感受到了语言的力量,对文学性和语言魅力的追求是每一个儿童文学人都要坚持的。

陈香(中国儿童文学研究会副秘书长):如何书写抗战题材的儿童小说文本

抗日战争作为中华民族最重要的历史事件,不仅仅是作为历史而存在的,还与当代生活、当代精神的塑造紧密相连,战争当中所展现的黑暗恐怕也是别的历史事件所无法比拟的。从 20 世纪 30 年代开始,以抗战为题材的文学作品就犹如一条奔腾不息的长河,慷慨悲歌、气势磅礴。我们当代作家不断地搜寻那一段历史记忆,运用更娴熟的艺术表现手法写出了一部部有分量、见精神的优秀作品。

然而我们需要进一步追问的是如何面向儿童讲述这场惨烈的战争,如何在儿童对世界有限的理解、有限的生活范围内去书写这场战争,讲述一种深刻的民族正义感和责任感。抗战题材的儿童小说涉及暴力、血腥、苦难,而且这种民族战争的苦难是一种撕裂的苦难,跟儿童文学此前所写的成长苦难完全不一样。由此我们发现了一种无法言说的无力,关于对抗战题材儿童小说的人文观照和人性发掘,如果战争书写无法冲破儿童文学某些命定规范,比如说以儿童文学本位进入儿童生命的空间、具有朴素自然的审美风格、需要承担社会责任等这样一些命定规范,那么这种努力会始终有一种拘束。

由此带来的第二个问题:对战争进行白描式的、硬朗爽脆的叙述是不是值得继续继承和发扬呢?首先,文学艺术本应该是多元多面的,回归儿童本位,在创作中进入小主人公的生活空间,带入作者对童年的想象,以白描的手法描写一个个小英雄的成长历程,故事性强,可读性强,人物形象鲜明,叙事流畅,情真意切,为什么不能成为一种重要的叙述方式呢?显然《抗日红色少年传奇》就呈现出了这样一种气质和特色,是小兵张嘎和小英雄雨来在新时代的回归,故事可读性强,人物特色鲜明,一些生活化场景的写实细节为作品增添了很多趣味;同时,在一个消解英雄的年代呈现出对英雄的渴望和歌颂,这种白描式的写法,把处于历史事件当中的人物生活化了,拉近了英雄与小读者之间的距离,符合小读者的审美接受特点,从阅读方面而言,确实有利于孩子们对这段历史的重温和接受。但是,如果许诺晨还继续在红色文学这方面进行拓展的话,我要提三点建议:

第一点,我们不能抵达崇高,但是我们要向往崇高。我们还是希望,即使是在面向少年儿童的抗战题材的文本写作中,仍然可以呈现出作家对历史的深刻思考,对民族精神的深层探究,对人的精神世界、人性和人格的深入揭示。

第二点,我对许诺晨的作品也进行了持续性关注,诚如前面专家所提到的,她在叙事和语言上有一种难得的愉悦感和轻盈感,但是文学的本质还是要书写人性深处的纠结和搏斗,所以我们作家在文本呈现出轻盈和愉悦的时候也要有一点疼痛感。

第三点,我们这一代年轻作家在回望抗战历史题材的时候,因为时间的关系,往往是有一定隔阂的,怎么能够消解这种隔阂? 要重新去思考,重新回归到当时的情景中去,把自己的情感投入此情此景,而不是孤立地书写这样一个故事。

许诺晨这么年轻,她的文学之路还非常长,衷心地祝愿她再攀文学高峰。

谢鑫作品评论摘要

徐德霞(《儿童文学》杂志社原主编):为孩子们打开一扇扇看世界的窗口

少年侦探小说的三个关键词,第一个关键词,少年。譬如主人公是少年、满足少年儿童对图书的期待,《课外侦探组》这套书对于大众少儿图书的要求把握得非常好。书也非常好看,非常好读。此外,它有很强的人设的意识,设计了几个不同的孩子形象,从这一点来看,我觉得这套书还是很不错的。第二个关键词,侦探。首先应该满足侦探作品的独特品性和独特风格,侦探小说是有独特魅力的文学类型,它以曲折奇特、波澜起伏的故事情节,丰富的知识,缜密的科学的分析、假设、判断、推理,以及故事结局的不明朗性和层层的悬念,牵引着人的视线。同时,名侦探的出现,满足了青少年对英雄的崇拜和敬仰。优秀的侦探小说其实不光少年儿童喜欢看,大人们也喜欢看。第三个关键词,小说。无论它是侦探小说还是其他类型的小说,只要标上"小说"这两个字,就不能脱离文学的大范畴,不能因为是侦探小说而降低了文学的要求,所以讲到文学就需要讲到故事、人物、环境、语言等,都应该是文学的。一部小说需要塑造人物形象,我觉得作者把握得很好,在这个故事设计上,作者特别擅长设置悬念,环环相扣,比如像《磨齿兽之谜》,先从小主人翁捡到一个包说起,然后得到小机器人的奖品,这个小机器人成为他破案的得力助手,从羊皮纸上的磨齿兽图画引出博物馆密室案件,再追根溯源,揭露了 20 年前的一桩迷案,故事引人层层深入,每一个节点都有吸引人的爆点,而且是从孩子的兴趣出发,调动了孩子的阅读渴望。

谢鑫驾驭故事的能力非常强,层层推进,环环相扣,且情节比较紧密,这是一般的作者达不到的。可贵的是谢鑫不只是写故事,还承载着很多重要的东西,其中一个最突出的特点就是视野开阔、知识丰富,让孩子们读侦探小说,除了从中得到意志、品质的提升外,还有助于孩子们开阔眼界、丰富知识,这一点谢鑫做得非常好,通过一个故事为孩子们打开一扇窗,让他们看到另外的世界,每一个故事都是一个新鲜的小世界,在这个世界里呈现出孩子们非常感兴趣的知识点,不仅传递知识,最重要的是引导孩子们学会观察和分析,倡导的是一种科学精神。

我觉得这套书还可以写得更好,还有些不成熟的想法,跟作者一起来探讨。首先是作品的结构和内在逻辑问题。一个人物通过什么通道到达案件当中,把案子引进去,这一点非常重要,引得自然不自然,这是关键。还有,故事是不是达到了塑造人物形象的目的,人物形象能否突显出来等。我觉得作者在这些方面还有待进一步的提高,还可以写得更好。

其次是这个故事的圆满度不够。故事的结尾(破解谜团,分析犯罪动机)往往有一个非常复杂的设计,叙述较多,效果反而不好,对于结尾可以有三种处理办法:第一个,作为伏笔,不作为单线;第二个是莲花式,层层包,最后见到里面的花蕊;第三个是串珠式,一波接一波,层层迷雾,好多迷雾都是自己设计、推断的,很多知识点也是依靠假设推导。我想是不是要有伏笔设计,早早地把人物埋进去,要不就是一个简单的设计,不要给读者那么高的期待值,或者是第三种,把这个结尾变成续集,用文学的方法来叙述。

刘颋(《文艺报》文学评论部主任):类型文学的写作难度

在文学精分时代,类型文学写作有哪些难度?现在大家对类型文学的知识性要求越来越高,在咱们传统的精英文学写作里,我们更关注的是人性的向度、精神的向度,是人性的复杂性,但是在类型文学里,它恰恰更注重知识性。知识性是一个难点。当我们谈到类型文学的时候,很多人说类型文学就看故事,不要跟它谈文学性,也不要谈思想性,其实我觉得这是我们对于类型文学的偏见。严家炎老先生谈金庸时说过一句话,他认为金庸的小说是一种通俗化了的、一种与五四精神的对接和对五四精神的表达,他举了两个例子,一个是令狐冲精神形象,一个是韦小宝。思想性又是一个难点。

下面,我来谈谢鑫和他的《课外侦探组》系列作品。第一点,谢鑫会讲故事,他注重每一个探案故事的内在逻辑性,也注重这个故事的联动性和完整性,在第一点上他完成得是不错的。第二点就是关于知识性的问题,谢鑫的这四部作品,故事中有一些比较复杂的推理,甚至连我都不能一下子完全明白,包括它的一些知识点,比如克莱因瓶、次声波、镜像原理等,作品中涉及非常广泛的知识,有现实生活常见的,有书本知识,也有前沿科技,可以说在这些方面谢鑫也是做得比较成功的。第三点比较好的就是儿童性。这个作品较好地把握了十二岁少年的精神、心理与气质,他对这些方面的把握和刻画比较传神,所以他的儿童性是生动的,譬如马威卡和欧阳炎炎,既是对手,又是朋友,互相谁也看不上谁,又憋着较劲,尤其是那种孩童的天真和孩子小小的骄傲、虚荣和自尊,都体现得非常鲜活,而且整体形成了谢鑫作品的气质,明朗、阳光、向上,这也是比较受小读者欢迎的重要原因之一。第四点是他的独特性,无论何种题材的儿童文学写作,其中有一点可能大家并没有意识到,就是如何让你自己笔下的细节具有个人的独特性和准确性,这是个难题。我觉得谢鑫对于细节的独特性和准确性的把握,也做得比较好。另外,谢鑫的作品显然能够引导孩子如何观察生活、发现生活,包括对于被遮蔽的、习以为常的生活的发现,应该说这是谢鑫的少年侦探小说在今天给孩子带来的非常大的贡献和意义。他通过探案,通过逻辑层层递进的推理,能够吸引孩子,告诉他们如何去观察生活、发现生活,如何观察身处的世界,发现身处的世界的微妙,并且能够激发这些孩子观察和思考世界和生活的能力以及兴趣,我觉得在这一点上来说,这应该是谢鑫的少年探案小说非常大的贡献。

下面我们来讨论一下今后谢鑫写作的难度在哪儿。谢鑫笔下的少年侦探都是十来岁的孩子,而案件又是发生在成人社会。当我们把这样的一个非常丰富复杂的成人的、社会化的案件纳入少年探案时,它就会出现一种不太匹配的矛盾,这也就是谢鑫的难度,有几个不太匹配的对接,一个是成人与孩子,成人的复杂性与孩子的相对单纯和天真这样两种属性之间,还有是案件的复杂性与孩子的半自然人的相对单纯的属性之间。当这些复杂性都被遮蔽掉了,只剩下案件本身,就会出现有一种被架空的感觉。这个问题可能不仅仅是谢鑫面临的问题,也是今天我们写作少年侦探小说都会面临的问题。此外,知识的展开如何能够更好地推动故事,而不仅仅是成为一个知识丰富性的叠加,我觉得这也可能是下一步需要更好地解决和融合的问题。

王林(信谊图画书奖发起人及评审主席):如何"干净"地为孩子们写作?

第一,类型化的写作如何写得干净?这句话怎么来的呢?刘颋谈到了类型化写作的一些难度,我也觉得谢鑫走了一条非常艰难的创作之路,前面有很多大师级的人物,再加上现在小读者非常聪明,可能阅读期待会比较高,当你设计了一些东西满足不了智力上的挑战的时候,他们就会觉得不过瘾。还有一个难度,就是整个官方对于类型化写作的一种警惕,特别是冒险的、奇幻的、破案的作品,他们会用放大镜去搜索这些书,去查看有没有可能对孩子产生不良影响的内容,我读了谢鑫的书,我觉得他处理得非常好,挑不出来这方面的毛病。我们还有没有"干净"的创作之路可以走?我觉得谢鑫是做到了,表明有这样一条路可以真正体现关于团结、勇敢、智力推理的作品。这是让我感受最深的一方面,我们在中国这样的语境之下进行类型化的儿童小说的创作,同样可以走一条非常"干净"的路。

第二,在确保"干净"之后,我们的故事怎样吸引孩子?我在谢鑫的小说里面,读出有"三高":一是高科技知识的呈现。比如说在《列车即将爆炸》这本书里,他对高铁知识的讲解,对高铁知识的掌握,非常准确,甚至后面还提到了这本书的创作背景,如何搜集素材,如何请教专业人士。二是高密度的推理。在阅读谢鑫这本书的时候,我被故事呈现的精彩吸引住了,谁是凶手?谁是列车爆炸案的制造者和主谋?一个一个推理过来,我真的会被庞大的叙事给带进去,高密度的推理其实也让我们在这个过程当中享受到了阅读的快乐。三是高自洽的逻辑。为什么有的推理小说读起来乏味?因为感觉逻辑不能自洽,是透风的,让读者觉得不可信。谢鑫在这方面做得也是不错的,否则也不会给我们带来阅读上的快感。最后,谢鑫小说应该把平面化或者定型化的人物的设定多展现出来一些丰富性和复杂性,如果在这个层面能够增加一些人性方面的深度的话,我个人觉得会让读者群,会让喜欢他的小朋友更乐意接受。我们在这个年代千万不要低估小朋友的阅读能力和推理判断能力,在这上面如果做得更好、做得更多的话,其实也是这一类小说的进步。

韩进(安徽省作家协会副主席):儿童文学作家的三重责任

青年儿童文学作家谢鑫已经是有影响的少年侦探小说作家,他有振兴中国少年侦探小说的志向,创作了百余部千万字的作品,做了多方面的尝试和探索,积累了一定经验,获得了一些好评,为质的飞跃做着量的准备,可喜可贺,令人鼓舞,也充满希望。儿童文学作家身兼教师、家长和作家三重责任。教师的责任是教书育人,要教授规范的语言和正确的知识,把儿童培养成有知识有文化的人。家长的责任是爱与健康,以父母之爱给孩子健康的精神食粮,引导孩子正常有序地成长。作家的责任是寓教于乐,以优秀的作品满足并丰富孩子的情感,让孩子成为情智和谐发展的人。一个儿童文学作家比一般作家要求更高、责任更大。儿童文学作家没有理由因为自己写儿童文学就放低文学的要求,因为儿童文学不是简单的、浅显的文学,更不是缩小的、改编的成人文学。儿童文学作家不能将自己混同于一般作家,而忘记自己比一般作家要多担当两种责任——教师和家长的责任。检验一位儿童文学作家是否合格,直接简单的办法就是敢不敢把作品给自己的孩子看,自己的孩子喜欢不喜欢,对自己的孩子成长有益还是有害。一个作家如果过得了自己孩子这一关,就能被所有的孩子接受和喜爱。因而,儿童文学是良心文学,是追求真善美爱的文学。儿童文学作家必须尊重儿童的感受,不能瞒孩子、哄孩子、骗孩子,不能用无趣的作品去占用孩子宝贵的生命时间,不能用无趣的作品伤害孩子们对文学的兴趣。为减少杜绝这类有害行为的发生,我借研讨会的机会,给谢鑫,也给青年儿童文学作家提一点期望和三点创作建议:一是静下心、沉下来、走下去,然后写慢点、写少点、写好点;二是从中外经典侦探小说中汲取营养,根植当下少年儿童生活,创作优秀作品,冲刺全国优秀儿童文学奖;三是强化责任意识、儿童意识和精品意识,提升深入生活的能力和文学表现的能力。

薛贤荣(时代新媒体出版社原总编辑):推理小说应该必须同时具备形象思维

谢鑫的小说是给谁看的?显然应该是高智商的读者才能看懂。很多名人名家都喜欢侦探小说,杨绛在回忆录《我们仨》里提到,她、钱锺书、钱媛一家三口都喜欢看侦探推理小说,女儿钱媛见到就买,买了就读。还有一些科学家不约而同地在传记里写到自己在少年时代喜欢读推理小说,推理小说本身就是一种成功人士在少年时期的脑力思维训练。本格推理强调科学逻辑,有时候不得不牺牲一些情感逻辑,而牺牲了情感逻辑对人物形象塑造是不利的。谢鑫强调本格推理,强调推理性,他就不得不弱化一些社会性,为了强化情节就不得不弱化一些形象,写给少年看的小说,如果大部分少年看不懂,只有早慧的少年、逻辑思维觉醒的少年看得懂,这也是值得关注的问题。

谢鑫的少年侦探小说抽象层面的意义。谢鑫说他写的时候把自己当成一个工程师,他要画图,比如书中在一个电梯密室犯罪的推理过程中出现了五幅图,直观明朗,相互映照,这个就是理性思维。理性思维的重要性、理性思维的光芒我们不能忽视,因为你看的是侦探推理小说。但是同时我们也要想到,在理性思维的同时,你这个形象必须要有,毕竟是小说,推理小说有推理,还要有小说。所以抽象思维、理性思维不是侦探小说的全部,是灵魂但不是全部,要强调可读性、阅读性、审美性,必须同时具备形象思维的结晶。我觉得谢鑫在小说的美学价值上有一些特点值得我们重视:第一点是每篇故事都是独立的、不重复、不雷同,各个故事发案的缘由不一样、侦破过程不一样、结尾也不一样,我觉得这都很到位;第二点是他注意写人物的情趣和智慧,这一点是力求写好,还是有不足之处,前面说了他在强调理性思维的同时不得不牺牲一些情感的东西。正如几位专家提到的小龙人,它不是少年儿童,它是机器人,在作品中出现小龙人这个形象非常有意思,也符合中国传统小说的审美价值。我们知道四大名著中的《红楼梦》《水浒传》《三国演义》都是现实主义的写作,都是写实,但是这里面有没有出现虚化的东西? 都有。《水浒传》里面宋江做了一个梦,《三国演义》当中诸葛亮夜观天象,这些都非常虚幻,不是真实的,我们知道衡量一个作品有两个方面,一是事实,二是感情。谢鑫体现的是感情,小龙人既是现代科技的改变,也是小说美学的一种手法。最后我说一点几个专家都提到的,创新很难,走这一条路很难,案件是成人社会的案件,有丰富的复杂的背景,儿童没有这个背景,他要去探案,所以谢鑫不容易,还有其他的一些复杂性没办法展示,只好用遮蔽的方法。这样对于吸引孩子也很有难度。

陈振华(安徽新华学院文化与新闻传播学院教授):本土化的侦探小说值得肯定

因为我在高校任教,所以我往往把文艺工作放到文学史的标准中去评判,我是把谢鑫的少年侦探小说放到通俗文学的框架体系中去认识其意义。侦探小说是通俗小说的一种,自然就有通俗小说的一般性特征,比如说有跌宕起伏的情节、悬念等等,但是又和其他的武侠、军事、探险等小说有所不同,这个小说更加注重案件的错综复杂,对读者的智力有充分的挑战,小说的情节展开就是推理展开的过程,因此小说的逻辑性更加紧密和严谨。从这点来说,谢鑫的少年侦探小说《课外侦探组》这个系列某种程度上填补了这个空白,并且也取得了不俗的成绩,从阅读的感受来说读者是非常肯定他取得的进步的,某种程度上也做到了雅俗共赏,取得了很好的社会反响。我们也可以把侦探小说放在中外侦探小说的发展过程中去考察它的价值。一般说,侦探小说诞生于美国,兴盛于英国,崛起于日本,刚才各位老师也说了是小众文学。从中外侦探小说发展过程来认识谢鑫小说的定位,不可否认,中国有相当一部分读者喜欢侦探小说,但是大家看的更多的是国外的一些侦探小说,国内原创的优秀侦探小说非常缺乏,所以中国的侦探小说还没有贡献出让大家印象特别深刻、家喻户晓的作品,我觉得这是一个缺陷。我看了谢鑫的有关采访,他有这样的抱负,他自己在侦探小说中创作本土化的侦探小说,这样的努力、抱负,我觉得是值得肯定的。小说有意识地树立阳刚少年值得肯定的观念。当前很多青少年都是娇生惯养,缺乏自主性,他们需要阳光、需要勇敢、需要坚韧、需要担当的品格,而这些并不是天生的,需要后天的努力,更需要精神的食粮,我觉得谢鑫的作品正是本着这样的目的,在当下具有比较重要的现实意义。其次是小说形成了系列,塑造了较为深入人心的一些人物形象,像米多西、欧阳炎炎、马威卡等,这些人物形象鲜明,尽管还没有到典型化的程度,但是读者印象也是很深刻了,此外谢鑫的小说还有一个特点,就是把本格推理和现实生活有机结合在一起,我觉得这是他做得最成功的地方,这些小说有现实的依据、生活的依据。

小说充满了想象,这些想象跟现在合理的逻辑是遵循了本格推理。所谓本格推理就是传统的经典的侦探推理小说,我们在推理的过程中把自己设想为这样的人物角色,参与到探案过程中,这种角色参与的模式也是小孩子特别喜欢的原因,也是这本书创作的主要理念。另外这套丛书知识面特别宽广,不仅是孩子,我们成年人也受到很多的教育,比如法律的、生物的、考古的、科技的等,能够极大开阔青少年的知识性、思想性,激发他们对于未知世界和未知领域的兴趣。除此以外,小说从少年儿童的心理特征出发,创作出他们兴趣范围内的作品,尤其是抓住少年儿童对世界的好奇心理、求知欲望,也有个性化的色彩,让语言和社会生活保持同步,并且一直保持幽默、风趣、时尚、前卫,将科学和生活有机地结合在一起,既保持本格推理的逻辑性,又具有文学故事的感染力。这样让小说的推理性显得一波三折,具有趣味性,这是比较好的方面。从更高的要求方面谈谈不足之处:第一,人物形象。推理小说要不要人物形象的饱满化?我觉得如果把推理情节的科学性和人物形象塑造结合得更加有机、更加完美,可能谢鑫的小说创作会更上一个台阶;第二,小说严密的逻辑性和严谨性呈现出来的科学性比较丰富,对于刚才讲的阳刚少年的责任担当也应该有一定的呈现,但是我觉得谢鑫在人文艺术这方面的表现稍显不足。因为青少年处于价值观形成的过程,处于打底色的特殊发展时期,如果这个时候我们在引人入胜的情节中加入更多的思想成长的人文思想底蕴,对青少年的健康成长更加有利。

沈天鸿序跋现代诗歌理论及其美学建构

金国泉

沈天鸿的现代诗歌理论及其体系是"科学的现代诗学"。他说:"科学的现代诗学必须是这样的一种诗学——它必须是以科学的理论体系从诗歌本体出发,回答什么是现代诗歌、现代诗歌为何如此等等一系列问题的诗学……"在沈天鸿的现代诗歌理论体系中包含几个关键词或者关键元素:文学就是意味、反抒情或思考、形式、技巧、思想。

意味之"意"乃指意象而非恒常所说之意义,有了意才能产生味,这个味乃思考之味。"反抒情不是反对抒情,可以通俗地理解为反过来抒情。'反抒情或思考'这个并列词组的意思是以思考来抒情。什么样的思考?当然是现代哲学性质的思考。也就是说,'现代诗'这个名称不是就时间而言的,而是就它的哲学性质而言的。"沈天鸿现代诗歌理论从某种意义上来说也是形式主义诗学。他说"形式是诗的本体":"形式,就诗而言,一首诗在找到它的形式之前它并不存在。形式使诗能够显现给人们看,能够在世界和岁月中存在并且长存。"这一点与英国现代美学家克莱夫·贝尔所说的"艺术乃是有意味的形式","离开它,艺术品就不可能成其为艺术品"的观点相契合。围绕形式,沈天鸿做了进一步阐释:"技巧即思想,思想即技巧。"在沈天鸿的现代诗歌理论及其体系中思想总是第一位的,尽管"技巧即思想,思想即技巧"双向转换,但这仍旧不能动摇作为第一位的思想的根基。这里的思想是指具有诗性的哲学思考,这实际上也是诗人或作家的一种自觉的哲学修养。

一

沈天鸿的现代诗歌理论及其美学建构,除了体现在他的《现代诗学:形式与技巧30讲》这本现代诗歌理论专著中,相当一部分还散见于他的序跋。我认为,两者相加才能构成沈氏现代诗歌理论的完整体系。也只有从这两个方面同时出发,才能比较系统、全面地了解并"把盏"沈氏现代诗歌理论的整个链条即完整谱系。

沈天鸿的序跋,除了一般意义上的帮助、引领读者理解所序文本脉络、内容及其作者外,不同于其他序跋的一个重要特点,在于他不囿于为序为跋,而是另辟蹊径,似乎是在"场外"。这个"场外"不是指西方"理论中心论"的那个"场外",它不仅指具体的文本之外,而且指抽象的文本之外,抽象是指非具体、非个体。他立足于"场内",通过

"场内"，打开"场内"与"场外"的通风口。在他的现代诗歌理论谱系观照之下，见缝插针地继续追索并阐释了他的现代诗歌理论及其美学建构。这在当今浩如烟海的序跋中并不多见，即便是与他同时代齐名的诗人或理论学家也大多与其相异。从这个意义上来讲，沈天鸿的序跋实际上已成为他的现代诗歌理论及其美学建构的另一维度。这"另一维度"当然与其原有的现代诗歌理论是一脉的、相统一的，而不是相对立的，是其现代诗歌理论体系的另一出发点和落脚点，或者说是他对自己建构的现代诗歌理论系统的一个有力的补充、解读及延续。

沈天鸿的序跋大体上可简单粗线条地分为三类：一类是为一些诗集所作之序，一类是为一些散文集所作之序，再有一类有些杂。第三类也大致包括三类：一是对一些名家名著的点评；二是对一些摄影、绘画作品的点评；三是讲座或面对媒体的访谈录——这一类本不属于序跋，但由于它不是理论文本，又由于个中同样阐释了他的诗歌理论主张，为了阐释方便，姑且把它归于第三类。为散文集所作之序，本为散文所作，但正如沈天鸿在《现代诗学：形式与技巧30讲》后记中所说："文学各文体在艺术上都是相通的，所论虽是散文，但变通地看，也不妨看作是论诗，而且其中观点，亦是对……诗论的一个补充。"因而它仍然是沈天鸿"现代诗歌理论"及其美学建构的探讨对象。实际上，这三类文章的观点均以文本生存，源于并追逼其主要诗歌理论建构及其美学观点，它们相互支持、盘桓交错而又始终融合，是一根藤上的三个瓜，一个体系，一脉相承，既丰富了文本本身，又牢固了其理论大厦。

美学本就是哲学的一个分支。从这方面来讲，沈天鸿序跋的美学建构当然就是具有哲学意味的美学，研究其序跋当然也就应以哲学为基础，并从沈天鸿的哲学的诗意或者说诗意的哲学开始。严格来说，沈天鸿是一个有着坚决的现代西方哲学思想的现代诗歌理论学家。他的现代西方哲学思想已扎根、渗透进了他的诗歌、散文、小说及其现代诗歌理论的每一文本。当然，扎根、渗透不能等同于哲学理论本身。也正因为如此，沈天鸿的诗歌、散文、小说及其现代诗歌理论肯定不是赤裸裸的哲学。他对此应该是进行了包装、改造的。如果把哲学比作一棵光秃秃的大树，那么沈天鸿的现代诗歌理论体系则让这棵大树长出了碧嫩嫩的叶片——这些叶片就是其诗意的美学建构。否则，便是误解、误读。我感到，作为诗人或者作为现代诗歌理论学家，沈天鸿一直在努力寻求明晰的现代西方哲学及其表达，同时又努力回避明晰的现代西方哲学及其表达。他一直在探求"诗意的栖居"，即让西方现代哲学在他的现代诗歌理论及其美学建构的谱系中实现"软着陆"。

二

我们先从有关诗集序入手。

"诗意的本质乃是对庸俗的反抗。没有对庸俗的反抗,再怎么写,也是无病呻吟,也只能制造一些虚假的诗意。当然,这种反抗应该是由衷的,自然的,甚至是本能的,否则,营造的所谓诗意仍然只能是矫揉造作的,肤浅的。"(《〈乔浩诗选〉序》)沈天鸿在这里指出的"矫揉造作的,肤浅的"实际上与弗洛伊德的追随者阔冈大夫所说的"当艺术家与主人公的等同的支持不足时,创作出来的形象就矫揉造作、苍白无力、毫无生气,是凭空臆想"(瓦·费·佩列韦尔泽夫《形象诗学原理》)相一致,这里的所谓"形象"对于诗来说就是"意象"。

在《〈乔浩诗选〉序》中沈天鸿继续写道:"诗意并不是鸟语花香。"普适性的"鸟语花香"当然是庸常的。诗意绝对拒绝庸常,绝对不能走鲁迅所说的"走的人多了便成了路"的道路。"鸟语花香"或者"走的人多了便成了路"这个本不是问题的问题,在沈氏诗歌理论及其美学建构中成了一个问题,而且可能是一个与众不同的问题。因为它的庸常性、普适性、放之四海而皆准性,导致其诗意的缺失。之所以如此,是因为"鸟语花香"或者"走的人多了便成了路"这种按图索骥式的传统的审美观、价值观已经让人们感到了疲劳、乏味与无精打采,大家甚至闭着眼睛都能对上号。一首成功的诗歌文本必定能让读者在文本那里始终瞪着眼睛走路、瞪大眼睛说话,以至于"目瞪口呆"。之所以要瞪大眼睛并"目瞪口呆",是因为文本语言已然制造出陌生感。而这个陌生感却是熟悉的、亲切的,它既让读者感到"从未见过",又不致让读者迷途不知返。

陌生感是诗歌的生命力所在。俄罗斯形式主义评论家什克洛夫斯基在《作为手法的艺术》中认为,"文学即技巧。艺术的技巧就是使对象变得陌生,使形式变得困难,增加感觉的难度和时间长度"。"陌生化"的意义正在于敲碎或者剥离旧有的艺术形式和语言方式运作上的自动化和心理上的惯性化,从而重新构造一种与旧有的语言完全不同的语言世界展现给我们,"使形式变得困难,加大感知的难度和长度"。

陌生感来源于语言的陌生,因为"现实世界乃是一个语言世界,离开了语言的描述、区别,没有任何可以被人类认识的现实世界,语言的隐喻原则也就是现实世界的原则,我们就生活在一个隐喻性的现实世界之中"(沈天鸿《现代诗学:形式与技巧30讲》之《隐喻》篇)。我认为,语言的陌生归根到底来源于意象的转换。隐喻就是意象的转换方式:深层隐喻甚至是多重多角度的转换。意象的转换必须同时受到来自两个相反方向的作用力的作用:捍卫与入侵。作为固有意象即被转换意象必须捍卫自身,使自己不至于面目全非,甚至也可面目全非,但不可被"屏蔽",必须要让自己始终处于苏醒状态,不致"静默"。同时,作为转换意象必须入侵、占领旧有意象即被转换意象,千方百计地、残酷地敲碎它,让其面目全非、改换门庭,并努力做到不留痕迹。这种"不留痕迹"就是沈天鸿在《秋水蔚蓝》(晓雨诗集)序中指出的"是其所是,但又是其所不是,从而是其所是"。这个"是其所是,但又是其所不是,从而是其所是"是构成沈天鸿现代诗歌理论及其美学观点的重要构件之一。

在《〈胡望江诗选〉序》中,沈天鸿写道:"……努力排除那些诗的妨碍物,力图使诗达到能让读者直接接触与直接理解的程度。能够直接接触与直接理解的诗,必然是目击道存性质的诗。……将笔力集中于意象,通过营造既持有自身又具有强烈隐喻性的意象,使现实(生活)与道均以同一或同一些意象为可感可触的实体,相互依存相互指向,并且在相互冲突或不能完全包容时暴露出对方,从而达到目击道存的目的。"沈天鸿这里所说"诗的妨碍物"也是指"诗意的妨碍物"。那么什么是这个"诗意的妨碍物"? 我的理解是现实生活及其"旧有意象"(或固有意象)。现实生活之重及其"旧有意象"之垢之已然钙化总是遮蔽着诗意,让诗意难以冲出重围,从而难以"蜕变"并"暴露"出自身。

我要强调一点,沈天鸿这里提到"力图使诗达到能让读者直接接触与直接理解的程度",与沈天鸿历来倡导的"思辨"性及前面提到的语言的陌生化看起来似乎矛盾,因为"思辨"总是要经过某一过程。但事实并非如此,它们仍然是相通的、一致的。因为"思辨"性、陌生化仍然是通过"读者直接接触与直接理解"产生出来。现实生活及其"旧有意象"只有经过"读者直接接触与直接理解"才能实现"变形",也才能实现其诗意。"变形能使意象事物变得新鲜"(沈天鸿《现代诗学:形式与技巧30讲》之《变形》篇),因为它不能"完全包容",而诗意总是来源于"新鲜"。全部的诗意包含在全部的"新鲜"之中。

"变形"与"陌生化"十分关联且在某个具体的意象(语词)中是一致的。意象(语词)总是要通过"变形"才能达到"陌生化"并产生效果,特别是沈天鸿指出的,现代诗"二度变形"即"事物总的形状中的全部空间关系都发生了变化的变形"(沈天鸿《现代诗学:形式与技巧30讲》之《变形》篇)。"全部空间关系都发生了变化的变形"实际就是"努力排除那些诗的妨碍物"的方法之一,当然也就有了"陌生化"并产生出效果,也就"暴露出对方,从而达到目击道存的目的"。

沈天鸿历来对"道"有着他个人不同寻常的深厚的诗意解读。他的被广泛称誉的《蝴蝶》一诗实际就是对"道"的诗意诠释与解构,并已在读者心中"怒放成一朵花"。

"道"怒放成一朵花是"以我观物"还是"以物观物"? 我想无论是哪一种,其最终效果都是"目击道存"。沈天鸿之所谓"道"在他的现代诗歌理论那里早就化为"诗"

了,是诗之"道",也是"道"之诗。"道,可道也,非恒道也。"沈天鸿从不主张甚至反对走恒常之"道"。这个哲学意义上的"道"在他那里是诗与思的结合。正如他在《时光站台》序中所写:"'好诗'是思与诗的合一,其最高标准是天衣无缝的合一。——这儿与思对举的诗是指诗的形式和诗的本质:诗意。达到这'合一',不同的诗人有不同的方法和途径。"在《时光站台》序中,他继续阐述:"诗中思想的辽阔实质在于深度,那么'思想的辽阔'这辽阔从何而来? 从我已经说到的空间和时间的辽阔而来——诗中的空间和时间不是物理的、自然的,而是与意象结合在一起,并且必须与意象结合才能获得并呈现其自身。所以,如果这与意象结合的空间和时间具有辽阔的美学性质,那么,空间和时间就又将自己的这种辽阔赋予意象,而意象正是思与象的统一体,于是,思就也从空间和时间那儿获得了辽阔。"获得了辽阔的空间与时间就是"道",这个"道"自然通过了变形,甚至是深度变形。当然,这个变形不是扭曲,深度变形也不是扭曲。在具体的文本中应该是转换,意象的转换,多重转换,使之达到熟悉的陌生化效果。

任何诗作都不可能是现实世界的真实写照,这个"真实写照"是成功的诗歌文本之大忌。但这不影响它必然地根植于现实世界。"诗总处在地平线之上。"(沈天鸿语)但也在地平线之下,除非它是非诗。现实世界进入诗歌必须通过掠夺与削除。所谓"掠夺"就是"占为己有",所谓"削除"就是"排除异己"。"占有"是一种美,"排异"同样是一种美,它们共同作用,共同向诗进发,并共同抵达诗歌之美。当然,这种"掠夺与削除"不能是"随心所欲的'乱弹琴'"(沈天鸿《安嫫诗歌简论》)。诗人面对这来自两个方面的"红情绿意"不能"乱花渐欲迷人眼",而必须认真审视,包括审视这个世界及生活在这个世界上的自身。"真正的艺术作品,总是具有自言自语的性质——作者写作它时是在对自己说话,以对自己说话来面对自己。"(沈天鸿《黄玲君诗集〈微蓝〉序》)这种"以对自己说话来面对自己"是审视,是思,并结晶为诗。

审视自己是一件多么困难的事! 但成功的诗人及其诗作总是排除一切困难和不可能,勇敢而坚决地披荆斩棘。

三

沈天鸿历来强调并推崇文学的散文。在他那里,文学的散文与诗在本质上是相通的,甚至从某种意义上来说是相一致的。"文学的散文"这一概念或这一主张的提出实际上就开始了对散文的非文学成分即说明性成分的"批判"与"解救"。这种"批判"与"解救"是充满诗意的"解救",是历史性的,也是当代性的,是在他的现代诗歌理论体系观照之下进行的具有当代美学性质的"解救"。这里所谓"当代美学性质"包括三方面内容：一、它不是古典性质的美学，与古典性质的美学区别开来（这里不展开论述），亦即"反抒情或思考"；二、它仅具有美学性质，而不是指美学；三、它将美学与文学艺术及其理论包括哲学区分开来。这种当代美学性质的"解救"正如苍耳在《在即将崩溃的悬崖上保持危险的平衡——沈天鸿与现代汉诗艺术》一文中所说的那样"具有互动互证的关系"。

所谓"互动互证"不仅是指相互印证、衬托，而且相互推动，涵盖着多种相互"纠葛"的力量。这种"互动互证"既指沈氏现代诗歌理论与散文理论在其自身体系内的互动互证，也指文本，并通过文本指向文学艺术与现实生活在沈氏那里的互动互证。这样一种"互动互证"式的"批判"与"解救"对于文学艺术来说无疑是一种解散与清洗，解散那些本不属于文学或者附加于文学之上的东西，洗却那些历史的沉淀物（这个沉淀物不是晶莹剔透"千唤万呼始出来"的结晶体，而是依附其上遮蔽我们视线的掺杂着大量腐蚀物的淤泥，甚至是寄生类的"生物"附着其上），露出那些文学需要关注的"存在"及"存在者"，甚至是那些"存在"及"存在者"所缺损、缺失的部分。这个缺损、缺失的部分对于沈天鸿现代诗歌理论体系来说就是"意味"，亦即美学建构。

沈天鸿一直主张"诗歌就是意味"，继而引申出"文学就是意味"。这个"意味"应该来自或者发轫于他历来倡导的"审美的自觉求假精神"。沈天鸿在他的《中国新时期散文沉疴初探》一文中阐释道："自觉求假是与传统实用经验理性相对的科学理性在文化艺术中的独特表现，也是文学艺术同自然科学及其他社会科学的重要区别所在。文学艺术精神的自觉就是求假精神的自觉。这是基于文学艺术乃是一种自觉的'白日梦'。"这种自觉求假精神与尼采所述"正是靠着这一点，人生才成为可能并值得一过"的最高的真理是一致的。它"可以使文学不致认同日常现实不合理的合理性，沦入对其虚假性无由识破的虚假意识层次之'真'，而拥有对生活的毫不妥协的批判精神和改善人生的要求。这也就是勃兰克斯认为诗（文学）与生活有着深刻的不共戴天的矛盾的依据所在"（沈天鸿《中国新时期散文沉疴初探》）。

这是在阐释散文吗？当然是。但这又是在通过阐释散文来诊断现代诗歌甚至在诊断整个文学及其作品，并建立起属于沈氏自身的现代诗歌理论及其美学。严格说来，任何成功的现代诗歌包括整个文学作品均应遵循"更高更真实的自觉求假精神"，并"与生活有着深刻的不共戴天的矛盾"，因而产生出"意味"。沈天鸿历来不主张"文以载道"，这个"载道"并非前文所述之"道"，它实际是"散文的非文学成分"，是许多当下散文甚至是文学的"沉疴"之一种。当然如果把这个"载道"的"道"改为庄子之"道"，改为老子之"道生一、一生二、二生三、三生万物"之"道"，亦即整个文学应有的关于人类存在的"母题"，我想在沈天鸿那里就应该另当别论了。因为这个"道"是"反抒情或思考"之"道",因而有"味",有着哲学的文学"意味",即便是"道在屎溺",因而成为沈天鸿历来倡导之"味道"。沈天鸿历来倡导之"味道"是一种因"无能为力"而产生的"味道"。这种"无能为力"是"作家要观察生活,体现生活和生活中的人,(而)必须观察和体现'无能为力'"的那种"无能为力"。自然,沈天鸿在这儿说的"无能为力"既是指"生活""生存"之不可逆之"无能为力",也是指"哲学的而不是或者不完全是日常意义的。'无能为力'源于人的被存在(马克思的人是社会关系总和的观点,也可以被理解成或者包含了人是被存在的意思),以及由被存在导致的作为一个被动者的遭遇"(沈天鸿《毕家祯散文集序》)。文学作品要有"意味"就必须具备并表现这个"遭遇",从而实现"值得一过",以致遭遇"生活的坚硬的核"(沈天鸿《石砚散文集〈雪原之狼〉序》)。

生活并不总是"春暖花开""桃红柳绿",有些花并不开,有时开的并不是花,而是人类不能直视的血淋淋的呛人的不可逆的"存在与体验"。这个"血淋淋的呛人的不可逆的存在与体验"从某种意义上来说就是"生活的坚硬的核"。它必须成功地避开所谓充满着生活气息的假象而获得。

生活气息本来就是真实的。但它为何到文学艺术那里却变成了"假"?这实际是一个哲学要思考的问题。它应该不是一个表象问题,而是一个"假"与"真"相互纠缠的问题——生活之"假"与艺术之"真"。

表象总是充满着表面上的不经意间似乎没有缝隙的完整——生活的缺憾并不影响它的完整性。而"完整"是可怕的,它让人类在回过头来抚摸自己时没了或"忘却"了为之一热的"手感"。由于我们正在经历并经验着这种完整,并不断"忘却"自己的为之一热的"手感",因而它不值一提地被忽略。怎样才能避开这个"不值一提地被忽略"呢?这就是沈天鸿倡导的"审美的自觉求假精神"。文学必须服从、服务于这个"审美的自觉求假精神",从而实现"值得一过"。

这个"审美的自觉求假精神"与沈氏现代诗歌理论所述"变形"也是一脉相承的。它"改变了它们本来的状态,但同时它让它们保持着它们本来的面貌"(《徐文海散文集〈我热爱的一切〉序》)。

"改变了人和事物在生活中的本来状态,给予新的状态时,新的意义甚至意味就产生了。而保持本来面貌的被叙述的生活,这时就有了价值:直指人的生活与生存,深入生活、存在和人心的光明的与幽暗的深处。"(《徐文海散文集〈我热爱的一切〉序》)这里所述之"光明的与幽暗的深处"应该与前文所阐述的"缺损、缺失的部分"亦即"生活的坚硬的核"是相通的。这个"缺损、缺失的部分"总有着巨大的召唤力,使诗人不得不转过身来,坦然地面对它。这个"生活的坚硬的核"因它的"幽暗"而呈现出"光明",让我们坚决而准确地抵达。

从这个方面来说,诗人并不如顾城所说"黑夜给了我黑色的眼睛/我却用它寻找光明",而是相反,"黑色的眼睛"寻找的仍然是黑——"幽暗",并在那个"幽暗"之处保持足够的"清醒"及足够的视力与亮度。保持足够的"清醒"及足够的视力与亮度,才能把握个体的本真的生命体验,其结果是不断向真理靠近。"真理"是另一种真实,是灵魂淬砺的真实。这种"灵魂淬砺的真实"改变了文学庸常化,淬砺了"散文的非文学成分",也包括诗歌的"非文学成分",从而改变生活、生存的向度和质地,抵达"审美的自觉求假精神"。

"审美的自觉求假精神"尽管与"生活有着深刻的不共戴天的矛盾",但它仍然是真实可信的,比真实的生活还要真实。在这个问题上,沈天鸿曾打过一个十分形象而又十分恰当的比喻。他说,"审美的自觉求假精神"之于生活,前者相当于草木,后者相当于泥土,草木长于泥土,必然高于泥土。我认为不仅高于泥土,关键是它不可须臾离开泥土,离开便意味着死亡;同时,泥土因为草木更加泥土化,且草木最终仍然要回归泥土,"化作春泥更护花"。

四

沈天鸿在《诗选刊》"当代中国诗人答问录"中谈到,诗,必须有"味",而且必须是有"诗味"。此外当然是思想深度。诗的技巧、语言功力可能都有个限度,而思想深度则是无限的,所以,最后区分伯仲的,就是思想深度如何——广度是包含在深度里的。

在我看来,沈天鸿所说的"思想深度"其实就是"诗味",也就是沈天鸿经常谈到的"意味"——"文学就是意味"。具备"思想深度"的诗才能具备"诗味"(意味),反之亦然。沈天鸿及其现代诗歌理论体系对思想的要求与肯定可以说是"情有独钟"。这个"情有独钟"就是他的现代诗歌理论体系及其美学建构,它几乎涵盖了他的全部文学作品,不仅包括诗歌、散文,而且包括他为数不多的小说及其对小说文本的评论与关于小说文体的理论,甚至还包括他的古典诗词(说得可能偏激一点,沈氏的古典诗词几乎每一首都是现代性质的诗,甚至就是现代诗,具有哲学思考,这样一种形式的古典诗词在当代几乎无人能出其右。这里姑且不论)。昆德拉说:"每一部作品都是对前面的作品的回答,每个作品都包含着小说以往的全部经验。"沈天鸿的全部的文学作品就是对其自身全部的现代诗歌理论体系及其美学的正面解读、把握及诠释。

沈天鸿曾撰文:"判断一首诗或者一种诗歌是不是现代诗,不是看它的技巧方法,而是看它体现的哲学思想的性质。体现现代哲学思想的诗,情感在其中不是首要的,甚至情感常常被抑制,以不让它突出于首位,从而保证思想是第一位的。"沈天鸿在做客《新安百姓讲堂》，与市民畅聊诗歌时，对思想之于现代诗的重要作用进行了进一步的阐述："对于现代诗，抒情不是第一位的，第一位是思考，也就是具有了哲学思考，而现代诗的突出特点是关注、体现并思考人以及万物的存在与生存。"

思想是不是第一位，决定着诗是否有"诗味"（意味）。有"诗味"（意味）的诗或者说文学作品，一定具有某种思想。这个思想正如沈天鸿指出的，它并不是中学课本中老师们所指称或追索的"文章的中心思想"或主题，而应该是"母题"也就是哲学的思考，是形而上的，体现其美学建构与追求，关注存在及存在者。

思想并非空穴来风，在具体的一首诗或一篇（部）文学作品中也不是先有思想，而后有作品，不是先做一个"思想"的框框，似西方极端的不以文本为观照与出发点的文学理论——强制性阐释一般，让思想成为出发点，然后对其进行"填空"，更不是先有作品，而后进行总结，硬生生地整理出个子丑寅卯来。思想与文本如影随形，血肉相连，相伴而生、而成长，"行到水穷处，坐看云起时"。这正如沈天鸿在他的《现代诗学：形式与技巧30讲》的后记中所写的："我在写作中多次体验到，某种思想在我提笔写作之前我对它一无所知，甚至写作中就要触及它的那一刻，我仍然对它毫无意识，只是技巧自身的发展让我看到了它，它出现得那么突然，毫无先兆，让我觉得，它就在技巧之中，而不是在我之中。"

如果把现代诗或文学作品比作一棵大树，那么思想就相当于树之生命，生命在，树便碧绿着、生长着、苗壮着。一棵没有生命之树，必定是不存在的，甚至说它已然死亡也是不能成立的。因为，"已然死亡"这种状况证明它曾经有过生命，而作为文学作品的这个思想一旦存在，必不会死亡，也就不会成为"曾经"。那些古今中外的惊世之作充分证明了这一点——当然，子虚乌有的树，只要它具备这棵树之生长的一切要素，那它仍然是树，仍然在子虚乌有的天地里朝气蓬勃地生长着。

说得客观准确或刻薄一点，诗或者文学作品本身就是"子虚乌有"的东西。因为客观世界本无"诗"这个存在者，它并非实存物体，它是诗人通过一系列思想活动，甚至也可以说是在通过了物理的、化学的等方式后"糅合"而成的。当然这个"子虚乌有"之"虚"，其一定"虚"在实在之处，它总是让我们认为它是真实存在着的；这个"有"又是没有之"有"，它不存在地存在着。在我看来，即便是后现代主义诗歌也仍然是"子虚乌有"的产物。

这"一系列的思想活动，甚至也可以说是在通过了物理的、化学的等方式"，实际就是通过了沈天鸿现代诗歌理论体系中着重强调的"技巧"。沈天鸿在《技巧·形式·思想》一文中提出"技巧即思想，思想即技巧"，在这篇文章中，他还写道："形式，由形式规范（即作品的基本组织原则）和技巧构成。技巧和形式规范二者之中，技巧又是最根本的。因为特定的一系列技巧具体化并体现形式规范。这一系列的技巧之所以'特定',自然是受形式规范制约,但技巧可以突破、改造形式规范。"在沈天鸿看来,形式、技巧、思想在现代诗中是三位一体的,缺一不可。它贯穿其现代诗歌理论体系、美学建构及其文学文本的全过程。

"诗"总是要通过一定的形式找到自己,从而实现"子虚乌有"到"实存物体"的转换,以便来到这个世界。而来到这个世界后的状况怎样,这就需要通过技巧来设定自身,从而成为"这一首"或"这一篇",避免沦为"吴下阿蒙"。

与此相对应,沈天鸿在 2010 年安庆师范大学一次关于《文学创作的奥秘与技巧》的讲座中谈到了另外三个关键词:味、体、格。沈天鸿这里所讲味、体、格这三个关键词与其论述的形式、技巧、思想这三个关键词是相互照应、相互演进的,都是他的现代诗歌理论及其美学建构的"关隘"。这些"关隘"是"设定"的,是现代诗所必须一一闯过的。

沈天鸿说:"味,就是意味。文学就是意味。味中包含着意,意渗透于味。"它直指沈天鸿所指称的思想,直指中国的古典美学(沈天鸿的诗歌理论美学虽不是古典美学,但它的根基及其背景是古典美学。它"逃逸"古典美学,但那"逃逸塔"与他的每一次"发射"之始紧密相连),也直指"思考人以及万物的存在与生存"。"此中有真意,欲辨已忘言。"陶渊明一语中的。

"体"当然就是指文体。文体当然是文学作品"来到这个世界"所需要的存在形式。有了"体"才能知道自己"来到这个世界"是属于哪个家庭中的一员,从而"认祖归宗"。

"格"亦即品格,有什么样的人品,当然就有什么样的作品(例外总是有,但我并不认为它是变异,因为在传世之作中毕竟难觅这个变异者的踪影)。这个"格"因而也可以理解为"格物致知"之"格"。怎样"格物"并"致知",以便获取符合这个人品的作品,这也符合沈天鸿所推崇的关于技巧的要求。"技"与"巧"不是平等的,而是叠加、递进的,通过"技"才能达到"巧"。有了"巧"才能"致知",从而实现"技巧即思想,思想即技巧"。

怎样才能达到技与巧的叠加、递进并结合起来?沈天鸿给出了先决条件,那就是"以诗的艺术本体形式进行对哲学本体问题的思考"。只有通过了这样的"思考",运用了这样的技巧,才能发现"思想"之所在,从而实现"技巧即思想,思想即技巧"的主张。

沈天鸿在《最高的具象》(《邬旻摄影作品集》序)一文中曾阐述:"凡是有限的形象中蕴藏着超出那形象的意义,就是具象中的抽象,那形象也就是抽象的具象。"这里的抽象当然与思想有关,具象当然也就成了形式。

思想总是抽象的,美也是抽象的。一首成功的诗或一件优秀的文学作品,它的思想在哪,读者无法具体指出,而那思想却是坚决地存在着。一幅画美在哪,读者亦指不出,道不明,但那美也坚决地存在着。老子认为"天下万物生于有,有生于无",亦即"无中生有",抽象生于具象,具象产生抽象。张会恩在《论"言意之辩"及其对写作的影响》一文中阐述:"圣人立象以尽意,设卦以尽情伪,系辞焉以尽其言。"这说明象(具象)可以传达主体(物象)之妙之不可言的意味和情趣(抽象)。

构成沈天鸿现代诗歌理论体系的精髓就是妙不可言的"意味"。正因为如此,"意味"也就值得"纵身"一试。"意味"在中国古典美学中本由其自身设定,但现在经过了沈天鸿的设定,"意味"因之有了沈天鸿的诗歌美学"意味"。正如苍耳在《在即将崩溃的悬崖上保持危险的平衡——沈天鸿与现代汉诗艺术》中阐述的:"沈天鸿诗学理念的结构内核,是深厚的本土文化的古典精髓与敏锐的反思、追问的现代精神的相互糅合、浸润并达到'合金'状态。它构成沈天鸿个人性写作的深层背景和内在支点。"沈天鸿通过这个内在支点设定其诗歌美学"意味"。这个"设定"是其所述之"出现得那么突然,毫无先兆"的一种"设定",这个"意味"是诗性的、思考的、思想的,也是审美的。

他通过诗性的思维与哲学的思考,将中西形而上地融于此一"味"之中。

参考文献:

[1]沈天鸿:《现代诗学:形式与技巧30讲》,昆仑出版社,2005年版。

[2]沈天鸿:《总体把握:反抒情或思考》,载《诗歌报》1988年8月6日。

[3]沈天鸿:《诗与审美——当前中国诗歌》,载《安庆日报》2013年8月2日。

[4][英]克莱夫·贝尔:《艺术》,中国文联出版公司,1984年版。

[5][俄]瓦·费·佩列韦尔泽夫:《形象诗学原理》,中国青年出版社,2004年版。

[6][苏]维·什克洛夫斯基:《散文理论》,百花洲文艺出版社,1994年版。

[7]沈天鸿:《另一种阳光》,九州出版社,2010年版。

[8]苍耳:《在即将崩溃的悬崖上保持危险的平衡——沈天鸿与现代汉诗艺术》,载《安徽文学》2013年第6期。

[9]沈天鸿:《沈天鸿评论小辑》,载《百家》1989第5、6期。

[10][德]尼采:《悲剧的诞生》,作家出版社,2012年版。

[11][法]米兰·昆德拉:《小说的艺术》,上海译文出版社,2004年版。

[12]沈天鸿:《技巧·形式·思想》,载《诗歌报月刊》1992年第8期。

[13]张会恩:《论"言意之辩"及其对写作的影响》,载《中国文学研究》1990年第4期。

曹多勇、孙志保作品评论
江　飞

建构历史真实和人情伦理的"回忆之书"
——曹多勇短篇小说集《听火车》读评

毫无疑问，"淮河""大河湾"已经成为皖籍作家曹多勇独具特色的标志性的文学地理。他像千千万万勤劳朴实的皖北庄稼人一样，在这片肥沃的土地上精耕细作了 20 余年，收获了长篇小说《大河湾》《大淮河》，中篇小说集《幸福花儿开》《曹多勇中篇小说精选》等一系列优秀作品。这部短篇小说集《听火车》同样是这块地里的重要收成。在我看来，《听火车》的最大特色在于，它不是对"当下"的把握和书写——尽管这是曹多勇这些年来创作的主流，而是对"过去"的回望与咀嚼，可以说，这既是一个人的生命史、心灵史，也是一个村庄(大河湾)的变迁史、社会史，如其所言，"当我拿起笔注视大河湾的时候，睁开的是两只眼。一只盯着大河湾迅疾变化的事物，而另一只眼却盯着大河湾那些亘古不变的事物。这是隐藏在土地深处一个生命与另一个生命的神秘密码；这是萦绕在一代人与另一代人之间的血脉气息；这是人类共通的心灵震颤和苦痛"。总之，这是曹多勇献给故土、献给亲人、献给往事的一部"回忆之书"。

回忆是美好的，也是痛苦的。博尔赫斯说，记忆建立时间，曹多勇则自觉地调动童年记忆，建构起悲欢与共、苦乐交织的成人世界和特殊的"文革"历史。《听火车》总共24 篇，前 12 篇皆为童年视角，可见作者对童年记忆十分看重。在他看来，"童年记忆"是一个人一生中最原始、最主要的记忆，它决定了一个人一生怎样看待人世间的万事万物；更重要的是，作者通过童年视角重新发现和发掘了一些与自己生命相关联的东西，比如成人的苦难生活、隐秘情感、精神焦虑等等。所谓童年视角，是指以儿童来担负观察和叙述的角度，通过儿童的眼睛去观察世界，以儿童的口吻对世界做出符合儿童思维的价值取向的揭示和审美评价，偏爱用童年视角叙述故事的迟子建认为"在某种意义上说这种视角更接近天籁"。在这些篇章当中，"我"的童年视角所见到的是丰富多彩而又耐人寻味的人间百态：《听火车》里，"我"为了见一次火车，随三叔家的丫头苋菜到煤矿洗窑衣，"见"到了苋菜与小伙子虎子之间的隐约情愫，也"见"到了批斗会上暴露出的人性之恶。《跳房子》里，"我"和残疾女孩仙儿玩跳房子的游戏，无意中见到了仙儿后妈和赤脚医生偷情。《算术课》里作为算术课代表的"我"则见证了马工宣对算术老师纪淑宝的骚扰。《语文课》里，"我"见识了"红小兵""红卫兵"的疯狂。《人样》里，"我"亲见并亲身体验到脱土坯的辛苦。《赶年集》里，"我"想见了父亲母亲腊月卖泥瓦盆的辛酸苦痛。《荒年景》里，"我"不得不眼见二叔成为一名朝不保夕的扒煤矿工。如此等等。无论是玩凫水、摘桑葚的孩童之乐，还是"凝重得乱了秩序"的生活之艰，作者始终不露声色，不故弄玄虚，既不回避物质穷困，也不刻意渲染苦难，而是选择平静舒缓、含蓄克制地讲述，让这些原本平淡无奇甚至有些琐碎无聊的底层生活焕发出世俗烟火的亲切感和温暖人心的感染力，把皖中农民身上的勤劳、乐观、坚韧、隐忍等品质原生态地表现出来。不得不说，这种平易近人的散文化的叙事方式很能让读者（尤其是与作者同时代的读者）感同身受。

我个人比较喜欢的是《家门口就有这么多的》这篇，尽管题目很怪异，却是最有意味的。身为民兵排长的父亲因为"老母猪案件"而变成了受怀疑、受控制的对象，陷入"生命中最黑暗的一段时光"，他一心结网捕鱼，却每次两手空空，于是上演了一出"自己买鱼，自己放鱼，自己打鱼"的好戏，成了村人眼中的"另类人"。尽管作者在文中说"他的一双眼睛只能看到那头不下崽的老母猪，却看不到那个喂养老母猪的荒谬时代"，但我从"父亲"身上还是看到了一个为了重新找回尊严、安顿心灵的正常人的思维与行动。相比之下，那些围观父亲放鱼、捕鱼又纷纷拉网捕鱼的村人又何尝不是深陷荒谬时代而不自知的"另类人"？读此篇的时候，我不由得想起巴西作家若昂·吉马朗埃斯·罗萨的短篇小说《河的第三条岸》中的那个"父亲"，驾着一叶扁舟，远离所有的人，为寻找渺无空虚的第三条岸，孤独地在河上漂流几十年，再也没有回过家，再也没有跟别人说过一句话，最后不知所终。在世俗的人眼中，他不是个傻子，也是个神经病患者，可在"我"心中，"父亲"的形象却始终完美高大。在曹多勇的笔下，不难看出"我"对"父亲"寻找身份认同、寻找人格尊严的同情与认可，对荒谬时代异化人性的揭示与批判，"父亲"的怪异恰恰呈现出的是那个时代政治高压之下的人性返照。作者最后有意给出了两个结尾：一是母亲在丢在芦苇地里的水桶中见到一条活着的鲤鱼，充满神秘诡谲的意味；一是渔网网住屋顶的麦秸草，渐渐褪色破旧，似乎暗示了一种"英雄迟暮"的哀伤。无论如何，这个与众不同的"父亲"形象，在暗淡而荒谬的"人民公社"历史背景中显得格格不入又熠熠生辉。

值得注意的是，曹多勇以童年视角所建构的"文革"历史，与其说是真实的历史，不如说是民间的历史、象征的历史，是打上了作家个性烙印的历史，而不是教科书中的历史，因为他是站在超越阶级的高度，用同情和悲悯的眼光来关注"阶级斗争"时代中卑微个体的人性和情感，关注历史进程中人的命运和遭际，作者自觉或不自觉地用基本人性（尤其是性爱）消解了"文革"时代革命性、残酷性的宏大叙事，体现出某种反讽和荒诞的意味来。如果说历史学家是根据历史事件来思考的话，那么小说家则选择和改造历史事件，使其呈现出某种虚构的真实，而这种"真实"是更加逼近历史的真实，也是亚里士多德所言的"诗比历史更真实"的真实。像曹雪芹、歌德等许多作家那样，曹多勇以自己的童年经验作为生活原型进行创作，带有显而易见的真实性和自传性。在我看来，这种童年视角、童年经验的选择，赋予"我"参与者与旁观者的双重身份，接通了个人生命与他人生命、个人命运与时代命运的历史关联，也使得这种"历史真实"的建构更加自然，生动，引人深思。

　　一般来说，优秀的小说家都有着自觉的文体意识。评论家谢有顺认为，影响短篇的核心要素是场景，短篇小说很难写出一个人完整的命运起伏，它只能写出有关这个人的命运或者某个事件的横断面。我觉得这是有道理的。在我看来，《听火车》的后12篇都是这个横断面切割得很好的短篇。才61岁的母亲仿佛预感到自己的大限将至，执意到棺材铺看棺材，两个月前到大儿子家第一次也是最后一次过夜，这其中的神秘谁能说得清？堂哥曹大树在母亲死后坚定地回归故乡，头一次为自己活，头一次为自己打工（《我的堂哥曹大树》）。一再遭遇失败的二弟因心理压力过大而急成疯病（《大象》）。着墨最多的依然是"父亲"：耄耋之年的父亲不顾子女反对、不顾年迈多病，在村里精心喂养两头牛（《父亲与牛》）。"我"和妻子经常看望父亲，父亲在母亲走后"不知不觉地已经替代母亲的角色，或者说他已经变成我们的母亲了"（《看老子》）。一意孤行的父亲为了盖楼房而处心积虑，甚至不择手段（《盖楼房》）。与其说作者是通过一个个横断面在用力描写一个个与"我"有关的人物，不如说是在用心反思"自我"与"他者"之间的关系，试图寻找和建构一种理想和谐的人情伦理。然而，如文本所示，在"我"与"父亲"之间是差距，"父亲的两眼一直朝上，看见的是头上的阳光；我的两眼一直朝下，看见的是黑黑的无底洞。这就是我与父亲的差距，看问题的差距，过日子的差距。我看见的是悲观，父亲看见的是乐观。我看见的是阴暗，父亲看见的是光明"。在"我"与"大姐"之间是无法调和的误解、矛盾与隔阂（《寒蝉鸣》）。在"我"与"二弟"之间是有心无力、悲伤无奈。在"我"与"妻子"之间是患难与共、老病相依（《孕事》《安眠睡》《刺血》）。在"我"与"女儿"之间是无法释怀的别扭（《去陵阳》）。家长里短，生老病死，"我"无法化解诸多的情感冲突，又不得不承受道德重负，"我"因为感到自己的无能为力而更加纠结苦痛；"我"所向往或希冀建构的是一种纯朴美好的民间人情伦理，而现实生活馈赠"我"的则未必如此，正如"我"怀念20世纪80年代身为大厂工人的身份荣耀，却不得不正视当下的尴尬处境："旧村庄回不去，新村庄回不去。我能回哪里？只能暂时地回到从来都不属于我的城市里。"（《大礼堂》）故乡无法安放肉身，城市无法安放心灵，"我"只能心神不宁、"无家可归"：这是作为知识分子的"我"不得不面对的难题,抑或现代人的宿命。

不禁要问,"大河湾"为何成为曹多勇的写作根据地呢?因为这里是他的情感积淀之地。进而言之,与其说曹多勇对"大河湾"饱含深情,不如说对生于兹、长于兹、老于兹的亲人、对自己曾在这里度过的人生念念不忘,爱得深沉。换言之,作家的出生地、成长地和个体人生之间的关系,不仅具有地理学的意义,更是一种伦理的、道德的关系,出生地和成长地的一草一木,一山一水,一人一事,都是个体人生的见证人,刻录着他的悲欢离合。他在这种无法割舍的人情伦理中苦闷挣扎着,也在其中痛并快乐着。

最后,还是要说说语言。莫言认为"作家必须用语言来写作自己的作品,气味、色彩、温度、形状,都要用语言营造或者说是以语言为载体。没有语言,一切都不存在"。曹多勇显然深谙此道,他一直有着明确的语言意识和语言追求,比如《父亲与牛》的开篇:

> 夏日里的一个早上,曹老头在淮河滩上割牛草,眼前不远处是一条淮河,身后不远处是一座村子。淮河里一片雾气腾腾的,村子里一片虚幻缥缈的,天地间充满雾气。这里是一处淮河湾,潮气大,湿度浓,每天早上都要下一场深深浅浅的雾,弄得天地间一片混沌,人世间一片模糊。一只不知名字的鸟,在雾天雾地里混淆了时间,天明后照样熟睡在草窠里。曹老头手里的一把镰刀,"嚓、嚓、嚓"锋利地挥舞过来,惊醒鸟的美梦。这只鸟连滚带爬地往前逃窜,中途摔了好几个大跟头,才慌恐地飞走开。

淮河的地理气候、人物的生存情境和性格,简明而生动地呈现出来。在《听火车》中,通篇都是这样的短小精悍的、本色化的文学语言和淮河流域的方言,几乎没有长句,也几乎不存在陌生化的语句,正如他自己所言,"我作品里的语言力争口语化,少书卷气很浓的词汇,少成语、官话。人物对话不加引号。叙述与对话相交相融。我企图通过这样一种叙事获得属于自己的叙述方式和叙述语感"。口语化的语言十分恰切地与"民间情态、民间机智的故事"融为一体,从而实现了"非常民间化"的叙事风格,实现了形式与内容之间的互相征服。因而,曹多勇的这些短篇小说读起来非常轻松,畅达。

当然,也毋庸讳言,阅读这本《听火车》时,扑面而来的"土腥味"可能会让读惯了"70后""80后""90后"新潮小说的读者有些不太适应。今日读者的口味是挑剔的,正如正月里,有的人喜欢鸡鸭鱼肉,有的人则喜欢青菜萝卜,甚至自家腌菜,喜欢《听火车》的显然属于后者。在我看来,做人须老实,为文须"狡猾",太老实的文章往往缺少活泼泼的生气,缺少破空而来的灵动,缺少耐人回味的理趣,一篇好的小说如同一个形神兼备的人,当以实显虚,虚实相生。据我所知,曹多勇是一个"把小说当成本分"的地道的老实人,在《水族馆》《妻子与鱼》等中篇小说中亦有对叙事结构、手法技巧等的别样追求。因此,我建议大家不妨将《听火车》与曹多勇的其他中篇、长篇小说对照阅读,相信会对其小说创作有整体认知。无论如何,我祝愿并相信曹多勇能继续守住"大河湾"这块故土,慢慢经营、深入研究,从日常生活的细枝末节里开拓出一个更加丰盈的虚实相生的世界来。

被权力放逐的"自我疏离者"
——评孙志保长篇小说《黄花吟》

"小说的写作,有时不应是扩张性的,反而应是一种退守。退到一个自己有兴趣的地方,慢慢经营、研究、深入,从小处开出一个丰富的世界来。"无论是《黑白道》《温柔一刀》《飞龙在天》,还是《父亲是座山》《灰色鸟群》《麦子熟了》《干事的日子》《奔月》《纯粮》,性格内敛的孙志保一步步"退守"到官场和棋场相濡以沫的文字战场上,以退为进,以守为攻,用《黄花吟》这样一部长篇作为其 20 多年中短篇小说写作经验和风格的总结,在明争暗斗之间见出人性善恶和在黑白对弈中见出人情冷暖及对理想生活的向往,硬是从组工生活的小处开出一个独特而丰富的世界来,其中的酸甜苦辣不言而喻,其中的良苦用心亦不难窥见。

在阅读《黄花吟》的过程中,我不由自主地联想到另外两部当代经典作品:王蒙的《组织部来了个年轻人》(原名《组织部新来的青年人》,1956)和阿城的《棋王》(1984)。尽管时代精神和文学场域都已发生重大变化,但以这两部经典作为参照,似乎正可以看出这部小说与它们的内在关联及其自身的得失。

在我看来,《黄花吟》最大的成功在于塑造了主人公"王一翔"这个典型形象,他寄托了作者对官场知识青年的理想和想象,仿佛"林震"和"王一生"的变体合体。林震是《组织部来了个年轻人》中的主人公,天真,热情,充满理想主义,怀揣着《拖拉机站站长和总农艺师》从小学调到区委组织部,毫不妥协地同刘世吾、韩常新等官僚主义者做斗争,即使遭遇困难、迷茫也毫不退缩。而"王一生"则是寻根文学代表作《棋王》中的主人公,"从小就迷恋下象棋,但把棋道与传统文化沟通……他不囿于外物的控制,却能以'吸纳百川'的姿态,在无为的日常生活中,不断提升着自己的人生境界"。如果说林震是主动出击的"红色追随者",王一生是知足常乐的"棋道痴迷者",那么,王一翔则是被权力放逐的"自我疏离者"。

王一翔的尴尬或独特在于,他既不像林震那样对党的事业怀着绝对忠诚,一心想"按娜斯嘉的方式生活",又不像王一生那样不谙世事,一心"待在棋里",而是徘徊于二者之间,因此显得左右为难、处处被动。一方面他"听从内心的声音",说真话,凭良心做事,而不顾权力的压迫,比如实事求是地撰写拟提拔干部的考察材料,汇报基层组织建设中的空壳村;另一方面他又并不拒绝借助或使用权力,比如接受市长孔令清在职位晋升、棋协活动等方面的照顾,依靠刘小茵的家族势力和同学任舒的媒体话语权来帮助家人朋友。这使得他只能和权力以及一切权力者保持着若即若离的关系,因而他并没有成为吕纬甫、魏连殳那样的"多余人",而成了一个"自我疏离者",一个有情有义却被视为另类的"英雄"。作者有意借董小青之口赋予王一翔的"英雄壮举"以"责任和担当"的内涵,并上升到更高的意义:"每个人都有责任,每个人都想担当,但是,担当不是一句空话。有的人有心无力,有的人有力无胆,有的人有力无心。相对于你,我们都是懦夫。"其实,这种"责任和担当"并非王一翔心之所愿,他"希望自己的生活永远简单,直到生命的终点",他想"像香樟一样生长",却"无意中长成一棵白杨":这无疑充满着反讽意味。

事实上,只有在围棋世界中王一翔才真正像个"英雄",才完全回到"自我"。作为中文系古典文学专业毕业的硕士研究生,王一翔力图保持一个古典文人的生活方式(下棋、酿酒、舞剑),一种不流世俗的审美趣味和人格风范。作者有意把王一翔塑造成像王一生那样的围棋高手,并对围棋比赛过程做了十分精彩的描写,但我觉得,在王一翔那里,下棋(酿酒、舞剑)不过是一种远离世俗纷争、回到个人志趣,实现自我安慰、自我确认的极为有限的方式,其所具有的积极和主动的精神意向相当有限,与其说这是一种与任何权力话语系统不合作的姿态,不如说是一种保护个性自尊和保持心理平衡的消极逃避之举。

王蒙当年正因为看到了娜斯嘉的故事是"廉价的乌托邦",生活斗争要复杂得多,也残酷得多,所以才写了《组织部来了个年轻人》,其目的有二:一是写几个优缺点的人物,揭露工作、生活中的一些消极现象;一是提出一个问题,像林震这样积极反对官僚主义却又在斗争中碰得焦头烂额的青年到何处去。就当代文学史来说,这样的斗争、这样的揭露和追问从未停止,但也从未有令人满意的回答,比如刘震云的《单位》《一地鸡毛》等。孙志保的回答是,王一翔被调离组织部,担任体育局棋牌中心主任,又最终决定离职参加全民创业。他既成不了"天不怕地不怕,敢于和一切坏现象做斗争"的林震,也成不了"无为而无不为"的王一生;既无法承受积弊深重的体制束缚,也不愿参与无聊至极的权力游戏,又不能躲进围棋世界里不食人间烟火。所以,在困境中挣扎的王一翔最后只能选择逃离,以求全性葆真,而在我看来,这种"逃离"又何尝不是从一个困局(权力)进入另一个困局(资本)?如果他继续"向世俗开战",还能战斗多久?不可否认,小说给出了非常现实的回答,也表达了官场不会一成不变的希望,但难以挥去的还是一种"劣币驱逐良币"的无奈,一种"英雄末路""明日黄花"的悲凉。

对比《组织部来了个年轻人》和《棋王》来看,《黄花吟》的不足之处也是显而易见的。一是某些次要人物带有扁平化倾向。《黄花吟》中的王一翔、董小青、赵山水等人物与《组织部来了个年轻人》中的林震、赵慧文、刘世吾等显然有着功能结构上的相似,但赵山水这样的基层领导干部远没有刘世吾那么性格鲜明生动。另外,月儿的人物设置基本遵从于传统的"红袖添香"模式,缺乏自主性,太过于理想化,正如刘小茵的死也只是合乎作者的个人意图。二是故事背后的蕴含不够丰厚。作者围绕王一翔写了一系列的传奇故事,智擒钱文,雪夜刺刘,大战鬼头刀客,设计保卫麦地,等等,这些故事对于表现王一翔的正义感和高超棋艺而言是累积性的而非递进性的,对黑白博弈的过程描写也多于对人物精神状态的细描,像《棋王》那样的更深的文化诉求和更高的思想引领似乎比较缺乏。三是线性的叙事结构比较单一,古典诗词的融入有时显得比较生硬,反而挫伤了语言的节奏和细节的真实。

"写作是一种需要耐心的精神事业,没有耐心,我们根本发现不了这个时代的心灵到底发生了哪些细微的变化"。从"林震"到"王一生"再到"王一翔",作为"时代的心灵",这些当代知识青年的命运和变化令人深思。这是《黄花吟》的社会价值和现实意义所在,而这些问题却又并非文学所能解决。无论如何,当今文坛需要像孙志保这样的作家,继续坚守文学的精神事业,耐心发现,"从俗世中来,到灵魂里去"!

铮铮铁骨　一身正气
——评谢思球的《大明御史左光斗》
疏延祥

从 20 世纪 40 年代的解放区到中华人民共和国成立以后相当长时间,"中国作风""中国气派"是党对作家的要求,近几年,"讲好中国故事"的提法替代了"中国作风""中国气派"的口号,成了对中国作家尤其是小说家的要求。莫言获诺奖致辞题目就是《讲故事的人》,但莫言的故事是来自高密的故事。作家都有故土情结,对故乡的热爱是他们生命的重要部分,激活本土写作资源,往往成为他们创作的动力。作家谢思球对他脚下的枞阳一直有一种痴迷般的热爱,他几乎踏遍了枞阳每一个角落,多年前就写出了描述枞阳地理、历史、文化和人物的书籍《文章之府老枞阳》,书中有对枞阳山水的描述,也有对枞阳历史文化和历史人物的追踪,如方苞、刘大櫆、姚鼐、方以智、何如宠、阮大铖、左光斗、朱光潜等,这些历史人物多承载着家国情怀的正能量,就是小人阮大铖也是才子般的人物。发掘他们的故事,成了谢思球抒发对家乡深厚感情的一个通道。对于大明御史左光斗,他至少在 2001 年就开始关注,到左氏出生地采风考察,收集有关左氏的资料,写了到左光斗以及左氏出生地横埠大朱庄采风感悟的散文。随着资料的积累和创作了一部历史小说《大泽乡》,取得了创作历史小说的经验,他对如何为左光斗写一部历史小说,有了相当的自信。2016 年,他为左光斗写了一本《大明御史》剧本。有了这样的铺垫,写一本有关左光斗的小说就呼之欲出、水到渠成了。目前,学界对先有电视剧(电视剧本),后有小说的创作模式有不少非议,认为这有功利主义的嫌疑。对此,我有自己的看法,我认为小说是写人的,人物和性格的发展离不开矛盾冲突,而电视剧本恰恰是以人为中心,以人物矛盾冲突为着眼点,这就是说电视剧和小说有很多相通之处。有了电视剧本,再创作小说就等于做房子已经搭建好了骨架,再装饰和细部雕刻,一幢美轮美奂的建筑很容易成功。

写历史人物,首先要尊重历史。历史给左光斗留下的资料不多,像方苞的《左忠毅公逸事》,还有《左忠毅公年谱》《左光斗奏疏》等,谢思球都很熟悉。这中间的《左忠毅公年谱》,目前没有点校本,竖排、繁体,谢思球得到的是一部清代原版年谱的复制本,就是专攻古汉语的人,也会头疼。出于对左光斗的崇敬和创作的需要,谢思球不仅购得这个复制本,还一点点地啃下来了。

在把握历史事实的基础上,再加以细节和人物的虚构,历史小说和人物就鲜活了,比如屯田是左光斗一大历史功绩,他曾上过《足饷无过屯田　屯田无过水利疏》,并在北方屯田开荒,编过《屯田好》的歌谣,让老百姓传唱。阉人刘朝索戚畹废庄,左光斗拒绝,由此和阉党结下梁子。这些都是有据可查的历史事实。左光斗的屯田是成功的,明史上对此事也有记载,东林党首领之一邹元标就说:"三十年前,都人不知稻草何物,今所在皆稻,种水田利也。"确实,北人始知种稻,是左光斗之功。不过这些历史资料加在一起,不过几千字,谢思球却写出了大文章,而且又合情合理。谢思球写左光斗屯田,虚构了他在路上捡了个书童顾翰林,其家属军户,但田被武定侯占了,老父也被武定侯抓起来了,他哥哥的恋人也被武定侯强娶。顾翰林饿得倒在路上,被左光斗救活,同时顾大武在救恋人时,深陷重围,也被左光斗和卢观象救下。从此,顾大武和左光斗结识,又通过走武举这一条路,有了功名,就像包公总离不了展昭,左光斗也离不了顾大武。此后,凡是要通过跟踪、打斗、劫持等武力和侦探手段解决问题的,左光斗总交给顾大武解决。在写作手法和情节设置上,的确,顾大武这个人物形象有传统侠义小说的影子,而深受包公故事、武侠小说影响的中国读者,读这种类型的故事,必然觉得亲切。作为历史小说,尊重事实是必要的,同时虚构也是必要的,后者只要不违反逻辑,还能为小说和人物形象添彩。太史公《史记》中的人物传记,处处见小说即虚构笔法,比如黄石公要磨张良的性子,让他一次次到桥边。韩信要自立为王,汉王大怒,陈平踩刘邦的脚,并和汉王"耳语",这些除了黄石公、张良、刘邦和陈平,谁会知道? 这些小说笔法使得司马迁历史著作的影响历千年万世都不会磨灭。虽然在虚构的才能上,谢思球和司马迁无法相比,但他虚构的顾大武一家的故事,画家罗峰的故事,都有可读性和文学性。

谢思球小说中的左光斗是廉洁的,就连身上一件防寒的貂皮大衣也是靠老婆给人洗一个冬天的衣服才凑够了银子买的,做官时往往谢绝惯例的官方接待和例供的银子,这不仅在封建官场上是个奇葩,就是在反腐倡廉的今天,也是值得大加提倡的。克罗齐说"一切历史都是当代史",从这个意义上说,书写廉臣左光斗,无疑对当代官场有警示和教育作用。"读律看书四十年,乌纱头上有青天。男儿欲画凌烟阁,第一功名不爱钱。"这首明人杨继盛的《言志诗》是左光斗的座右铭,未尝不可以成为当今官员的人生追求。

谢思球小说中的左光斗是有谋略的,明人陈子龙在《左忠毅公文集序》中说"杨以气,左以谋"。这个杨就是杨涟,左光斗的朋友,也是谢思球《大明御史左光斗》极力描摹的人物,后来杨涟与左光斗一同被阉党所害。对于左光斗的谋略,我觉得首先在于他对大明王朝尤其是他生活的明末,有比较清醒的认识,他知道神宗皇帝长年不理朝政,国家安危在亟,必须重视战备和积粮,为此,必须开设"屯学"和"武学",以御外患。历史上的光斗曾上疏曰:"今日之事,辽安则天下安,辽危则天下危;皇上御朝则天下安,不御朝则天下危。"而且,当朝廷委派通判卢观象和他主持兴修水利,开垦农田,他抓住机会亲巡阡陌,督促官吏从事农垦,广招南方农民到北方传授种植桑麻禾麦等技术。他又向朝廷启奏:今后朝廷考核官吏政绩,应当侧重农田水利建设方面,如果荒废农田,即使其他方面可观,也只能列为下等。这在八股取士的明朝甚至整个封建王朝,都是具有前瞻性的观点。由于左光斗的倡导和躬亲力行,幅员辽阔、荒无人烟的不毛之地,变成粮仓,可惜他的许多积极主张并没有被明统治者采纳。

在谢思球的小说中,左光斗大事聪明,小事也不糊涂,比如得知吏部有人买官,而且他也掌握了贾富贵买官的真相,他却不动声色,暗中调查,以也要买官为由,接近吏部书办金鼎臣,终于打掉金鼎臣这个作假团伙。假官一百多人,假印七十多枚,这个大案得以告破。当知府厉应良利用河间府本地生员和南方屯童的矛盾大做文章,挑起械斗,屯童被关,危急之时,左光斗非常理性,将生员和屯童分开。械斗中屯童方面的顾大武表现出色,打得生员个个鼻青脸肿,左光斗让其回家。这看似处分,实际是对顾大武的保护,也是做给知府厉应良看的,避免了事端恶化,这都是他有谋划之才和睿智的表现。

左光斗的骨头是硬的,当朱翊钧不上朝,危害大明国本时,他不仅上题目吓人、会引起龙颜大怒的《宗社危在剥肤疏》,而且皇帝不理,他就在宫门外跪谏。在办案过程中,武定侯、魏良卿的威胁,他都置之不理,尤其是权势熏天的阉党首脑魏忠贤指使许显纯对他严刑拷打,其手法惨无人道,他都扛下来了,还赋诗抗争:"噫噫哀哉!当今之事不可问,谁信慷慨回气运。长安猛虎昼食人,雾盖燕云十六郡,我欲呼天天高不可呼,我欲告人人心毒如茶,皋陶平生正直神,瓣香可能悉其辜。夜来床头生芝干如铁,不在李膺之前则在范滂之侧。英雄对此益增奇,天地愁之失颜色,噫嘻,吁嗟乎,明月蚀于天,高山崩入渊,如何长夜如长年,安得魂去飞翩翩,上与二祖列宗诉其缘,肯教鸾凤独死枭獍乘权!"小说吸收了明人笔记的记载,写了左光斗死后,许显纯受魏忠贤的指令,将左光斗、杨涟、魏大中的喉骨放入铁盒,锁好交给魏忠贤,结果晚上魏忠贤就被三人的鬼魂吵醒,一声声谴责和狂笑吓得魏忠贤披头散发逃到院子,身上划了好几道血口子,大喊救命,把所有的家仆都惊起。最后,他一方面把铁盒子送到涿州娘娘庙,要吕道长超度,一方面把放铁盒的香案都给烧了。这些真实和虚构的故事增加了小说看点,也大快人心。左光斗的学生史可法称左光斗为"吾师乃铁石铸造的肺腑",因此后人以"铁骨御史"赞扬左光斗,可谓名副其实。

左光斗爱惜人才,并善于发现人才,为国储才。他的武学和屯学,使得当年的河间府成了大明的人才学校。他和熊廷弼、杨涟、汪文言的友谊,既在于政见的一致,也是由于惺惺相惜。他对史可法的荐举和关心,最能说明他的人才观。作为学政巡学,他想的是贫寒学子,考试前最后一次检查考棚,他还不忘记住不起旅店、借住寺庙的考生,因此在风雪之夜,他发现了紧张备考、在供桌边睡着的史可法,他脱下了妻子(妾)给他准备的貂皮大衣,盖在了这个还没有功名的学子身上。后来,看其文章,他就预料将来能传其衣钵的就是此子,左光斗果然没有看错史可法。史可法的忠义,史可法在抗清过程中的气节,都可以永载史册。

"东林六君子"事件发生,左光斗被捕,受尽惨绝人寰的酷刑,史可法冒死进入死牢,被老师一番怒斥赶了出来,对此,小说采用了方苞《左忠毅公逸事》原文的部分白话译文,笔者认为,还是原文精彩绝伦:

> (左光斗)则席地倚墙而坐,面额焦烂不可辨,左膝以下,筋骨尽脱矣。史前跪,抱公膝而呜咽。公辨其声而目不可开,乃奋臂以指拨眦,目光如炬,怒曰:"庸奴!此何地也?而汝来前!国家之事,糜烂至此。老夫已矣,汝复轻身而昧大义,天下事谁可支拄者!不速去,无俟奸人构陷,吾今即扑杀汝!"因摸地上刑械,作投击势。史噤不敢发声,趋而出。

对照这一段,我们再看史可法死前四天写给妻子的《绝命书》:"法早晚必死,不知夫人肯随我去否?如此世界,生亦无益,不如早早决断也!"原来史可法一心向死、一心求死并不是从清兵入关,明王朝江山毁掉一半之后才有的想法,其实在死牢里探望左光斗时就有了,他只是在寻找一个适当的机会还报左光斗临死前的重托,是男儿就要以家国为重,大义为重。为此,一身皮囊算得了什么!

左光斗这个历史人物,在谢思球的笔下是有血有肉的,作为小说,主要人物形象是成功的,小说也必然是成功的。当然,好花要绿叶扶持,好人成事,也得要人帮衬。和左光斗一同遇害的其他五位东林党人,还有王文言、卢观象等好官,热心公益的商人钱安坤,尤其是顾大武、钱芊芊、张果中这些下层民众,正是他们的帮助,左光斗在黑暗如磐的明王朝的努力,才不是一个人在战斗。

谢思球这部历史小说不仅再现了左光斗这个光耀千古的人物形象,还以精彩的手笔刻画了一系列负面人物,比如朱翊钧把皇位当儿戏,魏忠贤秽乱后宫,矫传圣旨,任人唯亲,残害忠良,小人冯铨投靠魏忠贤,为魏忠贤出谋划策,甚至连在左光斗身边服务的类似家人的福生也甘心被陷害左光斗的许显纯收买。正是明朝从上到下的腐败、不作为、草菅人命、毫无良心,才使像左光斗这样一帮正直之士无论怎样竭忠尽虑,千方百计想修复大明这艘千疮百孔的破船,甚至搭上性命,都无法挽救明王朝的覆灭。在小说中,这样对比着写正反人物,无论正邪,形象都会更加突出。

这部小说写成这样很不容易,但作者本人觉得深受历史空间的限制,铺开不够,文学性本应该还有上升的空间。我觉得,作为一部填写左光斗小说题材的空白之作,其开创意义是值得肯定的。

参考文献:

[1]谢思球:《大明御史左光斗》,北京:中国文史出版社,2018 年 8 月出版。

[2]袁行霈主编:《中国文学作品选注》第四卷,北京:中华书局,2007 年第 1 版。

[3]http://blog.sina.com.cn/s/blog_4c69568e01017rwx.html/.

蒯群其人其诗
——读蒯群诗集有感
吴家荣

蒯群是我 2005 级美学研究生,她读研没多久,就悄悄地递给我一本书,我一看,原来是她刚刚与另两人合作出版的诗集《弦歌》,我翻翻诗集,特别注意浏览蒯群写的诗。她的诗清新中透着一股灵气,我不禁暗暗称奇,从此记住了她的名字。她的硕士毕业论文是《荷尔德林美学思想研究》,其中在《荷尔德林美学思想及其对中国现代诗歌的启示》这节文字中,她对中国现代诗歌的发展作了发散性的思考,认为"现代诗歌只有把握诗歌自身的特点,在中国传统与西方现代之间取长补短,汲取有益的营养后才能健康发展",由此足见她对中国现代诗的关心,对诗论的情有独钟。

蒯群毕业后,在安徽医科大学第二附属医院做管理工作,仍然常和我联系,可以说,她是毕业后与我联系较多的研究生之一。她工作单位不错,待遇也挺好。可她心心念念不忘清贫的教师工作,有几次萌生考博的念头——因为这是现在唯一踏入高校教师岗位的途径。限于家庭、孩子,她最终选择了放弃。业余时间写诗作文便成了她最大的爱好。博客上一篇篇佳作令人赞叹。现在她将她的诗文汇集出版,嘱我写序,我当不能推辞。

文如其人! 蒯群并非天生丽质,但她那文静、娴淑的气质中,常常透露出一丝淡淡的忧郁,给人谜一样的困惑;一双明澈如水、灵动的眼睛,很少露笑意,似乎蕴藏着深深的人生感叹。她的诗文也是这样,乍一读,似乎明白如水;再读,又觉深不可测;反复咀嚼,更觉回味无穷,很具意境美。请看:

> 啊,戈朵! 我终于,站在了你的身旁。
> 戈朵,你像是前生从我的心中走失,在今世等待我们石破天惊般地相认。
> 啊,戈朵!
> 你眼眸轻轻地一转,已将我的身变成了一座石像;
> 你靥面微微地一笑,已将我的心变作了一只铜铃。
> 戈朵,你那么信赖那么安然地向我仰着——你纯真无邪的面庞;
> 喜悦! ……将我深深、深深地一再埋藏。
> 按捺住,按捺住。
> 我屏气、凝神,惶恐我这样急促而浊重的喜悦会将你熏染。

我的心迫不及待地伸出了双臂,可我的头颅却立即抛出绳索,将它们捆绑。

刹那,什么人夺去了我的喜悦,又撒下了惆怅的网?

这是诗,是诗人生命意识的流淌。诗中的戈朵正是诗人日夜萦绕心中、挥之不去的理想。然而,她终生无悔的等待,换来的却是世俗的捆绑,只能留下惆怅的网。楚楚动人的诗句,让人感叹唏嘘。

还有这样的诗句,也令人揪心不已。

西西弗斯呵! 西西弗斯,推着巨石上山的西西弗斯!

几多叹息,几多困惑,俊朗的西西弗斯,推着巨石的西西弗斯?!

西西弗斯呵! 为什么不撒身走开,任巨石隆隆滚下,逢树毁林,逢泉塞源?

西西弗斯呵! 为什么不直身而起,任巨石隆隆滚开,听夜莺娇啼,看孔雀展屏?

西西弗斯呵! 西西弗斯! 山泉可载有你的哽咽,清溪可盛有你的泪珠?

西西弗斯正是诗人心目中的英雄,诗歌表达了她对理想矢志不渝追求的誓言。读这样的诗,必须了解蒯群心中的追求;反之,只有了解她心中的追求,才能为她的诗句深深感动。蒯群的诗,总体看冷色居多,基调是沉郁冷峻的,但也有例外:

四月的春天,如期绽放出最甜美的笑容。风,是四月在忽闪着毛茸茸的眼睫;风,调皮而又温柔地抚过我们的面颊,让我们不由得地想要笑起来。雨呢? 雨是四月手执柳条斜倚在瑶池的台阶上,拍打琼浆溅落在人间吧? 雨啊,落得那样地轻俏那样地甘甜……

四月的春天,桃花装点着门脸,桃红涂满了腮。四月的春天,长上蝴蝶的翅膀,扇动了单瓣的桃花后又飞上复瓣的桃花。

四月的春天,穿上浅紫的花裙,摇曳在梧桐树的枝头,摇啊摇啊,遥想着童年的外婆桥……

四月的春天,睁开一只只蒲公英的眼睛,在田间路边张望着张望着,直等到一阵阵春风过后,将日渐迷离的目光带向远方……

但即使是这首略显高昂、充满激情的诗,亮丽中也难掩带泪的欢笑,留给人的是一丝苦涩的喜悦。当然,忧郁并不是蒯群的刻意追求,更不是她要以伪装的忧郁,博取读

者的青睐。这不,她决然地唱道:

　　将悲伤轻轻地吹开
　　如一朵白菊
　　绽放在秋日的胸怀

　　将悲伤轻轻地吹开
　　如一缕青烟
　　娉婷在冬日的暮霭

　　将悲伤轻轻地吹开
　　如一枝蒲公英的花瓣
　　四处飞散着
　　迎接春的到来

　　应该说,我们现在的时代不是悠闲地写诗、品诗的时代。喧嚣、浮躁,转瞬即去的荣华,名利追逐的疯狂,加上被物欲扭曲的心态,很少有人能停下匆匆而过的脚步,倾听诗人的心声。蒯群却任性地不管这一切。她的诗似乎与时代不那么合拍,可她倔强地走自己的路,孤芳自赏地一任笔端流淌着自己的喜怒哀乐,任是无情也动人。写诗成了她生命的一部分,她为诗而活着,她就是诗的化身。

　　蒯群的诗率性而为,但朗朗上口,极富韵律美。郭沫若曾说过,"诗之精神在其内在的韵律",内在的韵律便是"情绪的自然消涨",他进一步解释说:"情绪的进行有它一种波状的形式,它有长有短,有升有降,有强烈有舒缓;或者先抑而后扬,或者先扬而后抑,或者抑扬相间。顺着情感的自由抒发便会形成一定的节律,也便成了诗的节奏。人的情感是相通的,合乎这种节律的诗就能一唱三叹、回环复沓,以情感动人之情感,使读者为之共鸣。这诗便有了一定的形式。这种形式是合乎内在感情起伏运动的形式。"我想,蒯群对此是深有领悟的。她深知,随着时代的发展、人的情感的日趋丰富,诗的言辞、格律也必将更趋宽泛而利于丰富情感的表达。下面这首诗的韵律正是因思念情感起伏的自然涌动而合拍:

　　广袤的天空与大地呵
　　我待你们

137

如待我牵挂的他

我的欢乐与忧伤
是一条条纵横的河流
在你们体内纯净地流淌
我的希望与失望
是一片片飘逸的云彩
在你们眼前安静地变化

我难道不是幸福的吗
这样渗透于你们的心脏
存在于他的身旁

诗中,回环复沓的韵律,和上诗句情感跃动的节奏,给读者强烈的美感共鸣。

蒯群的诗,常常让你心中泛起爱的涟漪,涓涓细流能鼓起你自觉地用爱,一种对人类、自然的大爱,温暖被金钱玷污的冷酷的心扉。

我真的如此爱你吗
这问题　是我心底盛开的一朵蓝花
我的你呵
你在哪儿
你与我的幸福可是同一个回答

我的幸福的手臂呵
已经高高扬起
握住了远山与近川
我的幸福的眼泪呵
正在滚滚流下
要将这移不走的蓝花
慢慢溶化
这嘈杂　这匆忙
哪一样都能扬起弥天大雾

隔断我对你的张望
我的神
我虚空的怀抱
总是将孤独越抱越紧

为何你的面庞不在人群里
向我显现
我的神
我生就一只臂膀一只翅膀
不能向你飞近
却也不能将他们抱紧

　　她的诗明朗、纯洁,不夸张、不做作,读她的诗完全是一种精神的享受。我不想再多举她的诗为证了。还是让读者自己去品味吧,我相信读完她的诗集,大家都会有同感。

　　如果要说蒯群的诗有什么不足,那就是过于小家碧玉,丝毫感受不到中国梦的时代脉搏,基调未免低沉一些,色彩晦暗多于亮丽;再就是形式也太过单一,个别诗长于直白而缺少蕴藉。蒯群还年轻,她对诗的执着追求,一定会有辉煌的未来。我期待着。

民间视域下的农民赞歌

——评许祚禄的《青弋江儿女》

朱菊香

许祚禄的长篇小说《青弋江儿女》放眼于辽阔的长江下游平原,以长江支流青弋江两岸的陶村和柳树湾为文学地域,讲述了陶柳两家三代人从抗日战争至今几十年的生活图景与风云变幻。小说采用惯常的家族叙事手法,在日常生活的描写中写尽了中国近八十年间发生的重大事件。小说视野开阔、时间跨度长、情节性强、人物众多且性格鲜明、地域风情浓厚,具有鲜明的史诗风格。

这是一部不同于一般知识分子写作的乡土题材小说,它没有站在庙堂或广场之上批判农民思想的愚昧与落后,没有单纯地描绘农民在土地上生存的艰辛与困苦,也没有把乡村描绘成一幅单纯的田园牧歌图。它是一首由农民谱曲填词,由农民演唱,反映农民八十年生存奋斗历史的长篇赞歌,是一幅通过民间视角观察思考并绘制的农村历史画卷,带有江南水乡特有的荷花馨香与泥土气息。小说语言既质朴无华又充满激情、带有鲜明的地域与民间特色。

一、描摹农民及农民出身的英雄群像

在《青弋江儿女》中,作者以陶柳两家三代人为主要描写对象,描绘了青弋江两岸的农民及农民出身的英雄群像。作品中所描绘的主要人物都是农民,他们出身低微,祖祖辈辈都在水乡生存与繁衍。作者给他们取的名字也带有浓厚的水乡气息,男人不是"水",就是"生";女人不是"梅",就是"红"。命名虽相似,但面貌各异,性格鲜明。男人犹如青弋江中成长的黑鱼,既沉稳有力又能乘风破浪;女人犹如夏日荷塘中的荷花,外表清新可人,内在泼辣爽直。这些人在青弋江两岸肥沃的圩田里种植稻米、莲藕,摸鱼捉虾,在青弋江长江中乘风破浪,运黄沙跑运输。他们养育的儿女不是参军,为国捐躯,就是上大学学科技,支援祖国的建设。"他们就是靠着勤劳的双手,面朝黄土背朝天,靠着土里刨活养活了我们的国家,支撑起了我们国家的建设。"他们的名字就叫"青弋江儿女",他们是勤劳朴实、踏实肯干、奉献自我的"中国农民"。

在众多人物中,第二代人是作家描写的重点。金梅是作品的主人公,也是塑造得最成功的一位,是作家心目中理想的底层劳动妇女形象。金梅是柳树湾柳四宝的长女,很早就失去母亲,但她聪明能干,从小就是一个小大人,处理家事,照顾弟弟,家务农活,样样拿得起放得下。由于家庭贫困,十五岁时被父亲卖给地主婆陶寡妇做童养媳,她没有怨天尤人,而是理解父亲。到了陶家后,受到婆婆的严格要求,甚至虐待,她把这看成是婆婆对自己要求高,并以德报怨,凭着自己的机智勇敢多次在危急关头拯救了婆婆及家人,成为家庭的主心骨。当爱情与婚姻发生矛盾时,她也曾以死反抗,但被救起后,她像一般底层妇女一样,从生存需要出发,隐忍负重,将家庭的利益放在第一位。她深明大义,有爱国情怀。抗战时期她借给游击队一船稻谷,土改前后主动交出田产、房产,收养烈士遗孤,在新中国成立初主动支持丈夫奔赴朝鲜战场,保家卫国。她求真务实,注重实践,反对浮夸。在"大跃进"中,她亲自去城里,将城里的大钢铁厂与农村的小土炉相对比,劝说弟弟不要盲目跟风。她尊重人才,重视教育。在陶校长被打成右派后,她以借右派来批斗的名义请陶校长创办小学,教育孩子,并为建校舍步行百里只身去泾县买木材。在知识青年插队柳树湾时,她主动接纳他们,以母亲的胸怀安抚他们的心灵。她爱憎分明,直爽泼辣。面对陶根子这样混进革命队伍的流氓小偷,她直指他的小人之心并坚决反抗。但当陶根子为救济灾民偷粮食时,她又宽容大度,原谅他曾经的错误。金梅是青弋江边成长起来的一位农村女性,又是长江流域一位大写的"母亲",不论是为女、为妻还是为母,都具有传统女性的优秀品质。她犹如发源于黄山一路欢唱奔向长江的青弋江,用自己的清澈净化浑浊,用全身的力量冲刷浮沫,用宽厚的心胸包容一切,犹如地母,厚德载物。尽管作者在塑造人物时缺乏必要的心理活动的描写,有些地方性格的发展缺乏必要的过渡,但她仍是作家塑造得比较成功的农村女性形象,是作家心目中理想的底层劳动妇女形象。

水生与金水也是作者塑造得比较成功的底层农民形象。水生忠诚老实、勤劳能干、知恩图报、有主见、不轻信他人,保家卫国。金梅进门后,陶寡妇因为担心他爱上金梅,将他赶出家门,水生没有怀恨在心,而是理解孤儿寡母的难处,感激陶寡妇的养育之恩,参加了游击队。当游击队准备消灭"女汉奸"陶寡妇时,水生说明了真实情况,帮陶寡妇洗清了冤屈。当游击队需要粮食时,水生从陶寡妇家借来了一船稻谷,帮助了游击队,也间接帮助了陶寡妇。在抗美援朝战场上,为救庆生被抓当了俘虏,回乡后,他忍辱负重,任劳任怨,为建小学烧窑制砖。后来,他办窑厂,跑运输,成为当地远近闻名的农民企业家。在个人情感上,他执着专一,拒绝好心人的介绍,直到庆生去世,才主动与金梅结为夫妻。金水在任村支书期间,求真务实,不盲目跟风,顶着落后的帽子想办法避免浮夸风带来的损失。在洪水冲垮了集全村之力造起来的圩堤后,他吸取教训,凡事以百姓的利益为重,只要是对老百姓有利的事就做,不管上面怎么说。他实行

"生产到队,定产到田,责任到人"的责任田办法,积极利用洪水间隙在圩滩上种蔬菜杂粮,保证了粮食产量,在困难时期,没有一人挨饿,没有一人外出逃荒。在县里号召大炼钢铁大办食堂那一年,他听从金梅的劝阻,不盲目跟风。作品中的其他次要人物同样个性鲜明。如银水的为国捐躯,庆生的结巴胆小,方卫红的慷慨激昂,新生的口讷内秀,金生的敢闯敢干,国红的快言快语,他们共同构成了《青弋江儿女》的农民群像。这些人物,尽管他们身上尚有各种各样的缺点,但作者对他们充满了爱,正是这些蝼蚁般的底层民众,他们辛勤劳作,为家为国,在平凡低微中创造了伟大。当然,在底层民众中,同样有陶根子这样的流氓小偷。他品行不端,图谋不轨,自私自利,借革命或集体的名义谋取个人利益。对这样的人,作者同样予以揭示与批判,但最后都写到他们的改邪归正。这说明作者在认识到人性的幽暗之处时,并不是单纯地批判人性之恶,而是希望用善良理想之光烛照黑暗,引向光明。

二、对地主与长工、婆婆与童养媳之间关系的另类书写

在塑造农民群像,描绘农民日常生活时,由于作家来自民间且采用平视的民间视角,因此作品体现出不同于一般知识分子写作的民间特色,表现了最朴素的民间情感与价值判断。对地主与长工、婆婆与童养媳之间关系的另类书写是这种表现之一。

在中国现当代文学史上,对地主与长工之间关系的描写,在 20 世纪 80 年代以前的文学作品中,一直是处于剥削与被剥削、压迫与被压迫这种较为尖锐的矛盾冲突中,如蒋光慈的《少年漂泊者》,曹禺的《原野》,贺敬之、丁毅执笔的《白毛女》,梁斌的《红旗谱》等等。这与时代及社会变革的需要密切相关。20 世纪 90 年代以来,随着市场经济的兴起,随着改革开放的深化,资本与雇佣再次成为社会经济发展的常态,文学中有关地主与长工之间关系的描写不再是单纯的尖锐对立,而是趋向多样化、丰富性与复杂性。《白鹿原》中地主白嘉轩与长工鹿三之间亲如兄弟、情同手足,陈忠实一改地主曾经的恶霸形象;葛水平的《甩鞭》中土财主麻五哄骗长工铁孩,后被铁孩设计暗害,并连续杀人,目的只为拥有地主的小老婆王引兰,作者以此揭示人性的险恶与幽暗。许祚禄在《青弋江儿女》中以养育与报恩的方式处理地主陶寡妇与长工水生之间的关系,以养育之情与感恩之心淡化他们之间存在的剥削与压迫,赞颂水生的忠诚厚道,知恩图报。水生以写欠条的形式间接拯救了陶寡妇及其家人的性命,以引领庆生参军并在战场上帮助庆生的方式拯救了"地主的儿子"陶庆生。作者这样温情地处理他们之间的关系,是一种鲜明的民间视角,弘扬的是民间社会存在的知恩图报、有恩报恩的传统道德观,表现了作家心目中朴素的道德判断。

《青弋江儿女》中对于婆婆陶寡妇与童养媳金梅之间关系的书写也有别于以前的文学创作。萧红在《呼兰河传》中写到婆婆为规训小团圆媳妇,遵从陈规陋习,以愚昧且残忍的方式活活折磨死了十二岁的小团圆媳妇,批判了陈规陋习与愚昧无知对童养媳及婆婆的双重戕害。沈从文在《萧萧》中写到公婆及族人以宽容的方式处理童养媳萧萧的意外怀孕,但原始自然又混沌无知的萧萧在儿子七八岁时又以同样的方式迎娶童养媳,淳朴善良与落后无知再次在湘西轮回。在《青弋江儿女》中,许祚禄写到陶寡妇以高出十倍的价格买来童养媳金梅,目的是辅助儿子保住家产并传宗接代,金梅刚进门时确实受到了陶寡妇的毒打与规训,但很快地,金梅以自己的机智能干多次拯救了婆婆一家,成为家庭的主心骨。这样的情节安排,与其说是婆婆规训的胜利,是金梅作为被压迫者,作为独立的"人"的意识的缺乏,不如说是一种叙事策略。作家借这种民间常见的婆媳关系的描写来表现传统民间"棍棒底下出孝子"的教育理念,以及亲人之间"打是亲,骂是爱"的民间价值观念。在几千年家族文化的影响下,家族利益、亲人之间的情感远胜于意识形态上的阶级对立,大义不灭亲,更何况是有直接利益关系的婆媳关系。当然,在民间,婆媳关系一直被认为是最不好相处的家庭成员关系。作者这样写,也是借此来表现金梅品质的优秀,弘扬民间朴素又浓厚的亲情。

三、民间视域中的右派和知青形象

在当代文学中,从 70 年代末到 80 年代,文学中有大量关于右派知识分子的描写。不论写作者自身是曾经的右派,还是以旁观者的态度冷静客观地审视这场反右运动,都表现了鲜明的知识分子视角与思维。作家在作品中描写被打成右派的知识分子的各种悲剧,由此思考造成知识分子人生悲剧及社会悲剧的深层原因,表现了鲜明的悲剧精神与反思特征。面对这些遭受人生悲剧的右派知识分子,《青弋江儿女》却从民间视域表现右派被流放到乡村后,在落后的乡村所受到的另一种待遇。作者借农民金梅的口表达了对陶校长最简单朴素却又最本质的判断:"我听我婆婆一说,就觉得他是个好人。他一家人都在外国,就他一个人回来了,他图的是什么呢? 他是个大学校长,这么有学问有本事的人,到哪里去找?"当听说陶校长被下放到陶辛圩,金梅立即以借右派来批斗的名义将陶校长请回柳树湾,给他安排吃住,让他担任小学校长,与反动分子陶大民、俘虏水生等人一起共同承担创办柳树湾小学的任务。许祚禄写出了民间社会对右派的欺压,更写出了底层民间对右派的欢迎与重视。民间社会并不是铁板一块,它有盲目跟风的陶根子,更有尊重知识尊重人才的柳金梅们。他们在右派分子最落魄的时候爱护他们,尊重他们,发挥他们的聪明才智,同时也对右派知识分子为乡村教育做出的贡献充满赞颂、感激与怀念。许祚禄以与知识分子张贤亮不同的民间视角写出了另一种马缨花与张永璘的故事。

对于知识青年上山下乡运动的文学书写，从 70 年代末开始就已形成文学上的一股潮流"知青文学"。一些本身是知识青年的作家在回城之后纷纷以个人经历或集体记忆为蓝本，抒写、重构并反思这场运动给知识青年、给国家、给社会造成的深远影响。其中影响比较大的有：以梁晓声为代表的充满青春激情的理想之歌；以叶辛、王小波、老鬼为代表的控诉与反思之作；以史铁生为代表的温情回忆之作。许祚禄并没当过知青，但他是一位富有理想与激情的作家，早在《遥远的柳树湾》这篇小说中，就已抒发了知识青年的青春激情与理想情怀。当时我还误认为写作者是一位知青，看完作者介绍才知道出生于 1968 年的他只是一位满怀青春激情的写作者。在《青弋江儿女》中，许祚禄不再表达慷慨激昂的青春激情，而是以冷静客观的态度，质朴无华的语言，从民间视域描绘知青的插队生活。对于知青们，不论他们是满怀扎根乡村的激情而来，还是被迫无奈而来，乡亲们像土地一样以最朴实的宽容与无私接纳他们，想来，我欢迎，要走，不强留。金梅以一碗小刀面三个荷包蛋温暖了知青李学军的心，金生以包容与关爱接纳江梦云城里姑娘的娇气。当知青们来到农村，繁重的体力劳动不是他们的长处，落后的农村立即发挥他们的长处，让他们当中小学老师，传授孩子们知识与文化。当政策变化知青们要回城时，乡亲们以宽容的态度对待离婚，且最终以包容与成功的姿态使曾经分裂的家庭再次完整。对于知青们来说，乡村是贫瘠的、落后的，也是温暖的；对于农民们来说，知青是有知识文化的，同时也需要关心与爱护。当江梦云要与金生离婚，骂出："我的青春都被你毁了，还不够啊？你还要毁了我的一生？"金生反问道："你下来几年就毁掉了一生，那我们出生在农村的人，又被毁掉了几生呢？"作家从农民视角出发，以这种反问与对比的方式对知青的悲剧进行反思，作者没有批判国家政策对知青及农村的伤害，而是肯定了知青对农村基础教育所起的作用，赞扬了以金梅、金生为代表的青弋江儿女犹如青弋江两岸的土地一样，以宽广与包容的姿态承受一切，滋养一切。

许祚禄从民间视角出发，写出了被下放到农村的右派和知青们的另一面，右派分子们在自身最落魄的时候得到了底层农民的爱戴，也为乡村基层教育立下了汗马功劳；知青们在下放到农村后，乡亲们无条件接纳他们，以黑土地一样宽广无私的胸怀包容一切、滋养一切。这样的文学表达不能说多深刻，也不能说多丰富，但却替一直沉默的乡村表达了最朴素最宽广的情怀。

综上所述，从农民成长起来的作家许祚禄从民间视角出发，通过描绘陶柳两家八十年的家族故事,表现农民朴素中的伟大,谱写了一曲民间视域下的农民赞歌。作品塑造了青弋江农民群像。当然,在艺术上,《青弋江儿女》也如它的内容一样,质朴无华,没有新颖的叙事手法与结构艺术;描写人物的手法相对单一;对人物性格的塑造缺乏必要的过渡;一些情节的转折缺乏必要的交代。但人物语言是一个亮点,尤其是金梅与国红,个性化的语言将人物的性格展示得栩栩如生。而且,作品语言鲜明的地域特色,带有江南水乡特点的景物描写也增加了作品的文学审美性。应该说,这是迄今为止许祚禄最优秀的长篇小说。

文艺评论

拓面开辟，独树一帜的学术主张
——李正西学术研讨会综述
曹 为

  不久前，《中华读书报》曾以其努力追求与坚持的"学术主张"为题，深入报道了李正西以论著《中国散文艺术论》《吹万集》等作品为代表的学术思想和研究成果。今天，2018 年 4 月 21 日，由安徽省文艺评论家协会主办，肥东义和尚真中学、文化部《西游记》文化研究会、中国名山名寺名观文化研究会、月氏文化传播有限公司协办的研讨会，邀请足以代表驻皖文艺评论界最高学术水平的顶尖级的学者文人，聚集肥东义和尚真中学，就李正西教授的学术主张与治学精神展开讨论。与会者畅所欲言，或赞，或评，或询，或议，或叙，或谈，不一而足。最为可贵的是，会上听到了久违的批评的声音。文艺批评，不必刺刀见红，却也不能过于君子；唯有碰撞，才能绽出智慧的火花。

  李正西先生遵会议主持人、安徽省文艺评论家协会史培刚主任之嘱，率先发言。正西先生道，他思考了一下，他的学术主张主要表现在以下方面：

  其一，我主张中国传统文化包括中国文学精神在当代获得深刻转型。我在学术研究过程中，自觉地要求把已经发生过的一切都当作历史，重新加以考察，在这个基础上前进；绝不停留在已经发生过的一切上面，赞美、赞叹、流连忘返。而是以一种站在前人之上的创造性思维，进行卓有成效的写作。这就要求站在今天的角度，在一个很高的历史发展认识水平上，去考察过去优秀的东西，批判陈腐的东西，从而建立起新型的文化形态。这就要求善于在比较中确定对象之间的差别，从而获得对于事物本质的理解和认识，而且这种认识越是清晰，越是深刻，就越会有更加自觉的活动，就越会获得超越前人的成就。这些认识与我对中国传统文化的认识有关，与我关心中国哲学、文化学有关，也与我在 20 世纪 70 年代进过两次"毛泽东思想学习班"学习过马列六本书有关。在这过程中，我才有可能提出将中国传统文化包括中国文学的精神在当代获得深刻转型的主张。我研究佛教般若学并且有著作出版，也是为了这个目标。

  其二，我主张用中国文学的理论包括艺术理论来阐释中国文学问题。我认为中国文学的问题特别是文学的艺术问题，用中国的文学理论来说明和解决更为深刻和准确。因为中国的文学理论——中国古代的文论、诗论、画论、书论、戏剧评点、小说评点等等，是独具中国特色的文学理论。中国文学理论，例如文学的意象问题，文学的兴会问题，文学的气韵、神韵问题，文学的神似、形似问题，文学的比兴、意会、境界问题等等，都是西方文学理论所不具备的。这方面我在拙著《中国散文艺术论》及发表的论文中做了说明。

其三,我主张用勇猛精进的创造精神研究文学问题。理论研究和文学创作都应该是具有深刻的思想,都应该是思想家。"虽不能至,心向往之"。要思想活泼,目光敏锐,敢于开辟草莱,敢于突破成说,敢于脱前人旧套,破前人樊篱,独辟蹊径,锐意创新。没有这种创造性的超越意识,很难结出创新之果。这种创造性的超越意识,又必然是以当代意识为准绳,以美学的和历史学的批评作为价值判断的尺度,从而将研究和创作的方向与目标选择的逻辑起点建立在科学的基础之上。同时,又决不拒绝吸收人类先进的思维成果,以有助于洞察已经发展变化了的文学现实和文学现象,形成具有中国特色的文学研究和创作风格。

其四,我主张对深刻研究的对象作艰苦的努力与探索。"横看成岭侧成峰",需要透过现象看本质。"十年磨一剑,今日把示君",须要耐力和意志,耐得住寂寞,坐得住冷板凳;又对新鲜的和正在成长的或新发现的满怀着喜悦和热情,更需要创造的欲望和激情。增广见闻,博采众长,选准方向,独树一帜,是必要的努力。闳中肆外,寻章摘句,钻坚求通,是必下的功夫。绝不敷衍塞责,认真地检验每一件作品,反复修改推敲,是必备的品格。我个人确立的研究项目和进行的创作,要求扬己之长,避己之短,坚持走自己的路。创作上,不求闻达,只求自我的表达。拙作《中国散文艺术论》等采用中国传统文化来说明中国散文艺术的特色和佛教中国化的特点,反映了这种见解与追求。

研讨会正是以正西教授的这几点"学术主张"为核心展开。为行文方便计,我们将讨论内容按照编审型学者、学院型学者和专研型学者三块,摘精取粹,梳理成篇。

一

安徽省编审型学者,老中青三代出版人,苏中、钱念孙、唐先田、许辉、施晓静、史培刚、王晖、王晴飞等,以他们的敏锐视觉,就文学创作特别是散文创作在现时代的文学诉求、就用中国的文艺理论解决中国问题等,立足学术最前沿,分别阐发自己的心声:

苏中:我当了一辈子编辑,从《长江文艺》到《人民文学》,到《安徽文学》,那时候任何一种刊物,评论都是中大版面,文学评论刊物它也占了很大比例,每期都几万字。正西教授的文章里,有他的主张,有自己独立的见解、独立的看法。他对精英文化、大众文化的看法,对大散文的看法,对散文写作的基本精神动力、精神为主还是情感为主的看法,以及他对国学的看法,观点都很独到。正西先生的文章里,还体现了热烈的争鸣精神。这是我们当代中国最缺少的精神。没有争鸣就没有进步。在讨论"大散文"创作时,正西先生就极其认真地参与了讨论,至今记忆犹新。无论什么格局的散文,抒情也罢,叙事也罢,长篇大论也罢,短小精悍也罢,都需要一种境界。纯粹的"小女人散文"多了,把散文本身的品格给降低了,它的思想价值、文化价值就消解了,要提高散文的精神水平、精神品格,就要有思想有力度。当代评论家,应该针对当代文化中存在的真正问题,敢说话说真话,这是非常难的问题。我说真话,也冒过险。冒险,得过赞赏,但也吃过亏。但是我们毕竟必须遵循一个基本的东西,即评论家自己的独立品格,思想品德必须保持。你不说话可以,你说话就得说真话,至少不能说害人的话。说真话,或许就是正西先生的"勇猛精进"的学术主张的一个表现形式。

钱念孙:拿到《吹万集》以后,我把它从头读到尾。看了以后,我感到李老师是一个非常勤奋认真的人,这是第一个印象。比如,对浙江那个叫石城山的注释,解读非常细致,很认真。把那么长的涉佛古文翻译出来,还做得非常好,真不容易。第二个印象,李老师讲他希望用中国的传统的文艺思想来解读解决文艺问题。这既体现在他的好几篇散文理论的连续探讨上,同时也体现在对一些作家作品的评论上。比如说对雷达、许春樵、林非的评论,确实是看透了作家作品本身的内涵,评论写得非常有自己的眼光,贯穿着他对文学对文艺理论的理解。我觉得它是独特的。比如说对中国古代各类文章的理解,他认为全部都是散文,不论是《论语》《孟子》,包括各种各样的文章,都是散文类型的。这里,李老师把各类文章都概括进来,似乎是想确立中国古代文章乃"经国之大业,不朽之盛事"的想法。在其整个的文字当中,都体现出孟子讲的那种浩然之气。人格追求,精神动力的思想,贯穿在每一篇文章当中。所以,其从这个角度来对文章分类,包括对中国散文的理解,李老师有自己的见解,且论述充分,材料跟观点结合得很好。李老师有自己的追求,而且在学术里头辛勤耕耘,开出来自己的花朵。李老师是一个有独立精神独立思想的学者。

唐先田:正西在我们省文学界研究散文最早。开始研究的是王瑛琦的散文。关于其散文的经世致用思想,就是对社会对人生有所补益,有所帮助,能够推动社会的向前,或者是推动一些人群生活得更好。我觉得是这样子。因为你的写作,你的作品发表出来,登到报纸上、登在杂志上去了,它就是一种社会产品。社会产品它影响很多人,人家看到你的作品要得到启发,他要受用嘛。经世致用,应该是有这种观点。现在,整个艺术界,娱乐性的东西很多,出现了一种娱乐至死的现象。比如很多音乐都是非常轻佻轻浮,能真正对我们社会产生一点动力,哪怕有一点推动力的东西都很少。他刚才讲了一句话,就是中国的文学要用中国的理论来解决,我是赞成的,我觉得这是一种很好的想法。我们曾经很长时间盲目地崇拜从西方引进的一些文学理论。文学理论引进来,当然不是什么坏事情,中西文化互相补益,这都是完全应该的。东西方文化互相交流,互相渗透,互相补益,这是存在的,可以从中找到一点启发或者借鉴。中国的文学理论,整个的文学思考,对西方人也有某种启发某种思考的作用;西方人的文学理论文学思维对中国人也有所思考。李正西对生活的要求很简单,但是读书写文章很用功,花了很多力气,出了很多成果。

许辉:李老师不管是在退休前,还是退休后;不管是工作忙的时候,还是在比较清闲的时候,都能做这么多的研究、这么多的事情。他心胸非常宽广,视野非常广阔,让我们比较年轻一点的,非常敬佩。李老师也写过我的作品的评论,我读了之后也是有很多的感受,也受到很多的启发。看到《吹万集》之后,觉得有一个比较集中的主题。这个主题当然是关于散文理论的研究。散文怎么写,散文怎么做,他有这样一些讲究。比如,他关于中国的传统散文论述,主要有三个方面:第一个方面是经世致用的思想,涉及文学的价值观与社会功能等问题;第二个方面就是意象思维的方式,他从文学审美的角度来谈论,认为意象思维应该是形象思维与抽象思维的结合;第三个方面是顺应自然的思维,也就是我们中国传统散文适应自然的思维,它实际上是从哲学的这个角度来看。所以它不仅仅是单纯的文学的方式方法、文学的价值观。关于散文诗的概念,出现比较晚,它不是我们传统的中国散文的概念,它不是这样,这是一种现代的分法。他的分法就把它全部看成散文,这也很有意义,很有他的主张,我觉得在这个方面李老师真的很有见地。所以从李老师的书里面确实能学到很多的东西,能给我们很多的启发。

施晓静:我是2006年在文联工作的时候认识李老师的,那时候中国文联正好举办一个当代文艺论坛。当时李老师作为我们安徽评论界唯一的代表出席了这次论坛。他的一些作品,也是在我们《文艺百家》上刊登的。比如讲他写许春樵的评论文章,还有评论葛崇岳对俄罗斯文学翻译那本书,就是在我们这里刊登的。还有他评论雷达的这篇文章,也是在我们这里刊发的。他的散文评论、散文随笔、论精神的缺席、比较中西文化差异的文章,都在我们《文艺百家》上刊登过。那时候我对李老师的印象是,古文功底深厚,是一位学养深,学风正,坐得住冷板凳的学者,很善于用中国传统的理论来研究现当代的艺术问题,注重当代文学,文史哲综合研究紧密联系。李老师桃李满天下。他对青年晚辈都一直有提携的,所以我们希望李老师继续用他自己的专业和他在业界的影响,继续提携帮助年轻人和晚辈。

史培刚:李老师的评论,是创作和评论的相互交融。他的文风正,有思想,有争鸣精神,有独到的深刻思考和敢于讲真话的精神,注重浩然正气。这种人文精神充满着生气。我们召开关于文艺评论家的专题学术研讨会,对我们是一个激励。过去文艺评论家主要评论作家的文艺创作,特别是中青年。这一次对我们老一辈的文艺评论家的这种品牌的研究,对我们新的文艺评论青年有引导示范作用。今天能够近距离接触到安徽省乃至全国的著名的文艺评论家,是我们的幸运。施晓静主任到文艺理论研究室的时间比较长,对各位专家比较了解。以后,希望施主任能经常联系这些文艺评论大家,请他们到我们的一些培训当中。他们的文学艺术才华,可以让写作者对散文创作这方面得到提高。今天,大家从不同角度为我们研讨会贡献了智慧和成果。工作人员对每个人讲话都有录音,他们会后还要整理出来,届时,我们在安徽《文艺百家》上把它们发表出来。作为主办单位,也非常感谢大家能够利用周末放弃休息时间来参加李老师的学术研讨会。我作为评论家协会的组织者,是具体做事的,非常感动,我在这也代表李老师向大家表示敬意。

王晖:刚才大家对李老师的研究范围、研究目标、研究途径、研究方法、研究思想、研究成果,都做了很好的总结,很全面的介绍。在这方面,我也就不多讲了。我今天来参加这个会,是王光汉老师告诉我的。我们与王老师接触比较多。来之前,我才知道,原来李老师与我是有情结的,他曾经在我们报社工作了9年时间,1970年到1978年,是我们新闻界的前辈。我是很多年以后才去的。李老师在我们那边搞社论、评论。大概是28岁到37岁的时候,那么好的年龄在那边待了那么长时间,我们都不知道。《吹万集》这本书传到我们那边去以后,正好我们每周四要开例会,大家都传着看。大家就议论道:在我们报社还出了这么一个优秀的文艺评论家。大家也很激动,都表示一定要向李老师学习,增强自己的文化内涵,扩大自己的视野,加强对文化的继承,真正做好新闻传媒工作。李老师,你过去跟报社联系少一点,所以我们有好多活动,没机会联系。这次,对李老师的治学精神和研究成果,我们要加强宣传。

王晴飞:很高兴有这么个机会来学习李老师的著作和聆听各位前辈学者的教诲,我也谈几点感想:第一个,拜读李老师的论著,他的视野和格局是很大的。他是一个专家和通人的结合。当年的鲁迅先生与今天的李老师,客观上就是要用文学这个东西来弥补那种过度的追求科学,追求知识,给人性带来的偏颇。因为李老师涉猎很广,对整体性把握得好,他就容易有一种很亲民的理性精神,而且很通达、很透彻。第二个,李老师提到尽量用中国理论,来研究中国问题,来解读中国文学。这也是一个很有意思的话题。近现代以来,我们用西方的理论知识体系来剪裁我们中国的传统和现实,就破坏了中国文化的整体性。我们如果用中国自身的理论,自身的视角来看中国的东西,可能更贴切。其实,就实际情况来说,中国的和西方的、古代的和现代的、前现代的和后现代的,很多东西其实是同时存在的。第三个,阅读李老师的论著,整体上很严谨,不过,有些地方还是值得探讨。《鲁迅的古典情怀》这篇文章,一则是看不出来鲁迅对传统有什么承传。二则是重点写鲁迅"取今",没有写"复古",就看不到鲁迅的古典情怀,只看到鲁迅对古典的批判。实际上鲁迅是有古典情怀的。比如:生活上的古典趣味,他是很反感西装皮鞋的,他喜欢穿长袍、长衫。文化上的古典趣味,一辈子用毛笔,不用钢笔,看书喜欢看线装书。他说现在我们看的这种装帧的书,就像穿靴戴帽,皮鞋拿在手里很不方便,很不舒服。包括他的思维方式、审美风格,他自己讲,他有韩非的峻急,庄周的随意,这都是他有古典情趣的地方。我想是不是可以适当地考虑把它吸收,使之逻辑上更趋严密,无懈可击。

以上,集前沿学术思想和新闻编辑出版专业素养于一身的文学艺术界学者,苏中先生就文学的精神品格、钱念孙先生就独立创作精神、唐先田先生就东西文化融通、许辉先生就散文审美情趣、施晓静女士就正西先生研究实绩、史培刚先生就正西教授的品牌效应、王晖先生就增强传媒运作内涵、王晴飞先生就"文理""中外""古今"平衡共谐等问题,分别阐述了各自的思想。大家充分肯定正西先生的研究成果与学术主张,高度赞扬其坚韧不拔的治学精神与追求境界。

二

安徽省驻肥高校学院型学者,集舌耕笔耘为一体的王达敏、赵凯、王光汉、曹为等,就现当代文学的发展现状、散文创作的"三种思维"等,立足文化传承,把脉传统与现代,做出积极的探讨:

王达敏:《吹万集》拜读过了,有一个感觉,就是李老师的很多成果是退休以后做的。一般来讲,到退休以后,修身养性,就不再怎么做纯粹的学术研究。因为李老师他能写作,退休以后写作,这是最好的一个长处。但是他后面还继续做学术研究,这是我最敬佩的第一点。第二个敬佩的不仅他在做学术,而且还在不断地拓展自己的研究领域,到中国传统的学问里面去了,这就是很不容易的一件事,很难的,所以我就感到很吃惊。我们这一代人"文革"中间读书的时候,从初中到大学毕业,把你读书的最黄金年代,全部给你打掉,以后你再怎么用功,都补不回来。所以像我这一代人,学问缺乏多,再加上外语又不行,那么你就谈不上能够学贯中西。所以这真的是一个缺陷。所以聪明的人就盯住一点做。它不像过去的学贯中西的这些大家,腿随便伸到哪里边,哪里都能生根开花。现在的这些学者是不行的,现在这些博士生都不行,这可能与我们中华人民共和国成立以后的教育体制有问题相关。第三点,李老师他的强项是在散文研究里边和创作里边。那么这个书里边对散文理论,他有很多的想法,包括其他方面的一些,充分体现了他 60 岁以后到 70 多岁能达到的思想,一直处于学术的前沿里边。至于他对自己的思考对不对,有多大的合理性,多大的不合理性,我觉得这一切都无关紧要。问题是在我思想,我存在,这是最重要的。所以从他的文章里面,哪怕是写一个书评,如写雷达的作品,你看他都重新体会了。他的一种思考的东西在里面。所以,有他所有的东西、他心里面涌动的内在的原则、他的一种思想的穿透力。这就是我敬佩李老师的三点。

赵凯:李老师在退休以后,他的研究方向有所转向,更注重对中国古代文明的一些重要的学派,重要的经典,重要的理论命题的研究。这是一个转型也是一个升华。李老师在《吹万集》这本书里面的一些文章、一些评论,我觉得从理论高度,从形而上的这样一个视角来研究中国的古代散文的传承,来研究中国古代散文的一些思想精髓,对于我们当代散文写作当代散文研究的影响,我觉得这是一个亮点。关于中国散文艺术,李老师提出的三种思维,其间蕴藏着可能性的超越,可能性的突破。主要是这样几点:第一点就是经世致用思维。从中国古典美学出发,他不仅强调文以载道,更把它具体化,这是一个很大的研究空间,有很大的理论张力。从文道合一到文道分离,再到文以载道,集中的来研究三者之间的理论关系,这是他的一个突破。其理论指向有两方面:一是文学的现实政治诉求;二是文学的精神道德修养。第二点就是意象思维。在他的文章中,明确为文学的或者是散文的形象思维和抽象思维统一,这是突破和创新之处。第三点就是顺应自然思维。生态美学的一个核心问题,就是文学是向自然的审美生成。他这篇文章提出顺应自然思维,他的特点是什么? 历来说道家道法自然,而忽视了儒家。他在当中看到儒家的顺应自然的规律。对他的顺应自然思维,我感觉到这就是亮点,超过了仅为道家而谈自然的情况。作为一个学者,在学术上创新和突破之处,是他的关于文学或者关于散文思维的这样的三个方面。

王光汉:我和正西一直关系不错,交往较多。我在其《支遁诗文译释》序中说:"正西的现当代文学研究有自己的特色:注重现当代文学与传统的继承与扬弃上的挖掘,注重现当代文学与文史哲的综合研究之间的关系。现当代与传统密不可分,研究现当代文学要深入,必须懂得传统,不然,对胡适、鲁迅、周作人等的认识和理解就要打问号。向来文史哲不分家,不懂得哲学、历史,不注重现当代文学与哲学、历史的综合研究,其研究的深度和广度都要大打折扣。""正西为人质朴,非不得已,总是极力忍让。与时势争则要将自己物化,成为俗类。正西不耻于此,常年甘坐于冷板凳上。""我相信历史。相信再过若干年,或者再过一个或者几个世纪,今天在天堂的名流必将会去见鬼,而今天在十八层的小鬼则会升入天堂,闪烁出他们耀眼的光辉!"相信正西正是这样一个将会在而后历史上闪烁出光辉的人!

曹为:阅读正西老师的著述,有几点体会:之一,正西老师的文章,高屋建瓴,文气充沛。以中国传统散文理论作为引领,所以他的评论出来,有理有据,文气沛然,读起来感觉到其心中很有底气。正西老师在他的集子里面还说到了散文创作不能思想贫乏,要有深度。那么究竟什么叫作深? 深到什么程度才算是? 正西老师说不能只看散文的情感,应该看到散文的精神,这就是正西老师的一个解答。那么,散文的精神又是什么?它的思想深刻又是什么?这就需要传统精神的涵养。之二,正西老师退休以后的研究很专,写出来的东西都有自己独特的思想,翻开它的每一篇,哪怕就是报纸副刊上面的一篇文字,它里面肯定有一点东西,让你看来,心神为之一跳。这个是真的很不容易,而且长期以来坚持,一直没有停过。之三,正西老师特别勤奋,他的勤奋包含了一个很特殊的东西。他跟人交往不讲年龄,不讲进退,也不论贵贱。正西老师没有功利性,是快枪手,思维敏捷,且快,且深,这就是他的简单与勤奋。所以出成果。之四,正西老师对于年轻后进鼓励鞭策不遗余力。知名的如铁凝、王晓玉、王英琦、舒婷等,我们文学院的孙亚军、蔡长青、周良平、袁晓薇等,一批年轻人都进入了他的研究视野。这对他们的鼓励非常大。

以上,高等学校几位学者,王达敏先生论及正西教授的学术追求与品格,赵凯先生言及正西教授的学术创新与突破,王光汉先生说到正西教授独树一帜的研究,曹为先生叙述了正西教授为人处世的简单与做学问的刻苦勤奋,分别从不同方面对正西先生的做人与做学问,表示了诚挚的钦佩与赞扬。

三

来自省内外专研型文化学者,饱为书香浸润的李传玺、张守福、支建平、张业建等学者文人,不仅为中国传统文化的宣传与传播贡献自己的力量,而且在各自的研究领域均有建树,他们就李正西先生的学术主张,阐述了自己独到的见解:

李传玺:与正西老师研究有关的感悟:第一个,正西老师给我的影响和教育。当时给我最大的一个影响就是《中国散文艺术论》。这本书就中国传统散文理论,从风格,从艺术品格的角度,做了一个宏观的剖析梳理,概括和归纳。第二个,是我对正西老师的敬佩。阅读正西老师的研究成果,只有放在当代的这样一个语境当中,才能够更凸显它的价值。正西老师在他的很多评论中,都表达了自己的思想。第三个,当下的这样创作,当下这样的散文,只有很好地借鉴和吸纳中国传统文化元素才能够获得提升和突破。李白借鉴吸取道家的东西比较多,作品里面浪漫的想象很丰富。王维借鉴佛教比较多,作品里面给我们一种很静很沉的感觉。苏轼的作品有几种元素,含理学心学的内容。苏中老师刚才讲,我们现在的散文大多都是家长里短的,特别是随着现在网络的发达,似乎都能够写了。散文成了一个最大众化最普及化的一个文体。但正是由于这样,实际上是消解了散文这样一个文学体裁,也削弱了文学载体所应具有的文学境界、文学品格。散文创作要想提升、要想突破、要想具有中国风貌,一要深入研究传统,一要深入研究理论。只有开阔视野,打破定式,打破定位,打破定格。才能够开创出我们文学创作和理论研究的新境界。

张守福：第一，我对李正西教授对文学的坚守，对理论的长期的坚守，表示钦佩。我在肥东工作时间比较长，文学土壤肥沃，文人荟萃，名家辈出。著名儿童文学作家刘先平、《清明》的赵宏兴、诗词大会文学总顾问李定广、李正西先生、王晖老师等，都是肥东人。肥东的文学活动经常开展。这需要文学名人的引领，李正西先生，他是肥东的著名学者，在肥东县城，李教授名气很大。骄傲的也是我们。第二，对李教授出版的《吹万集》这本书我认真地拜读了一遍，尤其是我接触过的或者说熟悉的，由他写的一些著名作家的评论，更认真地读了。我个人作为一个业余作者或者说文学爱好者吧，确实感到很有收获。一个收获就是从第一个章节关于"中国古代散文的当代面向"里面，确实感悟到了什么才是真正的散文，尤其是李先生讲到，用时代同步的眼光，进行了一些创造性创新研究，所以说确实很受教育，学了很多东西。还一个收获，感觉到李先生的那些评论里面，有一个鲜明的特点，在评论别人的同时，能够把自己摆进去，把自己的情感带进去，把自己的思考摆进去。这不仅把个人的主张提出来，而且读起来不枯燥。读出东西来，读出文风，读出人品。所以说读了以后确实受益匪浅。

支建平：我老家是白洋淀的，我从小就是一个文学爱好者，当时有本杂志叫《荷花淀》，刘绍棠是主编，韩映山、铁凝他们是编委，那个时候我每期都买。后来考上大学在北京，毕业后我留在北京。人类文明的传承，自然科学研究者和人文科学研究者是一体的，比如说像亚里士多德，他既懂自然科学又懂人文科学。但是现在，自然科学完全超过了人文科学的发展速度。利用通讯传媒方式的进步，现在的这些国产抗日神剧，包括一些娱乐的节目，都只有一个维度，就是一个娱乐，也不管它的教育意义，它的真实性，它的历史性，都抛弃了。但是，学术研究不是这样的，学术研究在不停地增加维度，每增加一个维度，有可能就会丢失一部分读者和客户。李老师前几年做的这些研究工作，就是在不断增加维度，因为不一定每个人都看得懂，接受面就不一定很宽，但是他维度很高，它更有价值。李老师的每一个结论都是扎扎实实的，根据很多翔实的史料资料得出，非常靠得住。它就是我们做月氏文化研究的一个法宝。李老师这本书我看了好几个月，看了一年多，仍然有很多没有看明白的。这就是它的价值。

张业建：李教授对文学理论也好，文学批评也好，研究范围的广度和深度让我震惊和敬佩。这体现了李教授广博的知识，睿智的使命，深邃的思想。大学肯定是以培养人为目的的，要想培养有抱负、有政治远见与广博知识、有责任心的人，就必须有李老师这样的教授和专家。李教授关于中国散文艺术的思维方式，充分体现了李教授作为一代知识分子，这种文化使命的责任担当和家国情怀。

以上，文化型学者，李传玺先生关于传统文化元素的讨论，张守福先生关于诗中有

"我"情感融入的讨论,支建平先生关于自然科学与人文科学之间关系的讨论,张业建先生关于育人与治学的讨论,分别从各自的研究兴趣和工作性质出发,阐发了自己对于正西先生学术思想的理解与认同,并表达了应有的景仰与敬佩之情。

结语:出席研讨会的学者文人,对于文学艺术,基本都是资深研究者,熟悉中国现当代文坛,了解东西文化交融过程,所以,其发言每每一语中的,切中肯綮,观点之新,质量之高,亦难常见,且口语化的表述,朴素而自然,真诚而坦率。出语之典雅,谈吐之谐趣,姿态之雍容,尽显斯文本色。其间弥漫的儒者气息、书香神韵与学术真髓,令人叹为观止。

我们回到这次研讨会的最后议题,那就是为什么在这样一个背景下,要为一位文学评论家召开这么一个高规格的学术研讨会?这或许是社会变数太多、变速太快的缘故。一方面,近百年来,中国社会由内战而外战,由阶级斗争而和平建设,由积贫积弱而富国强兵,面对大变故、大变革,国人或亲身经历,或感同身受,久动思静,久乱思治的感觉自然很是强烈;一方面,抖音、云服务、大数据、卫星导航、5G 等科学技术的高速发展,令人大有应接不暇之感。是以,在诸位学者的发言中,无论是宏观的黄钟大吕,还是微观的细水浅溪,字里行间都蕴含着精神世界如何寄托的深深隐忧。毋庸置疑,在传统文化氛围中安放心灵,在文学艺术中漂漾魂魄,在自然美学中寄存幽思,是一个必然的选择。正西先生创造了自己的学术品牌,也为此番"兰亭"雅聚创造了机缘。

凝聚时代风云　捍卫民族传统

——读孙仁歌《本土文论及叙事话语研究十二题》

胡焕龙

一、孙仁歌其人

面对厚实的《本土文论及叙事话语研究十二题》(以下简称《十二题》),心中替孙仁歌感到欣慰:多年的心血,无数个不眠之夜,又换来一份厚重的学术成果。

孙仁歌是我十多年的同事和朋友,一个典型的书生。其人,有两个特点:一是"拼命三郎"。进入淮南师院工作以来,他读书治学,教书育人,夜以继日简直到了"玩命"的地步,终于取得厚重的学术成果。当然,伴随着骄人成就而附身的,是挑战生命底线的"贵恙"。

二是"麦田守望人"。当下社会,物欲横流,价值失范;拜金潮头汹涌,人文精神荡然无存。学术界这块"最后的净土"终于抵挡不住污泥浊水的强劲涤荡,沦为又一个腐败"重灾区"。尽管只是地方院校一位普通教师,但面对一些学术大腕以学为商,频发怪论以博眼球,孙仁歌"义愤不已,以致血脉贲张",慨叹世风日下,学术变节,"深深感到活在当下,安全感是越来越没有保障了"。于是,一方面愤世嫉俗,以篇篇檄文向世道宣战,一方面"以读为乐,以研为乐,以写为乐",在"学术麦田"里辛勤耕耘,流连忘返。打开《十二题》的代自序《治学何为?》,立刻感受到一股激情扑面而来。那是一份心灵史,一幅自画像,一篇向世俗宣战的檄文,也是全书的学术支点。不可不先睹为快!

子曰:士志于道。读了孙仁歌《十二题》,信然!

有时,面对世俗,迷惘之余,又仿佛觉得:孙仁歌是不是被孔夫子忽悠了?

二、学术价值与特色

自20世纪末以来,趁中国改革开放大势,"西潮"再次强劲涌入东土。在新一轮中西文化全面冲突与交汇中,最富民族特色的中国传统文艺理论在"西论"横行面前陷于"失语"境地。20世纪末,"西化"派的势如破竹与本土"传统文论重建"派的逆风崛起,形成当代中国学术界颇为壮观的文化激荡景观。孙仁歌的《十二题》正是他作为"传统文论重建"派的"愤中",积极参与这场有声有色的学术思想论争的结晶,长期热心探索中国化文论重建之路的学术成果。

《十二题》分上下两编。上编为《本土文论及叙事话语专题研究》。十二个论题在行文形式上各自独立,但全部围绕"中国化文论重建"这一主题,故形散神聚,文气贯通;脉络清晰,架构严谨。下编为《文学评论及学术批评自选》,围绕具体作家作品及文学现象,侧重于文本鉴赏与释读实践,为情趣盎然的"悦心"文字。全书两部分,由形上理论统领艺术实践,由作品的批评鉴赏印证理论建构,组成主题鲜明、收放自如的有机整体。

作为孙仁歌数年呕心沥血之作,《十二题》的学术价值是显而易见的,概而言之可归纳如下:

第一,它是当代中国一次影响深远的学术论争的全面记录与精确评论,展卷品读,时代风云尽在其中,具有较高的"史"的价值。

改革开放以来至 21 世纪初,在中西文化持续冲突交汇的大背景下,"西化"派不再一枝独秀却强劲不衰,仍在很大程度上影响着学术界主流话语;民族文化复兴思潮悄然崛起,后劲颇足,然一时发声乏力。在中国当代文论建设领域,部分学术大腕仍"唯西是尚",不遗余力贩卖西方文论,贬低或否定中国传统文艺思想与美学原则,在许多研究领域试图"以西代中",以"文化大换血"实现中国当代文论的重建。更有甚者,有学者竟热心论证中国传统文论"西来"说,这便有了《意境说是德国美学的中国变体》之类的奇文,把中国民族文论的灵魂——意境说的渊源,判给了德意志民族。这批在国内外声名卓著的学术大腕,某种意义上是扮演了当代中国的西方文化掮客角色。与此同时,以童庆炳、曹顺庆、黄维梁等一批学者,则积极倡导在民族传统基础上实现中国文论现代化,反对"以西代中"的民族虚无主义。十多年来,双方的思想交锋可谓此起彼伏。孙仁歌不畏权威,不惧名位,以"本土"派的一员,积极参与了这场影响深远的学术论争,全面阐发、论证了自己的基本观点,初步构建了自己的理论框架。几十万文字,为我们留下了珍贵的思想资料。某种意义上,这本《十二题》就是这场学术论战的一个侧影。

第二,提出"以中代中"理论,成为"本土"派文论建设的文化立场或文化价值观的集中阐释。

纵观近现代文化史,但凡具有思想深度的文化思潮,都会在严谨论证基础上凝结出自己明确的文化理念,洋务时期有"中体西用"说,维新派有"中西汇通"说,"国粹"派与"东方文化"派有"民族文化本位"说,《新青年》派有"西化"说,新儒家有"反本开新"说,李泽厚有"西体中用"说等。当代文论建设的"本土"派在前人探索的基础上,提出"中国传统文论现代转换"的建设思路,孙仁歌更在此基础上,提出自己的中国文论建设的文化立场:以中释中。在《代自序》中,他这样阐释"以中释中":

发掘应用中国本土话语资源去阐释中国本土文艺实践中存在的诸多命题与现象,以本土的文化语境去释读本土的文学艺术。

关于"以中释中"的意义,他写道:就建构本土文论话语权而言,"'以中释中'就意味着一种回归、一种自立、一种自信"。"以中国的文化阐释中国的文化,才是中国的文化;原创性文论也好,原创性文学作品也好,只有是植根于中国的文化土壤,是受制于本土文化语境的产物,才会成为'国有资源',这也是'以中释中'的基础抑或前提。""'以中释中'就是在本土文化登场乏术的沉淀中自觉崛起的一个自救性命题。'文化自救'就是一种出路。'以中释中'正是打开'文化自救'之门的一把钥匙。"(《十二题》第3页,第4页。)

"以中释中"未必就是最终的包治百病的神药,但其现实针对性、其理论支点的合理性是显而易见的。只有形成自己明确的文化立场或价值判断,学术研究才有灵魂,才有方向。"以中释中"就是《十二题》全书的灵魂,是我们阅读此书应始终把握的枢纽。

第三,阐发了中国文论体系建设的基本思路。

"以中释中"是中国化文论体系建设之路的高度概括。如何具体构建这一理论体系,则是更关键、更艰苦的工作。孙仁歌与台湾著名学者黄维梁等本土派学者一起,提出以《文心雕龙》为基础构建当代中国文学理论体系的方案,可谓在众多设计蓝图中独辟蹊径。南朝齐梁间刘勰的文学理论巨著《文心雕龙》,全书共50篇,分为本体论、文体论、创作轮、批评论四大部分,全面总结了我国古代文学创作经验与理论建设成果,又对后世中国文论产生深远影响,可谓继往开来,贯通古今的集大成之作。同时,它又是我国本土文论发展史上唯一一部具有严谨理论体系、具有鲜明理论思维品质的学术巨著,在我国文论史上具有"枢纽"与"里程碑"地位。因而它也就在一定意义上具备了负载传统资源实现本土文论现代转换的"潜质"。孙仁歌对此充满信心:"以《文心雕龙》为基础构建中国文论体系,其实就是实现《文心雕龙》现代化、今用化,这是中国古代文论'转换轮'的升华、提炼与尘埃落定,并给出了可供付诸实施的'工程图纸'或具体的明细表,如此,'中国化'文论体系建设问题终于可以说'万事俱备,只欠东风'了。"把《文心雕龙》视为构建"中国化"文论体系的本源,"应该是带领中国作家和文学理论家回归本土文论'家园'的方向……中国的文论话语不在别处,更不在国外,而就在中国古代,就在《文心雕龙》这一体大思精的文化遗产里"(《十二题》第62页,第63页)。这可以说是极具有学术价值和探索意义的中国化文论建设思路。这是《十二题》

学术性与启示意义的集中体现。

第四,饱含激情言说,文学笔法述论,形象性与逻辑性高度统一,是本书民族化表述、中国式文论的生动体现。

中国文化具有鲜明的艺术气质。不仅文学艺术极其发达,即便文论著作,也不尚严密推论,而多以感悟代论,行文充满诗情画意。因而,中国传统文论鲜明的民族特色,是以文学语言表述学术思想,逻辑性融于生动的形象性之中,内在情思推动思想观念的凝结。刘勰以诗的语言、骈文节奏,建构体大思精的理论体系。陆机《文赋》、钟嵘《诗品》、严羽《沧浪诗话》、王国维《人间词话》等等古代文论名著,无不以优美的文学语言表述深刻的文学理念,叙说浓郁的中国情思,从而凝结出独特的民族话语形式。孙仁歌的《十二题》则以杂文笔法阐发观点,表达爱憎。于是其行文或辛辣犀利,或风趣形象,本身便成为优美的文学作品。如他驳斥罗钢先生"意境说是德国美学的中国变体"奇论的文字,就是一篇畅快淋漓的杂文。字里行间中,作者声气可感,音容可见,"愤中"形象呼之而出。这使得《十二题》语言饶有趣味,具有很强的可读性。说是一本学术专著可,说是一本论说学术的杂文集也可。"中国化"理论话题与民族化表达形式如此完美结合,相得益彰。不知是孙仁歌有意继承,还是无意为之。

三、交流与商榷

商榷主题:"以中释中"文化立场与中西文论(文化)关系问题。

孙仁歌的"以中释中"原则及其《文心雕龙》本体论,无疑是正确的,具有一定意义的学术原创价值。但其"以中释中"的前提,却是尽可能排斥西方外来文化因素,实际上是"以中抑西""以中拒西",建立一个"纯中"的文论体系。他认为:

> 无论是建构本土文论话语还是研究中国文学作品,都应该以中国自身的文化语境去释读中国自身的诸多文论命题以及文学问题。一切"以西释中"甚或"以西代中"的研究方法与思路都凸显蹈空袭虚、不着边际之流弊,不可取,即便"以中融西"较之"以中释中",也存在一定的偏颇。(《十二题》第3页)
>
> 这种文论体系之所以要冠以"中国化"这个关键词,其意图是不言而喻的,首先是为了抵御那种过多非"中国化"文化元素的外来文论的"入侵"乃至"霸权",致使中国作家群体及其文学创作活动动辄处在一种非驴非马的"杂交"语境下"信马由缰"。(《十二题》第56页)

把西方文化不加区别地视为洪水猛兽,把中西对立起来,这就有些失之偏颇和片面了。

文化的发展主要由两大因素相互作用促成:延传与变异。延传就是内在文化传统的生生不息。变异即通过吸纳、调整文化模式的内在结构以求发展。因而吸纳异质文化因素以实现自身的调整与转化,是各民族文化发展必不可少的环节,甚至没有对外的吸纳,文化就不能健康发展。梁启超正是从中外文化交流角度,把中国历史分为"本土中国"(上古本土内文化交流)、"亚洲中国"(中古中印文化交流)、"世界中国"(近代中西文化交流)三大阶段。刘勰的《文心雕龙》,恰是魏晋南北朝数百年间中外文化大融合的结晶。外儒而内佛的刘勰,以儒家文艺观构筑文学本体论及社会功能论,以佛道文化精神阐发精彩的创作论与批评论,以对先秦以来各种文学体裁特征的梳理构建文学文体论。道生天地遂为"宗",海纳百川方成"大"。20 世纪初"新儒家"倡导的"反本开新",就是在"以中释中"(返本)基础上"以中融西""中西融汇"(开新)。

另一方面,以历史发展眼光看,一个完整的文化交流、融合周期是极其漫长的,其中"以中融西""以西释中""以西代中"等途径不一而足,难免呈现出种种"非驴非马"的混乱现象。如隋唐以降,儒释道三教并立,西来的佛教,大有扫荡华夏大地之势;当时许多文化名流三家做客,自由转身,东坡居士便是典型。可谓"非驴非马"至极。然至宋明时代,三教凝成宋明理学——以儒学为核心的近世中国民族哲学。整个 20 世纪迄今,中国文化在西、儒、马之激烈竞争中再次呈"非驴非马"局势,但我相信,百年之后必"尘埃落定"——中国精神必将再一次左右大局。

就文学创作看,我们引以为豪的唐诗格律源自印度梵语之声律;唐代变文直接移植于佛经说唱文体,它促进了中国近世说唱文学与小说的繁荣;宋词乐曲来自西北"胡乐";至于中国传统绘画与雕塑,若没有佛教艺术的全面洗礼,就没有它们"涅槃"式的蜕变及其辉煌成就。20 世纪中国小说更是挟"林译小说"之"西风"、遵循"五四"先驱们(胡适、鲁迅等)"以西洋文学为范本建设中国新文学"主张,全面移植于欧美小说而成长。从 20 世纪 30 年代"新感觉派"到王蒙、苏童、余华等,中国作家却成功地把西方现代派小说"中国化"(当然也有邯郸学步者如残雪、马原之类)。中国现代散文是本土传统与英国 essay(散文)"结婚"而产的优秀后代。

总之,从古至今,中外文艺交流无不经历了"接受—(或被迫接受)—非驴非马—中国化"的历史过程。今天,中国化文论建设也必定经历这一历史周期。"化"也者,原意为"男女构精,万物化生"(《易·系辞下》)。表示异质相交以促变化的"状态"或"过程"。今所谓"中国化",实为吸纳异质文化因素于本土文化肌体以促发展变化之意。

同质元素相交汇,难以为"化"。不知孙兄同意否?

质言之,不可因为今天的中国出现几个西方文化掮客,视西方文化为洪水猛兽!那样的话,就是"斩敌八百,自损三千",得不偿失哦!

平凡好人的家国叙事

——《中国好人:金兴安与第一家农家书屋的故事》读后

施晓静

不断满足人民群众的精神文化需求,是中国特色社会主义新时代对于文艺乃至整个文化建设提出的新任务与新要求。改革开放以来,随着我国经济体制、社会结构、利益关系的深刻变化,人们的思想观念日趋活跃,本土与外来、传统与现代、先进与落后的思想良莠不齐、鱼龙混杂,难免随波逐流、纷繁易变,迫切需要引领社会昂扬向上的榜样人物,需要社会主义道德建设的正能量。社会进步单靠物质生活的极大丰富是不够的,还要注重对民众道德意识、精神境界的打造,不断满足人民群众的精神文化需求。人们敬重、仰慕、感动的是,榜样人物的一举一动、所思所想、优秀品质都是一个标杆、一个榜样、一面镜子。

用自己的大爱义举,用自己的善行执着,生动诠释着社会主义核心价值观的真谛,默默传递着中国道德建设的正能量,感染和激励着无数普通人。中国好人的故事打动人,他们以真实鲜活的善行义举,生动描绘了生活形态的社会主义核心价值观。

随着我国经济体制、社会结构、利益关系的深刻变化,人们的思想观念日趋活跃,同时,一元与多样、价值观念上的多样多变,激荡和冲击着民众的内心世界,让各种错误思潮和腐朽价值观念找到了突破口和藏身之所。在这种挑战面前,我们如何在多元中确立主导,通过培育和践行社会主义核心价值观,让"前途茫然者"确立信念,让"意志薄弱者"坚定信仰,就成为横亘在我们面前的大考验。

一种价值观念要成为社会诸多价值观念的主导者,成为社会的核心价值观,除了这种价值观理念本身先进之外,还有一个重要的衡量标尺,那就是这种价值观念的践行代表人物能否吸引人和凝聚人,能否激励和引领社会大多数,能否被广大民众礼敬和主动效仿。实现这一目标,就要求这种价值观念的代表者的事迹和行为必须打动人和感染人,要求他们必须走进民众的生活中间,成为核心价值观与民众之间互动的桥梁和载体。

中国好人正好可以成为社会主义核心价值观与民众日常生活间交流和沟通的有效中介。

这些中国好人来源于群众,来自基层,他们的事迹让人感悟到人间的大义,甚至还很"平凡",但他们的故事真实、鲜活,正是从这种真实鲜活、质朴真诚中,我们感知到了人的温暖,感悟到了人间的大义,感受到了社会的正气。也正是这种身边"平凡"的汇集,铸就了不寻常的道德力量,让他们的故事持久难忘,成为激励民众奋勇前行的精神动力。

好人的人格感染人,他们恪守良知、秉持公义、坚持梦想、奉行大爱,传递着社会主义道德建设的正能量。

他们心里始终内蕴着中华民族的传统美德,洋溢着激发人们奋发向上的精神能量。在他们的内心深处,基本的价值操守和是非标准一直存在,崇高的道德理念从未被瓦解和颠覆。他们始终恪守良知、秉持公义、坚持梦想,将社会的人文关怀、人与人之间的温情展现得淋漓尽致,将社会主义核心价值观的真谛诠释得贴近感人。在当前社会,巨大的利益分化与侵蚀、快速的观念变迁与错位,使一些人的内心开始挣扎,出现"信念动摇"和"价值失落",表现在具体行为上,就是一些人开始变得冷漠无情、自私自利,失去了继续前进的动力和方向。在这种情况下,我们的社会迫切需要时代的脊梁,需要引领社会昂扬向上的榜样人物,需要社会主义道德建设的正能量,需要在社会上播下积极健康向上的观念的种子,而中国好人崇德尚义、诚信良善的平凡之举,正是社会转型期最需要褒扬宣传、广泛播撒的种子,让其在广袤土地上生根、发芽、开花、结果。

《中国好人:金兴安与第一家农家书屋的故事》这本书,围绕主人公金兴安创建农家书屋这一中心事件,记述了他从一名孤儿成长为"中国好人"的感人故事。全书共六章,由独立成篇的 50 篇文章缀合而成,既有新闻报道,也有报告文学。第一章主要记录社会各界对金兴安善举的广泛赞誉和高度评价,从不同层面、不同角度讲述了书屋的作用、意义、价值、成就;第二章着重讲述金兴安个人成长的故事;第三章主要陈说金兴安创办书屋并开展读书活动,以及社会各界对书屋建设热情帮扶的故事;第四章是作家协会、出版系统等对书屋发展壮大鼎力相助的相关故事。第五章是奉献与感恩的故事。

此书彰显了紧跟时代节拍的新常态,这是对社风、民风、家风具有指导性、针对性、生动性的一次推波助澜,将会成为引导、激励、催生社会文明的航向标、加速器、铁磁场。

这是一本为好人立传的书。金兴安是安徽文学界、出版界的名人,更是他的家乡滁州市及定远县的文化名人。他的出名一是源于他的创作成就、编辑业绩;二是因为他首创的全省乃至全国首家作家(农民)书屋;三是因为他与共和国历史休戚相关的独特身世。2014 年,金兴安因"十年坚守感恩家乡,捐建农家书屋免费为乡亲开放"荣登"中国好人榜"。关于"好人",作者李朝全这样认为:"好人就是助人为乐的人""是利他主义超越了利己主义"的人,"好人实质上是一种道德评价、一种价值观的评价、一种品格操守的评价"。本书的后记篇名就是《好人论》,可见作者对"好人"的敬重。这个时代的好人概念,既有中华传统的传承光大,也有扬弃发展,是具有民意基础和社会共识的主流价值。书中除了登上"中国好人榜"的金兴安,还有更多榜上无名的"好人"被记载。他们有金兴安的家人、老师、乡亲、晚辈,也有受金兴安奉献精神感召的作家、领导、教师、学生、企业老板。以主人公金兴安家族为例,无论是舍生忘死的老革命父亲,还是时刻惦记儿子、临死都舍不得吃口食物的母亲,直到以爷爷为傲、立志向爷爷学习的金家小孙儿……这些人让我们看到了"中国好人"的基石和传承。从这一系列娓娓道来的平凡叙事里,我们读出了不凡,读出了作者对好人的大力推崇,也体味出好人不易的遗憾慨叹,对好人难当、善事难做的社会现象有了更加深刻的认识。

这是一部直面历史的书。金兴安沦为孤儿是特定历史时期的悲剧。如何看待这场悲剧、如何正视这段历史,也是本书的一个看点。作者并未回避历史,也没有拔高"好人",而是正视历史的曲折,呈现人性的丰富。

金兴安的父亲金家德是一位 1939 年入党的老革命,抗日战争期间,他舍生忘死参加游击队;和平建设时期,他与村民患难与共吃苦在前。在困难时期他选择与普通百姓共困苦、度时艰,没有利用职权为自己及家人谋一丁点私利。

金兴安 12 岁那年成了孤儿。作为一名孤儿,金兴安对自己父亲看法应该是复杂的,会有不解、怨叹、遗憾,但更多的是理解、认同和敬重,钦佩之情毋庸置疑。面对发生在自己身上的不幸,金兴安的态度是铭记、正视、自强、奋进、奉献。后来,金兴安选择为家乡的精神文化建设做贡献,秉承的正是与父亲一脉相传的奉献精神。

金兴安的父亲是他们那一代众多共产党人的缩影和代表。正是因为坚定秉持为中华民族、为最广大民众的根本利益奋斗的初心,有了无数个像金家德这样的共产党员,中国共产党才能在历经艰难困苦、挫折失败之后,维系人民对自己的信赖和支持。党的事业也始终是在大胆探索、勇于实践、总结经验、纠错再出发中曲折前进。

这是一本关于感恩的书。感恩是一种源远流长、根植于中华优秀传统文化的道德理念及行为方式。"滴水之恩,当涌泉相报""投之以桃,报之以李""衔环结草,以报恩德"等等,都是感恩思想的温馨体现。

书中记载,20 世纪 60 年代初以后,各级党和政府开始彻底纠正"一平二调"的错误,县、公社、大队逐级开会总结"共产风"造成的危害,宣布解散农村公共食堂,允许社员经营少量自留地和家庭副业。1960 年下半年,安徽省政府出台文件,要求各地市、县、公社和有关单位设立专门机构,收养社会上的孤儿。但在当时的条件下,政府并不能包办一切,需要组织动员各种社会力量参与。金兴安所在生产大队从 1960 年上半年开始陆续收养的 4 个孤儿,也得依靠乡亲们的"百家饭"才能生存。1963 年金兴安被县里安排上了初中,在那里遇到了像慈父一般关爱他的傅老师,遇到了雪夜拉着板车送他去医院的区领导小组组长、区机关干部等,使他体悟到终生难忘的恩情。1972 年作为回乡知青的金兴安被推荐上了县"五七大学"师范班,就读期间他边学习边实践,采访当地模范人物、总结经验,创作宣传幻灯片解说词,为他日后成为记者、作家、编辑打下了基础。天赋加勤奋,机遇加栽培,使他从一名孤儿成长为小学教师,再由县委党校调到省城报社、出版机构工作,成为有所成就的文化人士。

乡亲们的"百家饭"给了金兴安生命,也给了他感恩的心。在他成长道路上每一个曾经给予他关心、爱护的人,都成为恩情的具象、感恩的动因。多年来,金兴安一直关注家乡发展、以多种形式宣传家乡的自然人文和发展成就。2004 年,退而不休的他开始在家乡创建"作家书屋"。对于个人而言,这是一个费时、费力、费钱的工程,建成之后还存在,管理维护、接待服务、发展完善等一系列烦琐事务。在党和政府、社会各界的共同关心支持下,书屋逐渐扩大成为"农家书屋",并辟有留守儿童活动室、电子光盘、电子书籍等。书屋不仅惠及周边的学生、农民、乡亲,也为当地文化建设、科技普及、知识兴农、乡风文明发挥积极作用。这对于一位 12 岁沦为孤儿且以儿童文学创作见长的作家来说,既顺理成章又非同寻常。在这个过程中,从国务院副总理、国家新闻出版总署、中央文明办,到县委书记、镇长、村支书、文化站长、学校校长,再到普通教师、学生、农民等对金兴安的善举给予了巨大支持和广泛赞誉。多年以前,社会力量与邻里乡亲共同抚育孤儿成长;如今,孤儿又在政府与社会力量的共同帮助下,实现了自己感恩社会、回馈家乡的执着愿望。

本书的作者——中国作家协会创作研究部副主任李朝全,身处北京,却将目光投向江淮大地上的一个普普通通的中国好人,追踪多年,撰写了这部文风简朴、内容平实的作品,以书的方式呈现发生在金兴安身上的一系列与书有关的好人故事,铺陈一段从盼书到寻书,从编书到写书,从建书屋到培养读书人的现代书史,让更多榜上无名的平凡好人走进书里,让他们的平凡叙事成为时代宏大叙事的根基和土壤,让更多的人读到他们,钦佩他们,学习他们,理解他们,这才是这部书打动我们的根本所在。

传统绘画之体与异域写生之用的融合

——常秀峰寻求中国画现代化路径的解读

刘继潮

一

青少年时代,常秀峰踌躇满志,上中学时已爱好绘画。在理想、求索与现实之间,常秀峰初入社会,历经了一系列挫折后,沿嘉陵江漂泊到重庆,常秀峰终于见到叔父常任侠。叔父在"中央大学"担任东方艺术学教授,他对"远来相就"的子侄常秀峰"晨夕关心",发现秀峰颖异,好文学艺术,随即带他拜见徐悲鸿。徐悲鸿看了常秀峰在中苏边境的建筑写生和所画的姿态各异的飞机,对《被困于国际间的铁鸟》一画,尤加赞赏。悲鸿先生马上说"应该学画,很有前途"。

在徐悲鸿的帮助下,常秀峰成为"中央大学"艺术系的旁听生,因而接触到很多文化名师。丰子恺、潘天寿、傅抱石、陈之佛、张大千、郭沫若、华君武、闻一多、夏衍、吴作人一一出现在眼前,影响着他的人生道路和艺术追求。

当时,正值民族危难,社会动荡,大环境恶劣。但常秀峰所处的艺术小环境,却十分优越。1938 年春,"国立"杭州艺术专科学校与北平艺术专科学校合并,1940 年学校迁至重庆沙坪坝磐溪之果家园,时任校长陈之佛。1942 年,常秀峰考入"国立"艺术专科学校。从此,常秀峰与艺术结下不解之缘。叔父常任侠是常秀峰迈进艺术殿堂的启蒙者和人脉资源。常任侠留学日本东京帝国大学,归国后与重庆艺术界交情深厚。在当时的重庆美术界,常秀峰如鱼得水,得天独厚。常秀峰回忆道:"那是一段令人难忘的日子,老师们对学生提携有加,平等地与你经常探讨学问,且不时在老师家里吃住,各个学科的名师都能遇到。"常秀峰又说,"我在丰子恺家中学习,和他的子女非常熟悉;晚上也在防空洞里听傅抱石先生讲石涛的画和历史,他对石涛的了解比对他自己的祖先还清楚,他抱的'石'就是石涛,多执着。"

常秀峰从陈之佛、傅抱石、潘天寿等诸师学艺数年,专工人物、山水、花鸟、工艺美术。1945 年,常秀峰"国立"艺专毕业,"成绩优异","又擅篆刻金石,制砚竹雕,能作篆书隶书,皆有法度。融汇诸艺因得大成"。

1946 年参加南京国画联展,常秀峰的作品甚获好评,徐悲鸿、傅抱石、潘天寿、陈树人、陈之佛及常任侠诸前辈,誉其为最有前途之艺术家。接着,他举办名为"画古话今"的个人画展,作品以花鸟仕女为主。傅抱石在题跋中赞曰:"秀峰研学治艺最勤,君工诗词,数年吟咏,故其作品中多富诗意……观其构图行笔,颇多可嘉处,遂题数语归之。"初露锋芒,就获得大家的褒奖,实属难得。

此时,"国立"艺术专科学校有一流的教师队伍,这批教师,正是中国现代美术的第一代精英,他们有深厚的传统文化根基,有对中国古典绘画的深刻理解;同时,又有融通西方绘画的内在定力。在"国立"艺术专科学校,常秀峰一方面接受严格的写实写生专业基础训练,造型扎实;另一方面,与傅抱石、陈之佛、丰子恺、潘天寿等老师朝夕相处、耳濡目染,获得对中国古典绘画传统写意精神的深刻体悟。

从那个时期的仅存的几幅作品看,常秀峰对中国写意绘画独特表现形式与图式,已有自己的理解与把握。如,画于1947年的《柳塘雪鹭》,此画有陈之佛的影响,虽仍属传统折枝花卉的路数,但作者的画面构成已有自己的心得。画面单纯而丰富,由白鹭、柳、月、雪四元素构成。画面以柳枝形成的垂直线为主,左下两行长题,加强画面上下直通的气势,造成凝重与平静的境界。以残月的大弧线,打破垂直线的单一,同时,将欣赏者的注意力,引向主体白鹭。白鹭单腿直立,呼应柳枝的走势。以柳叶穿插于枝干间,疏密有致,设色典雅。《柳塘雪鹭》描绘的是自然风物,却寄托了作者咏物喻志的情怀和写意精神。另,《秋风残荷》纯真、雅趣,富有秋的浓重的生意与淡淡的感伤;画面题写自作诗,展露出作者古典诗词的功力与造诣。《寒夜梅鹊图》,陈之佛先生欣然题词"浓香残月玲珑影,照见花间夜鸟眠",以示鼓励与嘉奖。《现代艺术之命运》画于1947年,"艰难悲故国,此去碧云深",作品蕴含深刻讽喻现实的批判精神。

可以看出,经过"国立"艺术专科学校的打造,常秀峰对中国古典绘画独特的空间图式已心领神会,对中国古典绘画的比例观念已有了解与运用,以线造型的中国古典绘画智慧已深入其血脉之中,对笔墨也能有个体的体会与自由的发挥。特别需要指出,中国古典写意绘画独特空间之大体与独特之图式,已在常秀峰心中立定法度,并成为他日后留学印度变通异域写生之用的根基。

二

中国画坛经过20世纪初的盲目西化,以及20世纪30年代前后"全盘西化"的西方文化的猛烈冲击后,已逐渐克服民族虚无主义,而向构建民族自主的现代美术发展。

中西融合之论,是在西方文化"先进"的冲击和压迫下,中国绘画一种被动的回应。从20世纪初开始,企图引进西方先进的、科学的绘画以改良中国绘画的思潮就已开始。尽管有反对的声音,然而,中西绘画融合的尝试,在画家实践层面持续进行。在中西融合上,学界公认最清醒最成功者当推林风眠、李可染。不过,对不同画家个体选择融合的不同路径,史论界却少有深入的探究。

林风眠 1919 年赴法留学,与同时代青年画家一样,他一方面崇拜西方古典写实主义,一方面对民族艺术"毫不了解"①。幸运的是,他在巴黎,遇到一位热爱东方艺术的老师。在这位老师的劝告下,林风眠留学期间就开始向东方回归。他"充分肯定了中国艺术的'抒情''想象''平面''写意''主观'等等特质",但"构成之方法不发达"②。故"当极力输入西方之所长,而期形式上之发达,调和吾人内部情绪上的需求,而实现中国艺术之复兴"③。纵观林风眠的作品,所有表现之对象,都被纳入西方绘画的构成图式之中,尽管使用中国画毛笔、宣纸,尽管运用中国画线条、笔墨,而最终呈现的仍是西方式的风景、静物,而非中国式的山水、花鸟。可以认为,林风眠实践的是"以西化中"的路径,构建的是西方现代绘画之大体,而融合了中国古典绘画写意精神与笔墨之用。

李可染直接师事齐白石、黄宾虹,长期浸淫于中国写意绘画的传统与实践之中。1942 年,李可染参加重庆当代画家联展,作品产生强烈影响。李可染自励,对传统要用"最大功力打进去""最大勇气打出来"④。李可染的思维原点,是中国《易经》思维方式的智慧之"观"。中国画家的本体之"观"⑤,是内涵中国写意山水"图真"义理的自然观照方式。20 世纪 50 年代,李可染提倡山水现场写生。但,实践过程中,李可染从尝试到决然地放弃流行的西方风景写实写生的理念,清醒地选择被遮蔽被断裂的中国写意绘画的大传统,不动声色地持守山水"图真"本体宇宙论的写意路径。李可染不拘限于视网膜变相的再现,不简单记录眼睛所见之"似",而以"视觉常态"为理据,体验宇宙本体自为存在的空间秩序,把握"物象之原"、自在之"真"⑥。李可染实践的是"以中化西"的路径。画家本体自觉地选择传统"图真"山水写意图式,以立李家山水之大"体",即建构现代中国写意山水独特空间图式之大"体",以确立李家山水本体真实的中国气派与中国精神。而对西方某些绘画元素的借鉴与发用,则是绘画表现层面笔墨语言之活用,以强化李可染写意山水"现代性"转型的独特个人风格。

有学者认为:"中西融合,必须深刻洞察中西,尤其是本民族艺术的特质与系统,只有立足于民族艺术之'本位'立场,有选择地借鉴西方艺术可资借鉴之长,才是中西融

① 林木:《二十世纪中国画研究》,广西美术出版社,2000 年。
② 同上。
③ 同上。
④ 《世纪可染——纪念特刊》,李可染艺术基金会编,2007 年。
⑤ 刘继潮:《中国古典绘画空间本体诠释》,三联书店,2011 年。
⑥ 刘继潮:《再读荆浩》,《文艺研究》,2017 年第 6 期。

合的正确态度。"①

　　清末,已有美术留学生,去日本、欧洲。当时艺术界的年轻人多向往去欧美学习,常秀峰却去了印度国际大学。常秀峰说:"这是徐悲鸿老师指点的,他曾去过印度写生习画,说那里是希腊、埃及、波斯、印度与中国文化的交汇地,可看到艺术上的血缘关系,希望我像唐玄奘一样'取艺术之经',于是我就到印度去了。"说起徐悲鸿,常秀峰有很多感动。"他是一位大教育家,非常重视人才,傅抱石就是他发现并筹资留学日本的。他对寒门学子非常爱惜,学习木刻的古元要去延安,他竭尽全力让他成行。在艺术上,悲鸿讲究线条,说亚洲的艺术除了线条没有别的。他改进了教学,不要求学生画石膏像和模特儿,而是把大自然中的风光和生活中的人直接画出来。这是印度的绘画方式,他去过那里,后来建议我到印度取艺术之经。"常秀峰说,"走的时候,南京政府不给办护照,是通过傅抱石和陈树人两位老师'走后门'才成行的。"

　　清末至 20 世纪 40 年代,赴外美术类留学生已经有三代学人。粗略地划分,第一代,李铁夫、陈师曾、李毅士、蔡元培等。第二代,李超士、关良、陈之佛、徐悲鸿、林风眠、张大千、刘海粟、常任侠、傅抱石等。第三代,董希文、吴冠中、赵无极等。据王伯敏《中国绘画通史》载"出国留学生表"所记,清末至 1948 年前,美术类出国留学生共 147人。② 但,不知何故,此表遗漏了常秀峰留学印度的资料。1946 年,常秀峰获南京国民政府审查合格,留学印度国际大学。1949 年前,美术类赴印度留学唯有常秀峰一人,遗漏了常秀峰留学印度的资料,等于遗漏了留学所涉国一大类别的资料。常秀峰留学印度国际大学,可算美术类留学生中的第三代。

　　由于笔者孤陋寡闻,仅从有限的印度美术的资料,获得少量的信息。与欧洲宗教绘画不同,印度古典美术——早期"婆罗门教不需教堂,也并不企望用形象来使平民接受神秘的宗教……除了创作于印度河流域的文明消失后一千年的宗教文学作品外,是没有雕塑和绘画的"③。

　　20 世纪 60 年代,中国美协主办的《美术》杂志,曾刊载过印度壁画图片,半个世纪后的今天仍留下印象。从有关印度美术史料了解到,"石窟壁画是印度美术不可缺少的部分……阿旃陀石窟寺院的壁画群显示着笈多绘画的绚烂色彩,可称为印度绘画史上的顶峰"④。

---

　　① 林木:《二十世纪中国画研究》,广西美术出版社,2000 年。
　　② 王伯敏:《中国绘画通史》,三联书店,2000 年。
　　③ 休·昂纳等:《世界美术史》,国际文化出版公司,1989 年。
　　④ 中央美院美术史教研室编著:《外国美术简史》,高等教育出版社,1997 年。

印度的近世美术受到西洋的影响,"印度艺术的折中法中吸取西洋画法,并使之印度化,运用浓淡晕染表现实在感,同时对人物、动物的表现注重其生命感,现实感"①。

常秀峰潜心艺苑,追踪古贤,1947 年,常秀峰到国际大学艺术学院报到,师从有"印度的齐白石"之称的艺术大师南德拉鲍斯(Nadla Bose)博士,获其亲授。常秀峰对印度现代民族复兴派及古典袖珍书派充满兴趣,对印度的艺术教学也感新鲜。常秀峰记述:"在中国,我们对着石膏像和模特儿画来画去,而印度艺术家说模特儿就是现实中的人和景。"常秀峰说,"总之我们的绘画课都是在城镇、田野上,理论课也在树林里上,时时闻到泥土的气息。"

《摹印度古画》为 1947 年之作。常秀峰认为:"观其技法构图,既有我国宋画遗意,亦有埃及波斯风味,盖为印度莫卧儿王朝遗珍也。"但从常秀峰临摹的画面看,这幅印度古画,运用黑白灰色块造型,具有装饰意味。画面仅两只飞禽,一只鹰踏在一只雀儿的腹部。鹰的霸悍与雀儿的柔弱形成视觉张力。宋代李迪《枫鹰雉鸡图轴》②,描绘过一雄鹰俯身呈欲捕掠状,一只雉鸡惊叫着向草丛仓皇逃奔。印度古画直接描绘雄鹰踏雀的瞬间,而在中国花鸟画中鲜见。印度与中国虽同属东方,但印度曾受到过西方罗马文化的影响。

中华文明从来不是封闭的孤立的存在,而是与不同文明相互交流、吸纳,以扩展本民族的文明。这种博大宽广的胸怀,构成中华文明的伟大传统。常秀峰自觉成为这一伟大传统的承继者。常秀峰在印度创作的花鸟画,主要以线为主,强调抒情性与纯美的形式表现,让观赏者体验自然的和谐之美,以及人与自然共生的良性生态环境。在常秀峰的笔下,中国写意绘画传统,融合印度写生之趣,呈现出另一番生机。

1939 年至 1940 年,徐悲鸿应泰戈尔之邀,赴印度办展览宣传抗日。1945 年,常任侠应泰戈尔之邀,赴印度国际大学讲授中国文化史,因召秀峰前往研习印度各派艺术。常氏叔侄二人先后走入印度,与印度文化交集的个案,将成为中印绘画史上的一段佳话。

当时,赴欧洲的美术类留学生,如李铁夫、徐悲鸿、卫天霖、吴作人等,怀抱学习西方绘画的彻底性,接受西方写实绘画的一套技法,吸纳透视学、解剖学、色彩学等科学知识,掌握以光影明暗块面塑造形体的技法,留学归国后,多数成为杰出的油画家、美术教育家。赴日本的留学生,如陈师曾、高奇峰、陈之佛、张大千、傅抱石等,成为中国古典绘画的继承与革新的大家。

①　中央美院美术史教研室编著:《外国美术简史》,高等教育出版社,1997 年。
②　刘玉山编著:《中国古代花鸟画百图》,人民美术出版社,1997 年。

常秀峰留学印度之前,于国立艺专已毕业,办过个人画展,多次参加画界的联展,受到过徐悲鸿、陈之佛、傅抱石等人的赞赏,在国内已是有影响的青年画家、艺界才俊。《求道天竺——常秀峰留学印度绘画展》,展出的常秀峰在印度时的绘画创作,这些创作是在他已有绘画创作基础上的开拓与发展,如《白描异卉》《天竺异韵》《异域图真》,尽管都是异域写生,尽管表现的都是印度的物态风情,尽管都具有不同于中国本土绘画的异域色彩与情趣,但常秀峰始终坚持以线造型。中国古典绘画与书法异名而同体,谓之书画同源。书法乃中国文化深蕴而独有的线艺术、抽象艺术,中国书法艺术线的舞蹈性、音乐性,成为中国古典绘画技巧的基础。笔者认为,坚持骨法用笔、以线造型,成为解读常秀峰印度绘画创作路径的关键。常秀峰对骨法用笔、以线造型的充分运用与恰当把握,建构其印度时期绘画的特殊面目与特殊精神,也体现其独有的文化教养与文化态度。

常秀峰在印度国际大学学习期间,没有留下在教室中画的石膏像等习作,而是走出教室,走向民间,走向世俗。面对"现实中的人和景"进行创作,表现异域印度"泥土的气息",常秀峰的创作取向十分难能可贵。

《劳作》,1947 年画。画面由垂直线与水平线构成,单纯至极。方框中的主体人物形成金字塔造型,产生对比统一的造型整体感,下方点缀的三个小饰件,巧妙地成为点与面的呼应。线为骨干,勾勒结构,统摄全画。虽以"劳作"二字为标题,然而,画面却表现出一种娴静之美。

《挤乳图》,1948 年画。描绘印度农村生活,现场感强烈、生动、有趣。以线造型,物象结构交代毫不含糊。作为画面主要描绘对象的奶牛,头、颈连接前脊的结构转换刻画得十分到位,画家深情地把牛当人来描绘,人们会自然想到唐代韩滉的《五牛图卷》。《挤乳图》因常秀峰的精到描绘,而得到中国写意传统与异域风情巧妙的融合。

《印度风俗》,1950 年画。这是一张印度趣味突显而厚重的风俗画。独特的装饰趣味与印度风情十分吻合。流畅的线型与优雅的色块,强化了东方艺术简洁、高雅的审美意味。两女一男,均取正侧面造型,有印度壁画的古风遗韵。人物造型设计,是典型的独特的印度式姿态与动势。含蓄、蕴藉、异域情趣浓郁。

《印度舞蹈》画面充满动感,女性扭动的阴柔之美、男性舒展的阳刚之美,表现出动感与生趣。这是印度人原汁原味的日常生活,而不是加工后的舞台表演。线条随意、粗率,画面动感强烈,富有感染力。

《王舍城之秋》以不同暖色系列渲染秋的多彩多姿,画面色彩丰富,异域特色浓厚。值得一提的是,该画没有描绘视觉反映呈现的近大远小的变相,没有描绘视觉真实之"似"的强烈透视感,而是承继中国五代荆浩的"图真"理路,以"物象之原"之"真"的中国山水理念①，渗入印度风景画的创作之中。画面呈现出人与动物、自然与人工相互依存的和谐境界。

《翠叶雪花》写生画于印度国际大学，"翠叶雪花金蕊黄，氤氲韵味幽兰香。奇葩异卉谁相识，只有蜂狂采撷忙"。这是一幅用中国花卉传统技法再创造的异域自然风情画。

以上对常秀峰创作的印度绘画作品的粗略解读，试图展现常秀峰寻求中国画现代化实践的不同路径。

1948 年春天，张大千赴印度举办书画展，常秀峰充当翻译并尽助力。同时，与张大千举行国画联展。时人对常秀峰书法、绘画、雕刻作品，评价极高，说他的作品既保存中国传统艺术之精华，又蕴藏印度艺术传统之神髓。

近代美术史上，实践探索中西融合的创作之路，有林风眠、傅抱石、李可染等大家，常秀峰不同于以上大家。常秀峰负笈印度，求道天竺，"像唐玄奘一样'取艺术之经'"，研习印度绘画。面对异域的人物与自然、风情与物态，常秀峰以中国写意绘画大体为统摄，创建《白描异卉》《天竺异韵》《异域图真》的现代画家个体图式，这批作品将成为近现代中印美术交流史上珍贵的绘画遗存，为中印文化以及世界文化的交流、发展做出贡献。常秀峰以中国画家的情感与学养，以中国古典绘画写意精神驾驭全局，同时融入印度的与西方的绘画因素，表现印度的现实生活与风土人情，作为画家个体的常秀峰，以及画家以印度生活为创作题材的探索与成果，将成为近现代中印绘画史上交流、融合不可或缺的重要环节与历史资源。常秀峰自觉选择的中印美术融合的个体路径，寻求中国画现代转型的常秀峰式的解决方案，既继承五代荆浩创建的中国写意绘画"图真"传统，又吸纳印度绘画多样性与多元性的经验，以专业性绘画技巧，将异域风情创造性地融合到画家的作品之中。笔者认为，"常秀峰以传统绘画之体与异域写生之用的融合"的概括，是对常秀峰寻求中国画现代化转型实践努力的个体解读。常秀峰的艺术实践与探索，有其独特的学术价值和史学意义，将成为研究另一种类型中外绘画融合路径的精彩个案。常秀峰求道天竺的画家个案，值得史论界的关注与研究。

《求道天竺——常秀峰留学印度绘画展》在深圳美术馆的展出，让一段被历史尘封的、被史家遗漏的历史篇章，清晰地呈现于今天人们的视界之中。越过时空，可以想象美术先贤，他们憧憬理想，筚路蓝缕，开拓、进取之路何等艰辛！探索意志何等执着！正是先贤们的努力，丰富并优化了今天美术发展的文化资源。梳理、发掘与整理，让近现代中印美术交流的历史与画家个案，以视觉形式重现于当代，有历史与现实的双重

---

① 刘继潮:《再读荆浩》,《文艺研究》,2017 年第 6 期。

意义。策展人的努力与付出,值得称道。

三

1963 年,我被合肥师范学院艺术系美术专业录取,9 月进校。合肥师范学院艺术系楼的小画廊,展出了美术专业老师的作品,全部是原作,这是新生进校后接受的首次艺术洗礼。此前,我们只能看到印刷品,仅能从印刷品去了解比较熟悉的安徽画家的风格。在这次展览中,第一次读到常秀峰老师的画。常秀峰老师所画的印度风情以及独特的绘画语言,情趣迥异,色彩新颖,显得很不寻常,至今仍给我留下印象。

20 世纪 60 年代,安徽的美术教育,在芜湖,有皖南大学美术科,属大专层次。在合肥,有安徽省艺术学校,属中专层次。1960 年,成立安徽艺术学院。1962 年,常秀峰回到安徽,在安徽艺术学院任教。1963 年,安徽艺术学院下马,原安徽艺术学院大学部的美术班(包括中国画、版画)、戏剧班,合并到合肥师范学院,新组建并成立艺术系,设有美术、音乐、戏剧三个专业。常秀峰随调到合肥师范学院任副教务长,同时筹建艺术系。也就是这一年的秋季,合肥师范学院艺术系,在安徽开始招收首届本科生。

1963 年我毕业于六安师范专科学校美术班,被选送参加高考选拔。当年,常秀峰老师去六安地区招生,并主持美术专业加试。美术专业加试考场就设在六安师专校园内。在我印象中,主考官是一位身材魁梧、和蔼平易的老师,但我们考生并不知道主考官为何许人。考试中,老师走到我的画架边,略微停顿,关注我的作业。主考老师的这一小的举动,使我暗暗受到鼓舞。当年,美术专业的文化课录取分数线,与文科专业的录取分数线完全相同。按惯例艺术类提前录取,我被录取到合肥师范学院美术专业。我想,常老师亲临加试现场,他对考生现场作业直接印象的意见,是录取的重要参照,也可以说,我的被录取是经常老师亲自圈点的。开学典礼那天,远远看到主持美术考试的常秀峰老师坐在主席台上,我心中充满敬重之情。当年,"关系学"并不流行,大学生比较单纯,我竟然没有想到过去拜访常先生。接着进入"文革",关于常先生的信息也就完全中断。1968 年我被分配到阜阳界首县(今界首市)中学担任美术教师。1974 年我被调到阜阳,组建安师大阜阳分校艺术系。1982 年我被中央美术学院中国画系首届进修班录取。这期间,我曾拜访常任侠先生。常任侠先生听说我是当年常秀峰圈点录取的学生,又是从家乡来美院进修的学子,甚是高兴。常先生欣然书自作诗赠我,鼓励后学。

2008 年 11 月某天,获悉安徽省博物馆举办常秀峰回顾展。那天,郑震老师正巧从芜湖来到合肥,我向郑老说起常老展览的信息,郑老说,"文革"后期,他们一起下放到下塘集劳动改造。郑老提议,明天去看展览,与常老见面聊聊天。我通过关系找到常老儿子的电话,约好第二天九点后与常老展厅见。

1982年常老移居香港。2008年常老从艺60周年,在安徽省博物馆举办《印度归侨常秀峰60年艺术展》,常老以93岁高龄,怀赤子之心,携书画、篆刻、雕刻等丰硕艺术成果回到合肥,回报家乡,令人感动。

第二天,郑震老师和我,于九时许赶到省博物馆展厅,在常老作品前静静地品读。不一会儿,常老坐在轮椅上,由他的儿子推入展厅。郑震老师走上前去,试图与常老打招呼。很快我们觉察到,常老似乎认不出过去的老同事,也完全听不到郑老所说的话,双方实在无法交流。常老儿子事前有所安排,送我们《问心堂诗词集》,扉页有常老的签名。郑老与常老凄然而别。

2016年6月,我应邀赴江苏太仓,参加亚明欧洲写生作品展暨宋文治与亚明交往研究学术活动。经策展人宋佩介绍,与常秀峰儿媳王一竹见面。王一竹对美术鉴赏等感觉敏锐,她有意收集整理常秀峰的遗作与资料,筹备常秀峰印度绘画展览。我认为此举是一件有意义的文化活动,当即表示支持。

2019年,常真和王一竹来合肥,专门就《求道天竺——常秀峰留学印度绘画展》事宜与我讨论。历史与现实,竟有如此妥帖的安排与衔接。一个个偶然事件,终于缀成似乎带有目的性的链条。这就是我与常秀峰老师以及《求道天竺——常秀峰留学印度绘画展》策展的前前后后,冥冥之中,实乃缘分,故补记于上。

注:其他引文,均出自《求道天竺——常秀峰留学印度绘画展》。

定格在时光深处
——写在陈廷友、张继平澳门画展之前
张武扬

  黄山独步天下的山水美、独树一帜的人文美,古往今来,倾倒了无数文人雅士。"天地有大美而不言",但是,黄山大美而有画。有据可考的,最早画黄山的是宋代画家马远。在山水画鼎盛时的明代,许多画家关注并笔绘黄山,其中,明代隆庆、天启年间的丁云鹏为集一代之大成者。到了清代,以渐江为首的新安画派登上画坛,并诞生梅清、石涛等一代宗师。至于近现代,名画家星汉灿烂,黄宾虹、张大千、汪采白、刘海粟、李可染等均是图绘黄山的代表人物,他们的作品笔墨超逸,气韵生动,意境深邃,苍润博大,不仅生动地描绘了黄山景色,而且集中展示了画家们独特的艺术风格,当之无愧地成为中国优秀文化艺术中的瑰宝。

  笔墨幸得黄山助,入徽方知画意浓。皖籍画家陈廷友、张继平,均是中国美术协会的会员,也是知名的实力派画家。他们正是在安徽这样得天独厚的山水文风熏陶之下,在继承了新安画派传统的同时,更努力使自己从传统向现实过渡。他们共同的特点,是钟情于黄山的山川烟壑、苍崖茂树,感动于天地之间充沛着苍茫大气,从而滋养自我的性情,孕育对黄山更深的情感。为了"搜尽奇峰打草稿",几十次登临写生,他们的足迹踏遍了黄山的群峰峻岩。但这种写生并不是对黄山的自然景观的机械描摹,而是"搜妙创真",手摹心记,与黄山做着真挚而深妙的交流。经过画家情感化、意象化的加工提炼取舍,他们在大自然中不断提升自己的艺术表现手法。人们都熟知"外师造化""中得心源",然而,"中得心源"得到的必须是真性情,是真的艺术感受。而真性情只有来源于大自然、来源于生活、来源于画家自己切身的感受,否则,画的画就是假画,表达的也是假情,不是真艺术和真胸臆。陈廷友、张继平诗心向往最深处的就是黄山,或者说,内心深处一直向往着一种迥异于其他山岳的奇崛、阔大、高洁和邈远,而黄山正对应了他们冥冥中的这种期待。他们面壁绘景,并不是照搬物象于画面,更不是把笔墨语言仅仅当作山水画的符号,而是无数次徜徉于黄山的林壑荫峰,心笃于山水,畅怀在松林烟云之间,在深山空寂的梦境中,打通属于自己的多维世界,寻求一份前所未有的敞开与明亮,一份寻梦追远的峥嵘意象,并将其纳入笔端,从而发展甚而提升笔墨语言的独特表达。

  大凡卓有成就的画家,都有宏阔的胸怀,敏锐的观察力,超凡的想象力,再加上勤奋刻苦而炼成的。有追求才能有境界,而这种境界,超越具体对象的形神物理和具体

事物情节,直追形而上之品质,才有可能达到境界之高的追求。我曾见他们两位作画,只要站在画案前,他们就心绪安然了,提起画笔,就有一种遂心的快意,于是那笔触就灵动、鲜活起来。出笔如绵,线条却是绵里藏针,坚毅隐忍。黄山的峰峦川壑都在毫末的细微之中激情展现,似乎是随风赋形而临风卷舒,如云霞雕色、草木贲华般自然而然。陈廷友的笔墨苍中有润,繁中有简,形意相动,虚实相生,扑面而来的气势往往使人猝不及防。然而,他并不简单执着于外在的恢宏与浩大,擅以水墨晕染营设山体块面,笔法醇厚绵邈,墨线纵横跳脱,虚实浓淡,相生相应,甚而以色助墨,以墨显彩,着意于绘画语汇的深层考量,深知如何利用笔墨的不同形态传达多样的感受,给人以"象外有象"的美感。他的构图凌空蹈虚,黄山特有的深壑巨岩、烟岚云岫,在他的笔下蕴藉高华,破坚发奇,由开合而宏大,由纵横而鼓荡,让观者深切感到一种垂顾大荒的浑厚苍润和奇峻静谧的审美体验。张继平构图开合大气,境界宏阔,气脉连贯,表现出自然山水的雄浑节奏和画家开阔的意境创造。焦墨用笔骨力简劲,粗豪沉着,以点连线、以线涵点,许多地方点亦线、线亦点,不拘泥于一石一峰、一景一物作形状摹写,变传统绘画之恬淡为浓密厚重,改传统绘画之秀润空灵为饱满苍茫,用笔墨结构和虚实来处理画面的力度和空间感。笔下的轻重、疏密以及笔墨结构关系的差异,表达出刚柔、虚实和层次,抒发的是山水间的浑然真气,"迁想妙得"而落笔的点簇顿挫,是"心领意造"后的情感和对黄山的认知。

黄山诗意的海拔高度和峭峰、怪石、奇松、云海、瀑流等的美学元素,都构成了他们画作的线条、色彩、筋骨、体态、性格和气场,使层峦叠嶂的黄山变得宏大、丰富、饱满而深邃,从高蹈的过去,到遥远的未来,在永远没有终点的时光里展现着。他们的画作气脉贯通,走势有序,无论是峭拔兀傲的险峰、槎枒撑空的峭石,还是珠玑四溅的瀑布、蜿曲多姿的苍松,都化为胸中的无限丘壑,被他们的画笔定格在时光深处。那是一种精神烛照,是供人参悟的古老箴言,是令人醍醐灌顶的无字经文,是充满韵律之感和生命精气的真情祷诵。

"谁能养气塞天地,吐出自足成虹霓。"他们崇敬黄山,也熟悉黄山,以笔墨为载体表达自我,感受自然万物的精神所在,因而,行笔流动豪放,运墨酣畅淋漓,用娴熟的山水画技艺解读纵横奇肆的山体,把一管柔翰使用得出神入化。无论是群峰耸峙,还是峭壁孤松,无论是悬瀑飞溅,还是烟霞变幻,妙契自然,结构天成,远观有势,近看有质,人与山的内在联系在笔势的运用情态中充分地展现出来。驻足在他们的黄山画作之前,似乎是远离浮世尘土而走进了深壑松风,享受天与地的对话,在海拔高处眸子的深深注视中为自己净身。

静水流深,这需要洪荒之力的坚守,更需要锲而不舍的时间的砥砺。想想也真的是不容易，一辈子做一件事，或一辈子做很多事，是不同的活法。作为挚爱黄山的画家，他们或许最为看重的，就是一辈子不遗余力地做一件事——社会给予艺术追求者以尊敬，是因其创造的价值或许会成为流传久远的文化魅力。笔下的一开一合、一收一放，可谓"笔落峭石奇峰秀，胸纳嶙峋松谷幽"。陈廷友、张继平在白云生处驻足溪涧，什么都沉潜下来，并让心灵沐浴其中，那是一种痴于黄山的赤子情怀，是一种自身闭关式的沉迷、顿悟式的抵达而致出神的感受，以及由这种感受所激发并焘然映现出的让观者可领会的意境。相比较如今，许多对黄山题材的关注更多的是一种绘画市场的关注。而陈廷友、张继平则是持之以恒的自我持守，以一颗沉静之心，实现艺术家自身如禅修般美学理想的完善和提升。因而，隐在指腕里的用笔更加雄浑遒劲、巍峨透迤，用墨更见柔韧苍润、清灵俊秀，构图虚实相生，更显湿润蓬勃、意形相融的气象，更觉即心见性的訇然磅礴。这既是黄山魂魄的写真，又是画家精神的畅游，是其从生活中提炼出来的心象符号，更是"烟云供养"的陶冶与得道，终于超然遐举，在焦墨、线条、色彩的灵性上所达到的颖悟之境，某种程度上已直追新安画派的古贤。面对超越了时空的黄山，褪掉了浮气，守住本心的坚持，日夕之间，天地吐纳，他们活得从容自在，画出一座山的信仰，或许自己也成了山的一部分。

我以为，新时代的中国山水画作，不宜成"躲进小楼成一统"的隐逸，不能一味沉溺在小情调里玩寄情遣兴的笔墨游戏，无论是对总体格调的把握与意境的传达，还是传移模写的具体状物手法，都应该披襟临风，体现为一种吸纳大自然精华的生命充实感与蓬勃感，而非靡弱病态的笔墨呻吟。优秀的山水画作不仅是对大自然的至爱珍惜，也应是一种发自内心的无限崇尚。因为那被我们深爱着的山水，也一定深爱着我们；那被我们欣赏着的山水，也一定不动声色地欣赏着我们。这是艺术家的境界和应有的创作态度，也只有如此的持守之久，把眼睛与心灵连在一起，才能更充分地开发自身的能量，依靠自己的悟性，吐纳天地之气，以"大笔墨、大气象"，实现更加深邃宏大的抵达。

被亿万年时光打磨并包裹起来的黄山，是陈廷友、张继平创作的福地，也沉淀在他们画作的厚重与飘逸里。他们坦言："无论登过多少次那心仪的万壑群峰，每次去黄山都恍如人生之初见。"黄山是能唤起人们心底神性的美的殿堂，是画家心中月满中天、花开满树的胜景，永远让人动容和仰望。蓄之既久，其发必速。他们一边酝酿与感悟，一边以修行的方式诠释着跨越千秋的凝固之美，清净本然，心明觉圆，会直到永远。

灼若芙蕖出渌波

——吴传平绘画赏析

童地轴

　　戊戌冬日,就在画家吴传平即将举办个人画展前,我们在一个朋友的艺术工作室相聚。初识吴传平,感觉他比较寡言,说话很有分寸,每一句话似乎都经过酌量才谨慎开口。我们的话题自然是关于艺术,关于中国画。谈吐中,不难看出他对绘画的诠释和解读颇有一番独到的见地。他说中国画经过发展和传承,到了当下已经形成了特定的绘画语境,只有在这种语境下,遵循中国画审美方式的历史,结合自己的人生感悟与人格品性,才可以画好一幅画。

　　吴传平受母亲绣花的影响,自幼酷爱绘画。儿时,一个香烟盒、一叶纸片甚至墙壁,都会成为他的画稿。导致他离开故土奔赴省城的是一个极其简单的诱惑,那便是省城可以买到宣纸。就这样,他在省城打起了零工,目的是买宣纸画画。吴传平的从艺经历让我饶有兴趣地打开了他的画册。

　　首先映入我眼帘的是他的荷花。《荷叶罗裙一叶裁》《盛夏》《清境》等画幅将荷花出泥不染的禀性和娉婷、雍容的风骨表现得酣畅淋漓。凝神聚气,便可看出晴荷、雨荷、风荷、秋荷的意蕴来。《荷塘戏水》《观自在》则将田田荷叶以及斯文优雅的荷秆画出了动静相宜、曲直有道甚至隐含龙腾的神韵和生气,热闹而不喧嚣,有序而不杂乱。其实,画荷,不易的是荷叶的秆子,一笔下去由不得再回头,这需要对荷的整体特征以及其顷刻间的神态有敏锐的洞悉和高度的概括,然后根据画家自己的生活阅历、审美情趣和艺术手法加以提炼、渲染,使之或含笑伫立、娇羞欲语,或嫩蕊凝珠、生机勃勃,富有深刻的寓意。正是因为吴传平有过乡村生活经历,他笔下的荷花艳而不俗,从容不浮。张大千先生曾经说过,"知道花形容易,知道花卉的性情就困难"。吴传平的荷花不仅给人"粒粒明珠、碧天里的星星"和"灼若芙蕖出渌波"的审美意趣,而且更多地带给人一种浓郁的乡愁。画家秉承一种"归去来兮,田园将芜胡不归"的离乡愁绪,在嘈杂的都市硬是将荷花以一种"思归"的势态,带给观赏者返璞归真的原生态真实存在感,从而会让飘泊于外的人燃起一种思乡的审美心绪来。在我们所处的环境和每个人存在的方式、生活经历瞬息万变的当下,一个画家能给人一种清晰的"回归"共鸣,我想,这便是他成功的缩影,不是所有人都能企及的。

　　通览吴传平的画,我发现,花鸟是他擅长的。无论是《富贵清气四条屏》《诗意四季四条屏》《秋艳四条屏》,还是《梅兰竹菊》,均以小写意花鸟绘画的手法将花中之王牡丹赋予笔墨情趣,构思灵巧。吴传平的牡丹,无论是色泽还是神韵,苍润淋漓,艳而不俗,各臻其妙,墨与色的铺陈冲击给人一种独特的美感,充溢着一种情怀,既呈现了牡丹的雍容富贵,又展露了其坚强的品性与"浅霞轻染嫩银瓯"的端庄典雅,满纸富贵吉祥之气。

早在我国唐代,花鸟就已成为绘画的主题,以花鸟画闻名的画家有薛稷与边鸾等人。花鸟画真正成为一个独立的画种是在宋代,宋人的花鸟画形象逼真,线描精细,构图严整,显现华贵富丽的特点。苏东坡曾说,绘画不过写意而已。我国花鸟画基本格局的奠定就是在宋代,明、清时期得到发展。吴传平的花鸟画作题材广泛,其构图、运墨、着色等方面秉承了古人画风的同时,又别开生面,作品有其自身的艺术语言,清新秀丽,有虚有实,有一种挥之欲飞、风动摇影、雨露添姿的生动与灵气,其笔墨间的一枝、一叶、一花、一鸟柔而不弱,刚而不折,既得其形又传其神,形神与意境给人一种画内之意画外音的审美臆想。

吴传平的花鸟画中,尤其以鹤出众。《香远益清》《寿者》《松风鹤韵》《在水一方》等等,飞鹤体就出态飘逸,羽色素相,仿佛让人听到了那超凡不俗的鹤鸣声。鹤,在我国古代神话和民间传说中被誉为"仙鹤",隐喻为高雅、长寿。吴传平画中的仙鹤或仰天长鸣或卓立凝视,都有一股淡然昂扬的雅致,加之松柏、花草的映衬,更显仙鹤的神采与飘逸。传平的系列仙鹤图在凸显他艺术造诣的同时,还让人体悟到了一种敬畏天地的禀赋。松龄鹤寿、竹鹤平安等一系列绘画主题,体现了画家敬畏天地的人生悟道,更映现了一个艺术家对生活美好祝愿与祈福的初衷。

"我认为,画家更重要的修行不是绘画技巧,功夫应该在画外。"这是吴传平给我印象最深的一句话,这让我想到了张大千先生曾说过,"有些画家舍本逐末,只是追求技巧,不知道多读书才是根本的变化气质之道"。先生告诫,作画如欲脱俗气、洗浮气、除匠气,第一是读书,第二是多读书,第三是须有系统、有选择地读书。吴传平早在初中毕业时,就报考了天津一个文学院的函授班,这些年在专心习画的同时,他还孜孜不倦地阅读,《芥子园》《中国画》《迎春花》《书与画》《书法》以及一些文学和美学的经典著作都是他的枕边书,有了这些画外功夫,加之童年时的乡村生活经历,后来都市漂泊的零落,精神的孑然与心灵的孤寂,才成就了他脱俗离尘的画作。"艺术家没有吃过苦、没有感情和心灵的波动是成长不起来的。"

"我画虾画了几十年,画风也一直在慢慢变。这都源于我儿时在乡下的钓虾经历,小时钓到的虾子,长须交杂挥舞,身体透明,捧在手中还在嬉戏。如今生态环境发生了变化,已经看不到那样的虾子了,我要用艺术手法再现虾的灵性。"边说,吴传平边摊开了宣纸,挥笔开始画起了虾子。略有几分思量后,他开始落笔。很快,虾子的身姿,长长的弧形虾须就跃然纸上。画面上那几只灵巧的虾,上下呼应,姿态各异,那舞动的双钳,那伸张的长须,似乎在纸上弹跳蹦跶,呼之欲出,极富情趣。画家以精准的墨色与线条,把虾画得如此生动传神,充满着生命的力量与美。不难看出,吴传平超人的洞察力和深厚的绘画功底以及一种不同寻常的审美情趣。

与众多画家一样,吴传平的画当然也离不开山水。其《空山新雨后》《春山云涌》《峡江情》以及黄山系列山水画,描绘了不同特点的自然山水之美,风景旖旎雅致、景色秀美,构思精巧、描绘细致,在观感表达、寓意表达、思想艺术形态以及审美意象的表达上都达到了一定的境界和高度。纵观吴传平的山水画,不乏古人的神韵,有魏晋的仙气,隋唐的贵气,宋时的荒寒气,但是他的线条细腻而讲究,并不局限在一种僵化的平面,空间丰富,毛、涩、苍、润所形成的淡雅绘画语言体系让人一目了然。在山水描绘的过程中,吴传平把持一种含蓄而矜持的夸张,其模式化、样式化格局以及把山水的形态特征以恰当的审美语境呈现出一种意象审美,让人驰骋在他的画稿中,流连忘返。

艺术生于寂寞,死于浮华。在与吴传平的交流中,他的恬静与悠然成就了他对艺术的追求。热闹嘈杂渲染不了他的内心,他更喜欢一种静谧的氛围。从他井然谨慎的谈吐中,很容易看出其创作功夫在画外,不在彼岸,而是此岸。所以在他的作品里,你会发现无论山水还是花鸟,都不是单纯的一种体现,而是一种和谐的融合,是人与自然的和谐,真、善、美在他的作品中充分体现出来。他的善良在他的生活中体现出来,也在作品中显现。读他的画,无论是哪一幅,都有一气呵成的浑然,没有一点的迟疑,他的每一笔仿佛都是一个允诺和约定,是对大自然的倾诉,也是画家内心的自白。与吴传平的画交流也如同与其本人交流一样,所不同的是,画中所呈现出的气质、禀赋,乃至个人修行,比直白的谈话更加深刻。因为,一种天人合一的信仰以及真、善、美的表达惠顾了他的画卷,也带给人审美的意趣与情怀。这才是艺术家最亲近、最感人、最有价值的成就。

一幅画图半生缘

——董曙光和石涛《巢湖图》

方 晗

那天去董曙光府上，他画室的画案上堆满了书，他正在查找什么，我问他："又在找石涛吗？"他笑笑说："找张见阳，他是石涛《巢湖图》的受赠者，一位了不得的人物。他在北京与石涛同游八里庄赏杏花，一见如故，结下深厚友谊。他任庐州太守时，和相国李容斋(合肥人)一起邀请石涛游庐州，今天的我们才有幸看到三百多年前的《巢湖图》。"

一说起石涛和《巢湖图》，董曙光便滔滔不绝，连石涛结交往来的朋友，他都如数家珍，好像石涛的朋友也是他的朋友。

董曙光出生于干部家庭，自幼酷爱读书和绘画，他家藏书众多，近 200 平方米的复式楼，空间多半被书占领，连楼梯也要匀出一半给书。2017 年，安徽全民阅读组委会授予他"书香之家"称号。读书、绘画是董曙光生命中的两大主基调，在相互氤氲中丰富着他的艺术人生。董曙光在绘画上主攻中国画，1985 年进安师大艺术系学习，曾得到过郭公达、张建中、李可染、亚明等绘画大师的悉心指导，使他受益终身。在中国古代绘画大师中，明末清初著名画家石涛的作品最令他着迷。

石涛(1642—1707)，原姓朱，名若极，广西桂林人，祖籍安徽凤阳，小字阿长，别号很多，如大涤子、清湘老人、苦瓜和尚、瞎尊者，法号有元济、原济等。与弘仁、髡残、朱耷合称"清初四僧"。石涛是中国绘画史上一位十分重要的人物，画风疏秀明洁，晚年用笔纵肆，墨法淋漓，笔下尽显大千世界的千情万态，画面自然生动，布局精巧，以特写之景传达深邃之境。石涛书法、诗文皆精，既是绘画实践的探索者、革新者，又是艺术理论家，存世作品有《石涛罗汉百开册页》《搜尽奇峰打草稿图》《山水清音图》《竹石图》《清湘书画稿》等，著有《苦瓜和尚画语录》。齐白石称石涛"下笔谁敢泣鬼神，二千余载只斯僧"。

董曙光研读、临摹过很多石涛的画作，却不知道石涛还画过《巢湖图》，也未曾听说过《巢湖图》。

1981 年，董曙光等一行代表巢湖地区文物管理所去天津艺术博物馆考察，看画展时，无意中看到了石涛的《巢湖图》，他惊呆了，疑为天作。心目中最崇拜的大画家石涛，竟然还画过自己家乡的巢湖，这是真的吗？董曙光简直不敢相信，他揉揉眼睛，眼前的画面是多么熟悉，多么亲切：波浪起伏的湖面，临湖而立的中庙(也称"圣妃庙"又名"太姥庙")、白衣庵,岩石、古松、芦草、木舟……一下把董曙光带回家乡巢湖。他的心狂跳不已,在《巢湖图》前久久伫立,相见恨晚。自这一天起,石涛《巢湖图》便深深刻进董曙光的脑海,成为他生命中的重要组成部分。

自天津看到石涛《巢湖图》真迹后,他就再没见到过这幅画的印刷品。一直到1983年,董曙光才在《中国画》杂志上再次与石涛《巢湖图》相会,还有一篇介绍文章。他如获至宝,观图、读文、查文献。

之后,他又陆陆续续在《中国书画报》《迎春花》《文物》等多种报刊上读到研究、评论石涛《巢湖图》的文章。对于每篇文章,董曙光都要反复研读、认真思考,通过阅读别人的文章,加深自己对石涛和《巢湖图》的认知、理解。

《巢湖图》是中国历史上第一位画家画巢湖风景的画作,也是石涛的经典作品之一。2009年,中国邮政发了一组石涛绘画邮票,第一张就是这幅《巢湖图》。

读过大量对石涛及《巢湖图》研究的文章后,董曙光对这幅作品及作者有了自己的思考和理解。他发现石涛《巢湖图》研究者们撰写的文章中,存在着一些问题。董曙光很着急。他已将《巢湖图》当作他的灵魂之家,谁误读了他的家,他义不容辞要站出来讲话。于是,他就把这那些文章中出现的问题,一条条摘录下来,再根据自己所掌握的史料、论据,逐条加以说明校正,不知不觉写成了长长一篇文章,当时是1998年。

一次,董曙光在黄山遇到湖北省美术院院长冯今松,他拿出了这篇文章请冯院长指正。冯院长看后,肯定了他在研究石涛《巢湖图》上所下的功夫,同时向他提出建议:你不要指责人家的错,应该写你自己认为的对。你必须写一篇你自己对石涛《巢湖图》研究的文章,来表达你对这幅画的理解,阐明你的观点,让别人从你的文章中得到启发和收益。这也是一种方式方法。

一语惊醒梦中人,董曙光觉得冯院长的意见非常重要,他开始从新的角度重新撰写石涛《巢湖图》,这一写就写了十余年。2012年董曙光洋洋万字的研究文章——《读石涛的〈巢湖图〉》在《新安画派论坛》杂志上与读者见面。对于董曙光来说,这只是一个开始,此后他又陆续在《美术报》《新安画派论坛》等刊物发表考证、研究石涛和《巢湖图》的文章。

为了研究石涛和《巢湖图》,董曙光做了充分准备,他广泛搜集和阅读资料,不断拓宽自己的知识面,做到厚积薄发。在他的书架上,与石涛有关的书、资料、画册不下百本,另外还剪辑、复印了众多相关资料。翻开董曙光阅读过的资料,上面密密麻麻写满了他的批注,有的批注字数甚至超过原文的字数。

董曙光一贯做事不张扬,做人极低调,人们只知道他是画家,是原巢湖国画院院长,他几十年痴心不改研究石涛和《巢湖图》,却鲜为人知。

董曙光对石涛和《巢湖图》的研究,方式与众不同,进行的是立体研究。在他眼里,《巢湖图》不只是一幅画,还是文化艺术的综合体,也是一段社会历史的浓缩。《巢湖图》画、诗、书、印集于一卷,都表现到极致,达到完整的统一,必须进行整体研究。这项研究,无疑是对研究者知识储备和艺术素养的严峻考验。好在董曙光本身就是画家,画家研究画家,笔墨、心灵的沟通相比外行要方便得多。

石涛在《巢湖图》上用不同书体题写了三组四首诗:两首七律、一首七古、一首七绝。为研究这四首诗,董曙光爱上了古诗词,不但大量学习古人诗词歌赋,还加入了巢湖诗词学会,写诗填词,俨然成了诗词行家。他评价石涛的书法,"书法尤精,少年时便浸游于颜、董之间,隶稳如砖,行飞若云。糅篆行于汉隶之中,夹篆、隶于行草之内,独具风貌,乃板桥道人先师"等等。《巢湖图》上共盖有十三方印章,八方石涛本人印,五方收藏、鉴定印,每一方印章以及印章上的每个字,都是董曙光要研究的课题。

在研究《巢湖图》的过程中,还涉及石涛的另一幅作品《舟泊芜城图》,董曙光敏锐地发现《巢湖图》与《舟泊芜城图》之间存在着某种关联。

有专家认定,《舟泊芜城图》画的是扬州,扬州是石涛居住之城,又名"芜城"。董曙光却有不同看法,他通过对石涛行踪的追寻考证,和对《舟泊芜城图》画面的分析,认为石涛画的"芜城"不是扬州,应该是安徽芜湖。为了证实自己的推断,董曙光专程跑去扬州、芜湖进行实地考察,并撰写了《石涛〈舟泊芜城图〉考》一文,发表于2005年10月29日《美术报》第6版。不知那位专家是否读到了董曙光的考证文章,后来再版中也认同了董曙光的观点。

如此一来,董曙光研究石涛《巢湖图》的脉络就更清晰了:乙亥年(1695)夏,石涛应相国李容斋和庐州太守张见阳邀请,自扬州乘船经大运河至长江到庐州,途中路过芜湖,顺道上岸访友,不料老友"十无一在"。访友不遇,物是人非,石涛心情沉重,回到船上夜不能寐,感慨万千,洒泪创作《舟泊芜城图》以作纪念,然后乘船渡江北上,经濡须河进入巢湖,由南淝河至庐州,与好友李容斋、张见阳相聚。石涛在合肥逗留月余,婉拒了好友挽留,沿原水路返回,李容斋、张见阳亲自为他送行。船到巢湖,遇大风浪,只好将船停泊于中庙附近白衣庵边的避风塘,停留五七日,石涛作《巢湖图》赠予前来送行的太守张见阳。

董曙光因一幅画走进明末清初时代,对那段时期的历史产生了浓厚的兴趣;又因一个人(石涛),认识了很多人,因很多人又认识了一大群人,多么热闹啊!

董曙光要花大量时间和精力对一系列人物之间的关系进行研究,每个人物董曙光都感兴趣,都想与他们结识交往,拿他们当师长、当兄弟、做朋友,直至对每个人物的生平爱好、先辈后人都尽力追寻。

例如《巢湖图》上画了两只船，一只是官船，一只是民船。在官船甲板上坐着的三人，董曙光经过分析考证，正面那位留着小须的人是作者石涛，另二位分别是前来为他送行的相国李容斋和庐州太守张见阳。

李容斋（1635—1699），字湘北，名天馥，号容斋，合肥人，曾任工部尚书、刑部尚书、兵部尚书、吏部尚书，康熙三十一年拜武英殿大学士，康熙对他评价极高，是一位做事能让皇帝放心的人。

张见阳，名纯修，号见阳，字子敏，河北丰润人，癸酉（1693）年冬赴任庐州太守，诗书画无所不精，常与纳兰性德、朱彝尊、曹寅、姜兆熊等好友交往唱和。纳兰性德死后，张见阳为他的遗稿付梓刻印《饮水词》并撰序，曹寅感慨张见阳对纳兰的深厚情谊，写诗"家家争唱饮水词"，还在张见阳所画兰草上题词"见阳每兰必书容若词"；姜兆熊题画称"今日文人不爱钱，无如庐阳刺史贤"。可见张太守不但是儒士，更是清官。

当时相国李容斋在老家庐州丁忧（为过世的父母守孝），太守张见阳与这位上级领导常往来，两人同为朝廷官员，品级不同，志趣相投，一起商量邀请好友石涛来庐州游玩论艺。石涛在《巢湖图》题跋中写道："以昔时芝麓先生稻香楼施予为挂笠处。予性懒，不能受，相谢而归"，这位"昔时芝麓先生"是谁？董曙光又是一番考证：龚鼎孳（1616—1673），字孝升，号芝麓，合肥人。康熙初任左都御史、迁刑部尚书，与钱谦益、吴伟业并称"江左三大家"。合肥龚家为名门望族，稻香楼确是龚家的产业，但不是龚鼎孳本人所建，是他弟弟龚鼎孠所造。龚鼎孳在外为官，回乡时就住在稻香楼。石涛来庐州时，龚鼎孳已故去多年。那么问题就来了，李容斋和张见阳有何权力要将龚家的房产稻香楼赠予石涛挂笠？这是个谜，董曙光至今还未全部解开。不过董曙光对这位在历史上颇有争议、经历曲折传奇的龚鼎孳非常感兴趣，还专门为龚大才子撰写了一篇长文——《千古一叹》。

董曙光是个爱追根究底的人，当年石涛将《巢湖图》赠予庐州太守张见阳，之后这幅画落到何处？最后被谁收藏？为何那么晚才出现在观众面前？董曙光开始从《巢湖图》上五方收藏、鉴定印上下功夫，寻找线索。

有一方白文印"左田氏心赏"，左田，名黄钺，当涂人，嘉庆、道光朝的礼部尚书、太子少保、户部尚书、军机大臣等，著有《壹斋集》，参加编纂《秘殿珠林》《石渠宝笈》，是《全唐文》馆总裁，是为皇帝鉴定字画的重臣。左田对艺术有自己精到见解，心高气傲，视"四王"为画道正宗，对八大山人不屑一顾，清初"四僧"有三僧入不了他法眼，唯独对石涛另眼相待，他在题石涛的《摹仇英百美争艳图》中写道："石涛盘礴向有士夫气，乃亦妖媚为传神。"这是对石涛画的高度评价，这张《巢湖图》在黄左田眼里是能让他"心赏"的佳作。

还有一方朱文印："弢翁珍玩"。"弢翁"是谁？原来这位"弢翁"，名周弢叔（1891—1984），原名明扬，字叔弢，晚年自号弢翁，16 岁开始收藏书画，乃近代实业家、藏书家，曾任全国政协副主席、天津市副市长，原籍安徽建德（今东至县）。其祖父周馥曾任山东巡抚，两江、两广总督，其父周学海乃前清进士，曾著书立说。

董曙光从周叔弢藏书日记中了解到，他于 1940 年以 1800 元从孙多钰处收得石涛《巢湖图》，1973 年他将珍藏的上万件文物、书画（包括石涛《巢湖图》）捐给了国家，受到天津市人民政府的表彰。董曙光对这位捐献《巢湖图》的"弢翁"充满敬意。

除了一群精英人物，《巢湖图》上还提到了普通小人物——巢湖田家农人，正是这些农民，最让董曙光感到可亲可敬。石涛在《巢湖图》上题写了四首诗，其中最长的一首是赞美巢湖田家农人的诗。石涛泊舟巢湖中庙避风塘，巢湖岸边的田家农人为了表示对他的敬仰，特地从荷花田采来含苞待放的荷花送到船上，石涛很受感动，欲以金钱作酬报，农民执意不受，反而求之以诗。石涛慨然应允，即兴作七言古诗一首，赞美巢湖田家农人的文明、贤德、淳朴、儒雅。三百多年前，巢湖农民就具有如此高的情怀和素质，这充分说明了历史悠久的巢湖，不愧为文化之乡、礼仪之邦。董曙光深为家乡巢湖自豪，为巢湖田家农人骄傲！

董曙光用了近四十年时光，在历史与现实、艺术与实践、人物与故事中穿梭往返。他孜孜不怠研究石涛《巢湖图》，是对艺术的探求、对文明的回望。探求是为了灵魂境界的丰阔，回望是为了民族文化的传承。董曙光很辛苦，也很快乐。

包公形象的全新发现和重新塑造

——评朱万曙黄梅戏剧作《包公家事》

周　慧

戊戌年仲夏的一个夜晚，突然间接到我的硕士生导师朱万曙先生的一个电话，言简意赅，嘱我看一下他新创的一个剧本，并再三强调要提出一些意见和建议。作为学生的我，乍一接到老师交付的如此任务，确实难免有些胆战心惊，但既是任务，就不得不按要求予以完成，所以认真阅读剧本并进行深入思考便成了随之而来的一个重要阶段。

初看这一剧本时，实话实说，心里不免"咯噔"一下，因为，无论是在题材选择（包公戏）还是在"清心为治本，直道是身谋……"这首诗的使用上，均与此前安徽省徽京剧院曾经推出的徽剧《包公出山》（编剧：罗周，导演：石玉昆）有雷同之处。相隔时间不远，又是在同一省份，剧目创作出现如此"撞车"现象，不得不说这是一个问题，更是一个忌讳。但是，反复看剧本，却发现，此剧本与彼剧（因为笔者未曾阅读过该剧文本，只是观赏过舞台演出，所以在此称"彼剧"）还是有着较大差别的。在此，笔者无意比较二者之优劣短长，而是仅就朱师万曙先生的剧本略谈一些个人的思考和粗浅认识。

一、发现"人"，表现"人"

不久前，在一次有关艺术创作和剧目建设的全国性学术会议上，针对当下戏剧创作中出现的不良现象，中国艺术研究院马也老师发言时的一番话，可谓醍醐灌顶、发人深省。其间，马也老师说道："戏剧，其功能原本应该是发现人、表现人，可是现在我们的戏剧却变成了表扬人。"对于相当长一段时间内中国戏剧的创作状况，马也老师可谓是一针见血地点到了痛处。为什么我们的新创、原创剧目，尤其是现代戏创作总是鲜有优秀之作？为什么一谈及"主旋律"这三个字，观众心中随之与其相匹配的就是"生硬、简单、呆板、直接"等关键词？为什么很多根据原本已是令无数人感动的"真人真事""好人好事"改编创作的剧目，观众都会因为"难以置信"而无法与之产生共鸣，更不敢奢望被其感动？究其原因，最根本的问题就在于我们的创作者们没有把他们所塑造的人物当"人"看、当"人"写，而是将他们当成了一个意念，一种品格的典范和代表，当作了完美无缺、毫无瑕疵的"神"摆在了高高的祭坛上。恰如一位业界好友对这类戏所做出的评价："剧本每场都有一个问题，但没有一个解决了。总之，父母要死了，他正在攻坚；老婆要生产了，他却要加班；儿子要高考了，他必须要出差。最后含泪说，他不

189

是好儿子、好丈夫、好父亲。但他真的是一个没有人性的好干部!"

　　与此类戏不同,或恰恰相反的是,由朱师万曙先生创作的《包公家事》剧本正是将"包公"这一在历代包公戏中所共有的万民仰慕之"清官"抑或"神"的形象,拉回到了"人"的世界中来,去掉了曾经寄托着封建时代广大百姓美好愿望之想象,代之以史料记载为基础的包公之真实形象,并从中进行了人性之发掘和艺术之提炼。比如:他对夫妻之爱、天伦之乐的向往;他即将入仕、别家离乡时的牵挂和惆怅;他为朝廷能减免百姓赋税所想出的小对策,使出的小伎俩;他和董氏(包公之妻)劝寡居的儿媳崔氏回娘家去,趁年轻再择夫婿;以及为续香火,正室为包公娶二房小娘。

　　以上点点滴滴,汇聚成了一个我们从未见过的作为一个"人"而存在的全新之"包公"形象。他和我们一样,既食人间烟火,也有七情六欲;既有处在其自身的历史环境中所显现出的进步的一面,又有在封建时代、男权社会中所无法避免的局限性。所以,这部戏让我们发现并看到了一个以"人"的形象呈现在我们面前的历史人物——"包公"。

二、思考人生,观照现实

　　这部戏中,除了对历史上的包公形象有作为"人"的新的发现外,同时也凝聚着并注入了创作者自己的人生思考和生命感悟,并透过历史观照现实,从而为作品注入了思想和理性,使该剧具有了有别于传统剧目的现代品质。

　　在这部作品中,朱师万曙先生所进行的思考,其内容是多方面的,例如尽忠与尽孝的关系,穷与达的关系,官与民的关系,做官与做人的关系,安贫乐道和飞黄腾达的关系等哲学中的辩证问题;又例如为官之难、百姓之苦、贪官之恶等历史现实问题;再例如人生命运的选择、人生价值的实现,以及好人是否有好报的生命价值问题。思考,不再使这部作品仅仅停留在讲述故事、宣扬主题的简单层面,而是上升至了能够令人咀嚼、回味与思辨的崭新高度,使作品显得丰盈而充满厚度。

　　同时,该剧所做出的思考也并非仅仅高悬于真空之中,并非高深莫测、玄乎其玄,令人难以琢磨,而是充分沟通了现实、接通了地气,对当下的社会形成了强烈的观照。自党的十八大以来,以习近平同志为核心的党中央带领全党做出了"打铁还要自身硬"的庄严承诺,并且相继推出了一系列整风肃纪、反腐倡廉的举措。在此,不难看出,历史与现实有时往往就是如此的相似,贪官污吏、势要权贵的横行猖獗,为私、为利,不仅造成了百姓的苦难和悲哀,也毁掉了朝廷的基业,葬送了大好河山。由此,我们才说,这不是天灾,而是人祸。所以,反腐倡廉、从严治党,扫除害群之马,营造风清气正的良好社会风气是多么的及时而有必要。正所谓"以史为鉴,可以知兴替"。可以说,该剧所表达的思考,正是与当今反腐倡廉之百姓愿望、国家意志相契合、相统一,从而体现出了剧作者的悲悯之心与人文关怀,并且很好地回到了"今天,我们为什么要推出这样一部戏"的有关创作的关键问题。

三、黄梅意味,戏曲表达

随着中国戏剧行业"跨界"(不仅涉及剧作家,也包括导演、作曲、舞美等诸多主创部门在内)创作的日益频繁,不可否认,话剧与戏曲,以及不同戏曲剧种彼此之间的差异正在逐渐萎缩、不断消除,中国戏曲正在朝着一个所谓"同质化"的方向茫然驶进。

实则,不仅戏曲和话剧分属两个截然不同的审美系统,即便同是中国戏曲,也是不可大而化之、统而论之的。中国戏曲,由于所产生和发展的地域自然环境不同,所赖以生存和成长的历史文化土壤不同,所历经的时间长短不同等多种原因,各个不同的地方剧种,其内在精神、风格气质、艺术神韵、审美原则、表演方式以及程式化水平等也都是有所差异的。这种差异,无关乎孰优孰劣,却是一个剧种区别于另一剧种的根本依据,更是其自身所具有的无法替代之独特存世价值,是一个剧种之所以成为这一剧种的鲜明标识。所以,在当下的戏曲创作中自觉,甚至是刻意地去遵循戏曲艺术规律,去维护戏曲本体特质,去追求剧种风格,才显得是那么的难能可贵。

在黄梅戏《包公家事》文本中,不难看出,朱万曙先生在这方面的理智、清醒,以及所做出的积极努力。首先,在该剧中,为尽量弱化或稀释由于"男人戏"的硬朗与黄梅戏柔美风格之间的抵牾所形成的不统一与不吻合感,编剧特别增加了包公之妻董氏、包公之儿媳崔氏,以及包公之妾孙氏等多位女性形象。其次,为了适应黄梅戏民间烟火味的质朴感,在道白和唱词的写作上,作为地地道道的安徽人的剧作者充分考虑到了文学性与口语化的有机统一,语言虽文雅却不生涩,虽通俗却不庸俗,既朗朗上口,又本色当行。其三,中国戏曲,尤其是从"两小""三小"成长发展起来的地方剧种,"趣"(即"机趣""意趣"和"情趣")常常是被推崇的一个重要因素。而在该剧中,这方面的内容同样也是显而易见的。如剧中属于丑角行当的张老三(包公堂舅,后改名张文彬)的形象;又如包公为减免百姓赋税所想出的将进贡朝廷的黄鳝改名为"箭杆黄鳝"、将老鳖改名为"马蹄鳖"的对策;再如包公与文彦博宰相谈国事,一人在门内,一人在门外的这样一种新颖、独特又颇为风趣的场面设计。如此种种,既有滑稽式的可笑,又有智慧型的幽默。其四,为充分体现中国戏曲"以歌舞演故事"的艺术特质,文本特意在两三处安排了与剧情有机统一的群众性歌舞,如开幕时的六儿童载歌载舞,包公上任庐州府时六衙役的歌舞上场等。

通过以上努力,可以说,该剧创作者为我们塑造了一个独属于黄梅戏的全新的"包公"形象。

四、个人思考与建议

人无完人,金无足赤。实则,剧本创作也是同样的道理。没有哪部戏一经推出便是精品,更没有哪个剧本初稿完成即毫无瑕疵。从朱万曙先生交付学生这一任务的态度与做法中,也不难看出先生对上述说法的认同。所以,就此剧本,作为学生的我当时也认真地提出了一些自己的看法和认识,就此与先生沟通、交流。

首先,关于情节。剧中一两处情节可适当地略作拓展和补充,如第二场《责舅》中,当张文彬说出、包公知道被告之人就是曾经给予自己帮助的堂舅张老三时,可增加与突出包公此时的内心纠结,告状之人的内心忐忑,以及张文彬的扬扬得意的一段戏,并且用戏曲的"背躬"形式加以表现,如此不仅可以使人物(尤其是包公)的内心世界更为细腻丰富,整体形象更为立体饱满,不同人物的所思所想可以进一步外化并形成鲜明的对比,而且也可以使这里的情节更具戏剧性。

其次,关于细节。个别地方可以再机趣一些,比如当包公说出将庐州灾情向朝廷如实报告时,谙熟官场规则的吴奎可以谨慎小心而又有些试探性地问道:"如实? 实到什么程度? 现在,可不大有人会丝毫不掺假地实话实说啊!"这样,戏可以更具张力,同时对现实的观照、对人物的嘲讽也可以更加强烈。

其三,关于场景。为了凸显戏曲的写意性美学特征,创造出戏曲特有的意境,剧中个别场景的设置可略作调整,如第四场《拒友》是否可以考虑放在"夜间"。一轮明月高悬于空中,包公和文彦博心中有着属于各自的"朗朗明月"。二人既对月感慨、抒发情怀,又惺惺相惜,畅谈国事。天上月,心中月,天地朗朗,心怀坦荡。

其四,关于语言。道白和唱词的个别地方有待斟酌和适当调整,用韵可以更加整齐。

阅读先生的剧本,对于学生而言,既是一种学习,更是一种鞭策。说实话,身为职业编剧的我,无论是在写作的态度,还是在写作的技能上,都应该以朱万曙先生为榜样,向先生学习!

浅议获奖文艺长片《地久天长》的角色特质及关系链

费英凡

我们看过很多时长超过或接近三个小时左右的商业卖座片,比如詹姆斯·卡梅隆167分钟的《阿凡达》、194分钟的《泰坦尼克号》,还有最近特别火爆的《复仇者联盟4》(182分钟)。口碑好质量佳片子又长的商业片,自然看得过瘾,会受到观众追捧,票房亦节节攀升。那试想,如果是超长版的文艺片,进院线境况会如何呢? 文艺片通常节奏慢,长镜头多,故事娓娓道来,绵长且隐含诸多符号语言,没有大量刺激炸裂的观赏性镜头。电影市场的大数据和经验案例告诉我们,大多数观众不会对没有太多娱乐元素的影片感兴趣,文艺片不卖座似乎成了一道难以逾越的"铁律"。2019年2月,王小帅的新片《地久天长》征战柏林国际电影节,勇夺银熊双奖,回国公映自然信心满满。不过,180分钟的片长着实要让人替它捏把汗。一些趋利的影院会为它亮绿灯增加排片量吗?《地久天长》能逆袭吗? 记得小帅导演上部高分影片《闯入者》排片极低,他愤慨直言"只有1%的排片就是场谋杀"。此事在电影圈一度发酵,引发业界诸多反思。

但这次的观影体验算个例外。三小时电影结束,当观众还在回味"地久天长"的意境不愿离座时,影片"细水长流"的叙述气息早已弥漫四周,不忍散去。王小帅后来解释过为什么要用这么长的片时,主要意思是展现几个家庭情感、生活的变故、变迁,这样的片长是合适的。我倒觉得有年代感带有史诗性的文艺片,不要先去苛求时长的多少,而要体察其表达的思想、情绪,保留该有的细节,还原不同时代人的状态,才是最主要的。这部电影表达了喜怒哀乐的种种层面,细腻度相对饱满,因为情感的纠葛是需要时间去平衡化解的,或者说是需要不同经历、不同的人生阶段去考量的,所以三个小时,对于这样一部交织着复杂意念与生活理念的电影,不算长。当然,再好的文艺片相对于商业片,上座率往往趋于劣势,况且片子再一长,劣势会更加明显,影响排片、压缩票房。所以,如何更好地宣传优质文艺片、尝试不同的营销手段,让文艺片有更广阔的创作、市场空间和长远的文化传承都是重要的课题。如今文艺片导演们纷纷开始热衷于路演,通过与观众、学者面对面的交流,提升电影的渲染力和艺术的价值品鉴,让优质的国产文艺片,不仅要墙外香,墙内更要春意满堂。王小帅这次为《地久天长》亲力亲为地一系列路演,就很好地拉近了电影艺术与观众的距离,特别是电影创作对现实社会的反思,会产生更多的共鸣和情绪反馈,这比电影本身更重要。

《地久天长》是一部有着严密时间刻度的电影,但导演打乱了刻度,巧妙地化解了时间带来的诸多尴尬,让时间随剧情变得宽容、立体,而显现出丝丝温情,有自我镜像的审视,也有生死困境的拷问,更有人间真情的缱绻、聚拢。在外"逃避"20多年后,当刘耀军和妻子王丽云推开筒子楼自家的门,一切的陈设还是原样。蒙在家什上的布被轻轻揭去,如此简单的动作,仿佛抽离了一整代人最富生命力的朝华岁月,时光沉淀在了那层布的缝隙里。"儿子,我们回家了。"耀军轻拭着相框,一家三口的旧照上,儿子刘星胸口的红领巾特别耀眼。那声似有似无的叹息声,被窗外冬日的暖阳消解、掩饰了。可那"叹息"是他和妻子隐忍了半辈子的无声呐喊。鲜艳的红色,代表了对时代轰轰烈烈逝去的记号。但无法逝去的,是老两口对儿子无穷无尽的思念,那种撕裂的疼痛的爱,不是当事人永远无法体会得到。

　　儿子溺亡,是一场毫无征兆的意外,却裹挟着几家人命运的变化。悲剧发生后,电影给了几个动态的远景,还有丽云伏在床上不停抽泣的背影。夫妻俩没有去怪罪任何人,甚至对间接造成儿子死亡的浩浩(与刘星同岁,最亲密的玩伴),及浩浩的父母——他们的好友沈英明、李海燕,没有一句怨言。难道,真的没有怨吗?电影中各种角色之间的关系链,最有代表意义。

　　耀军是机械厂的老师傅,平日爱喝两口,爱交朋友,儿子没了后,嗜酒的频率增加,人也变得沉默了,对后来收养的儿子"星星"管教粗暴,没有耐心,"父子"剑拔弩张,两败俱伤。这都是因为怨气……他带着妻子逃离了家乡,躲到偏远的福建小渔村,与世隔绝。他不需要别人怜悯的眼光,他只需要隔绝、只剩下平静,以为把时光磨碎了,就可以忘记过去。他的这种隐忍,是在和命运较着劲。所以,当茉莉出现,他的表情舒缓柔和了不少,我不觉得奇怪。茉莉是他曾经的徒弟,英明的妹妹,一直暗恋着耀军。她私会师傅,就是想犯个错,要为哥哥一家"赎罪"。但电影给了留白,突然,茉莉就跟师傅说"我怀孕了,是你的",耀军眼神一震,嗫嚅着"就是那次"。观众可能会蒙圈。耀军和丽云感情那么好,他怎么可能会"头脑发热",跟着茉莉犯错。其实,导演王小帅早已在电影的各处角落埋下了伏笔,比如耀军当年很想要二胎,丽云却被强行拉走做人流时,他怒捶墙壁,但还是妥协了;再比如丽云自杀,他内心莫名的紧张与恐惧,失魂落魄般的无助,筋疲力尽的混沌茫然,坠入深渊;当然更有他内心那强烈得挥之不去的"恨",对李海燕冷冰冰地强拽丽云去堕胎,造成她大出血丧失生育能力,差点丢了命;对命运的捉弄、时代洪流的推搡、无奈的抗争,他都"恨"。他更恨自己的无能为力。他和丽云离开家时,那个黑夜,没有声响,没有灯光,匆匆别去;一家三口的旧照,其实原照中左半边还有英明一家三口。这"一刀两断",我无法将其简单地归结于和"恨"关联。有时,看似连贯性的逻辑,却与复杂的经历与人生方向,是相违背的。可恰恰,王小帅舍弃了跨越30年时间单线结构,混剪了所有年代与情节,反而显现出纷繁世态里最可循、最单纯、最有中国传统人情味的性格交织。这种内在情绪心理与人物视角特写,形成阅读灵魂的清晰逻辑,可辨性、可思性大大提升了戏剧的张力,宏大的历史背景被嵌入个体生命漫长、细琐的轨迹中,耐人寻味。独特的跳跃结构,形成一种自然而然的节律,鼓点响起,舞步滑动,他们或对望,或围圈,或相牵,欢笑嘘叹间旋转着属于他们未来的人生维度,不可知,却又早已命中注定。

再说耀军与茉莉的关系,他俩代表着时代交错的关系。茉莉从小就喜欢耀军哥,她"主动犯错"、诱惑耀军的情节,电影里没有完整呈现,使这种本来就难成立的命题,更加荒唐而扑朔迷离起来。如果只因心中的"怨恨",耀军"配合"入套,甚至为了那深藏不露的报复心,解释他"鬼迷心窍"的鲁莽,就草率了些。其实,导演更有心机,那次欢闹的舞会上,一袭红裙的茉莉主动拉着师傅跳慢三,两人轻描淡写地聊着家常,但可以看出耀军对茉莉个人生活的关心,他渴望了解茉莉,就是想探入她的世界。那里是自由奔放的,是充满无限可能性的广远,是时代变革号角下被鼓舞、被改写的新新人类。他们更有理想,更有主见,闯劲十足,敞亮着热烈的人性光彩。然而,时过境迁,当丽云与茉莉在异乡渔村的小船上隔水一瞥,似曾相识的故人情,只留下"陌生"的慌张记忆。在他们三个人中,我一直没提丽云的形象。其实,丽云是电影创作者最为潜心设计的角色。

丽云早已洞察耀军与茉莉间的"暧昧",她也最清楚计划生育制度让她无从选择。但她又是最明白事理、最为别人着想、最谦和温顺的刚毅女子。流产、下岗、失独,她几乎都是默默承受巨大的悲痛。堕胎前,她六神无主,犹豫、徘徊、害怕,晕倒在路上;下岗前,她心有不甘,有怨言可无处发泄,两行热泪结束了自己为之奋斗的青春事业;失独后,她更加压抑自己,自杀过,也领养了儿子的"替代品"。她为这个风雨飘摇的家,支撑起所有无法言明的不堪。她希望改变,也愿意放手,让耀军重新获得幸福,而自己可以在面具底下麻木地过完余生。她没有发过一次火,即使只看到一眼成年后的茉莉,内心起了波澜也是平心静气。她太敏感,却又把"敏感"揉碎在表面的静默与悔恨里,因为那不值。她说:"时间都停止了,剩下的就是等着慢慢变老。"耀军也明白,他和妻子"现在都是在为对方活着"……我突然意识到,王小帅实写耀军所有的火气与愤怒,还有那些呼之欲出的"恨"与不舍,包括他的隐忍,其实都在传达着丽云没有暴发的内心澎湃。这个激荡的世界,原来在她那里,一切安详,没有波折,就像片头里那个一家三口吃饭的镜头。她按下了暂停键,活在过往;而耀军在茉莉面前,没了防备,只是幻想着抽离那段过往。却在茉莉离开的那个片刻,他回过神来,被自己的所作所为恶心到了。

一场看似意外的"意外",让一切都变形了。丽云活着早已失去了自我,只剩躯壳。而耀军则叠加了丽云隐匿的心态,直到他们决定结束漂泊,回到故乡。当他们打开家门,掀起一层层掩盖着过往伤痛的旧布,阳光照进来的一瞬间,停止的时针,似乎开始滴答着步入了日常。丽云从耀军身上分离出来,重新融入正常的生活。当她面对故友李海燕临终时的忏悔、浩浩说出隐藏20多年事故真相后,她完全地释然了。你分明可以看见那泪光里灵魂最真诚的闪烁。但,心口的伤痕永远无法复原。丽云让我想到《活着》里的家珍,命运多舛的女人,心里装着的永远是"家"。《地久天长》像是在延续《活着》的背景画卷,小人物的悲欢离合,在时代的年轮里翻滚,不离不弃,只为守住对"家"、对"根"的眷念。

很多观众质疑王小帅用了和解、大团圆来做结局,甚至有点强行地在回避愤怒的情绪。怎么可能没有愤怒?但"地久天长"的韵味就是传统的中国式人情味。如此表达这种愤怒不是这部影片的主旨,怎么去消解这些困顿的不堪与愤怒,才是它生命方程式细水长流地解答,不求精准,但求安心安然的和谐圆满。王小帅在路演时被提的最多的一个问题,就是结尾的大团圆,普遍认为在耀军与丽云给儿子扫墓时接了那个电话,就可终止影片,让这个电话产生意味深长的开放式迷局。王小帅有自己的看法,他认为整天的愤怒,对于生活而言是不真实的。我觉得,片尾的握手言和是一种儒家式的文明传承。而"愤怒"始终贯穿于影片,只是这种愤怒用了"回避、转移、坦言"这样的时间流,进行了人性化的"遮掩"。作家马未都在分析影片内质时谈到了"伪人性",即一种假的躯壳,由自然人之外的社会层面赋予其另一种人性的表现。比如片中的李海燕,是丽云的闺密,但因为是厂计划生育办主任,她在职务的包裹下,在当时的形势规则下,竟逼着丽云去堕胎,用马未都的话来解释,这就是伪人性的一面。而恰恰,我们都是社会人,身体内也必定有这一层"伪人性"。伪人性起初并不存在对错之分,李海燕她职责在身,计划生育也是当时的国策、法规,她必须公私分明。然而,儿子浩浩的"过错"导致刘星溺亡,再加上她曾强逼丽云去打胎,"错"上加"错",导致她愧疚弥深,日积月累,精神刺激的叠加最终患上了绝症。命运的悲剧在两家隔绝20年间时刻牵拉着，一刻也没有停歇。而真人性也始终在压制着伪人性，从这一点而言，片尾设计成和解，串成了理所应当的逻辑链，让角色性格、情感越加丰富，演员融入其中更能吃透戏份、相互激发，把复杂的硬戏核完美呈现的效果。有评论者认为，《地久天长》是群戏满分的作品。"春梅"（王景春、咏梅）组合获得第69届柏林国际电影节最佳男女演员银熊奖，创造了华语电影的新纪录，但齐溪、艾莉娅、徐程、李菁菁、赵燕国彰、王源、杜江等人都奉献了精彩的表演。细看王小帅之前的作品，比如《十七岁的单车》《青红》《左右》《日照重庆》《我11》《闯入者》等等，群戏的作用排在了首位，几乎是演员"逼着"演员做着超出所能的表演，很难分清谁是主角谁是配角，"每个人都灵魂带戏"是小帅导演与别的导演的区别所在。然而，缺陷也会忽闪其间，比如情节的留白，比如情绪的节奏，比如张弛度会显得绷得有点紧。

　　《地久天长》里最感性、最互文的两个镜头，一处在小年夜，茉莉端着饺子去看望耀军和丽云，窗户外鞭炮、烟花四起，三人只是简单寒暄，而镜头给出了耀军、丽云眼眶里滚动的眼珠，那泪花反衬着窗外烟花变幻的光亮，让这个冰冷昏暗再没有团圆的小屋，布满了悲痛，因为儿子已变成了黑夜里的一颗"星星"，永远只能隔空相望。这让我想起司马相如《长门赋》中的诗句：日黄昏而望绝兮，怅独托于空堂。千种忧伤弥漫在这长夜的空堂里，门内门外是两重的世界，又因这烟花的璀璨，让这凛冬的黑夜变得更加墨透、凄凉。另一处在片尾，镜头摇到窗帘后，耀军和丽云在电话里和失联很久的"星星"（养子）说着笑着，一刻也没舍得停下……"So long, My son."影片最厚重、最核心、最暖人的蒙太奇潜台词，浮现了！什么是地久天长？雕刻时光、承载命运的过往与将来，那是镜面与镜背，看得见、看不见，地依然久、天依然长。而我们真正容易忽视的是当下，珍惜眼前人，无论时代如何变更，心不老情不朽，才会生生不息，地久天长！

正求索, 路漫漫其修远兮

——电影《邓小平登黄山》《圩堡枪声》观影报告暨安徽电影创作研想

李贵宏

安徽本土的电影创作,走过了一段跨世纪越时代、风雨数十载的漫漫历程。特别是新中国成立初期和改革开放新时期是两个生产、质量都喷涌激昂的黄金时代。《凤凰之歌》《三八河边》《风雪大别山》《柳暗花明》《月亮湾的笑声》《天云山传奇》《焦裕禄》《十八个手印》《第一书记》《我们天上见》《少女哪吒》《忠爱无言》等都深烙上年代的印迹,留下了悠长的回味。新世纪里,安徽的电影产业与发展正经历着新的变革,视角的新颖与拓展,创作的多元与深度,给我们带来不同以往的灵动气息与勃勃生机。

电影《邓小平登黄山》,大气中蕴藏细腻,平凡中饱含深情。形似工笔画、神如散文诗,以纪实与隐喻相结合的艺术手法,重现了 1979 年邓小平登黄山、发表"黄山谈话"的全过程,将时代大背景下世人瞩目的小岗村"包干到户"、知识分子待遇、改革开放、恢复高考、现代化经济建设、香港回归等一系列重大社会热点问题贯穿于影片之中,以一个胸怀天下的老人视角,重温了那个波澜壮阔的变革时代。"黄山谈话",就农村改革及旅游经济开发等做出一系列重要指示,为推进城乡改革、扩大对外开放指明了前进方向,在一系列重大理论和实践问题上,提出新思路、实现新突破。影片再现了一代伟人与一座名山的结缘故事,生动阐述并讴歌了小平同志的改革开放思想、人格魅力和伟大精神。

年届 75 岁高龄的邓小平同志在黄山几天的短暂瞬间,以一名普通游客身份,坚持不封山、不扰民。他徒步登山,与游客一路同行,倾听乡亲民声,与女大学生及香港电影人亲切交流合影,聆听联欢会演唱,亲自解决游客住宿问题等诸多细节,全方位展现了这位世纪伟人朴实无华的人格魅力。影片总体把握着一个"润物细无声,平地一声雷"的朴实基调与艺术感染力,平易近人,用朴素的镜像语言对准"老人"而不是"伟人",更侧重于反映邓小平和普通百姓之间的鱼水亲情关系,用许多生动的细节与对白来还原历史环境下一位老人的博大胸襟与亲民风范,他的平和与风趣幽默于影片中一路娓娓道来……列车上打扑克、偶遇上海大学生、观摩香港电影摄制组、耍道具剑、逗小山猴、跟农妇喝茶聊天吃茶叶蛋、与专家研究茶叶包装与销路等等,这些充满生活质感的细节都助推影片从主旋律人物塑造的概念化模式中抽离出来,为人物灵魂注入了真实接地气的养分,不去刻意神化,而是以小见大,于细微处见真情。影片用借喻的方式:黄山那冲入云霄、艰险陡峭的百步云梯,那刚强弥坚、屹立风霜的迎客松柏,都象征着他起起落落、百折不挠的人生境遇和他行千里路、攀百步阶、体万民情，放眼世界、忧国忧民、远见卓识的宏韬伟略。该片严谨的现实主义艺术手法和真实饱满的人物刻画，是黄山精神与中国梦的最好体现。如果说影片还有一些缺憾，那就是如能够在情节上再丰满翔实与形象化一些，故事的高潮处理再多一些，艺术效果会更胜一筹。

而另一部抗战题材电影《圩堡枪声》，通过描述晚清著名淮军爱国将领、台湾首任巡抚刘铭传的后人前仆后继，为保护传世国宝，在刘老圩同日寇展开殊死搏斗的故事，彰显并重塑了合肥人浓浓的爱国血性与家国情怀。影片在一定程度上摒弃了抗战题材影视剧一度常见的夸张、雷人与恶搞的低劣炫技之风，以客观的视角与认真态度去创作，还原历史、传承精神。这是一部融入淮军、乡土、圩堡群、民俗、传奇等多种徽文化历史元素，由本土电影人主创的具有浓厚地域特色的影片，令观众感到熟稔与亲切。

但影片在以基本史实和人物原型加工创作达到艺术真实这一过程中，还有待进一步提升、打磨与深化。片中以刘老爷、刘文彬、唐晚亭为代表的刘氏后人，大义凛然、坚贞不屈，同敌人斗智斗勇。影片中部分人物的性格色彩处理得不够精准、失之偏颇，比如从南京大屠杀逃难而来的女学生唐晚亭，是个有主见、内心刚强的女子，但在刚逃来刘家大院的次日清晨照镜梳妆时，面对嗜赌成性的刘家大少爷却表现出春心荡漾，这与她的人物个性及刚刚在大屠杀中失去父母、一路逃难的痛苦心境极不吻合，与大少爷的情感交集还缺少充分必要的心理与情节铺垫，令人感到莫名与突兀。还有刘老圩与大别山抗日武装新四军之间的联系还可以展现得更充分一些，如果将新四军从刘老圩借过祖传铜炮这一史实融入影片情节中，可为刘老圩最终在新四军支援下，里应外合、歼灭日寇，保护国宝提供更强劲有力的历史信服力，可惜影片并未伸展这一细节。同时影片的情节架构和故事冲突也缺少步步紧逼、跌宕起伏与惊心动魄的悬张氛围。另外在广告植入方面，影片显得生硬直露，如"肥西老母鸡"的脱口而出，与当时的紧张情境和人物语汇不符，牵强附会，令人笑场出戏。

这两部革命历史题材电影，都有着共同的特点：一是纪念献礼片，二是都刻上了安徽人文、历史与发展的印迹，三是主创基本都为安徽本土电影人。影片在遵循现实主义艺术创作规律的基础上，较好地反映了历史，也宣传了安徽的发展与进步，但也都存在商业化特质不够，缺乏标志性亮点与市场羸弱的突出软肋，没有最大化发挥出影片的市场影响力。特别是《圩堡枪声》凸显故事与人物张力不足、服装场景呈新、演员表演粗浅等几大硬伤，与烽火年代的艰难沧桑有明显距离，这都值得创作者去认真思考，总结经验，以求艺术上精益求精，避免粗制滥造。

2014年10月，习近平总书记在京主持召开文艺工作座谈会并发表重要讲话时指出："努力创作生产更多传播当代中国价值观念、体现中华文化精神、反映中国人审美追求,思想性、艺术性、观赏性有机统一的优秀作品,形成'龙文百斛鼎,笔力可独扛'之势。"这其中的"观赏性"成为衡量一部文艺作品是否真正优秀不可或缺的重要考量标准与价值元素。

自中华人民共和国成立以来,安徽的电影事业取得了长足的发展,特别是农村题材影片在全国独树一帜、大放异彩。注有徽风标签与皖韵名片的影视文化作品一度成为我们不二的标配与骄傲。如今的新媒体时代,在资本大量涌入的市场化新格局下,主流电影市场的受众群体为80后、90后和00后,他们俨然已成为中国电影产业和消费的检验者与主力军,市场的多元与需求也时刻要求影视工作者与时俱进、不断创新,遵循市场的发展规律与受众要求,创作出与时代同步、为观众喜闻乐见的精神文化产品。而一度火爆热映的话题性电影《战狼2》《建军大业》《二十二》《红海行动》等在此给我们提供了一个很好的参考价值与体量标准。因此,安徽电影必须在坚守本土文化特色与底蕴的同时,大胆冲出地域藩篱,主动出击,进行多方资源整合与平台铸就,扩展视线与加大格局。我们的电影不应仅仅满足于首映礼、网络平台与电影频道及农村、院校、社区的放映,而应该更多走入主流商业电影院线,接受市场的检验与观众的评判,谁也不愿意自己的作品失去共鸣、束之高阁,甚至无人知晓。只有面对市场、深入观众,让思想性、艺术性与观赏性三位一体,作品才会焕发出生命的活力,才能真正体现它的社会效益与艺术价值。这不仅要求我们创作时在选题、剧本、拍摄、制作、后期、宣发及团队等各个方面与环节,必须具备更加严格的要求和高水准,更要具有一颗精益求精的文化匠心。

今日,我们看到安徽本土电影的发展正呈不断增长、勇于创新、百花齐放的大好态势,更多资本运作的民营影视文化企业也正在崛起壮大。粗略统计自2016至2017年间,安徽先后生产出了《邓小平登黄山》《少年朱元璋》《忠爱无言》《圩堡枪声》《石头的夏天》《归雁》《碟仙前传》《恐怖快递》《敬礼!检察官》《希望之火》《红剪花》《阿里巴巴大盗奇兵》《太空熊猫星际争霸》《魔镜奇缘》等数十部影片,这些题材各异的新作,涵盖了革命历史、主旋律、少儿、残疾、惊悚、动画等多种类型,题材的多样化既丰富了创作领域,也极大地伸展了创新之路,但同时我们也发现,反映现实与都市题材以及契合商业化市场运作的大制作、高水准、有热度的影响力影片还雾里看花、恍若空中楼阁、寥若晨星。如何更好地让艺术与商业结合、让精神与市场对话,努力生产制作出更多具有行业风向性、题材价值性,有思想、有质感、有诚意的电影作品,为安徽本土电影文化创作的发展与进步增添新活力,为国产电影的创作方向探索出一条新兴之路,这些都很值得安徽电影人认真思考,不断创新,努力奋进。

路漫漫其修远兮,吾将上下而求索!

文化研究

面对徽州：文学的想象与书写

黄立华

徽州和徽州文化，是近年来学术界、文化界的热门词。一场有关黄山—徽州复名的争议，又使徽州的历史和徽州文化的成就在普通大众中得到了一次普及。我们暂且不去讨论争议的结果会是如何以及应该如何，也不去复述学者们对往日徽州林林总总丰厚灿烂的文化的多彩描绘，我们感兴趣的是处在这种文化热边缘地带的文学家们是如何或主动作为或被动感染，也用他们特有的文字，比如小说或散文，写下了他们心目中的徽州，从而使整个关于徽州的言说显得更加丰富和复杂，让我们面对徽州这个充满神奇和诱惑的历史存在更加五味杂陈、心绪难宁。如果说，学者们关于徽州的论述主要是还原古代徽州的历史状况，那么，作家们笔下的徽州形象则更多的是表达当代徽州的文化精神。文学家的笔墨，历来是用于记录和抒发他们当下的思想和情感的，无论他们面对的是何时何地所发生的一切。

一

既然文学家是站在今天的角度去写徽州，那就不应该用平时我们习以为常的"表现徽州的过去"来理解它，因为作家们真正要表现的其实还是现在，而且也不是徽州，而是现在人的思想、情感以及人生体验。徽州在这里，只是一种素材、一种供创作者抒发、表现上述思想情感和人生体验的原料。尽管这种素材和原料本身也会具有独特的地域风情和艺术魅力，但这对于文学作品的价值来说并不是主要的，而只能是辅助的和次要的，只有在促使上述思想、情感和体验更深刻和感人的意义上，它才是需要的和具有文学价值的。

由于徽州文化的独特意义和丰厚价值，许多人想当然地认为关于徽州的文学创作只要把这种文化事实和现象描述出来，有人物、有故事、有作者的抒情、有文学性的语言表达就可以了，就算得上是徽州的文学，这其实是很大的误解。我曾经就这些年有关徽州题材的小说和散文创作提出过这样一个问题，即：如何既是徽州的，又是文学的？我注意到许多以徽州地域文化为素材的创作，不是过于依赖历史材料而停留在传说和故事的层次，就是从现成的意图和观念（比如那些个对徽商和村落的称赞等）出发再去寻找素材以匹配，而根本就不是源于个人生命体验、表达个体对世界和人生的独特性理解的创作，这就大大降低了作品的思想和艺术品位。换句话来说，我们一些作者在创作中确实让我们读到了徽州,但却忽略了文学,而我们期待的则是:既是徽州的,又是文学的,这对于其他以地域文化为背景的文学创作也是同样的道理。什么才是文学的呢? 这就是无论通过什么素材,都要用文学的笔墨去穿越,写出作者心中对人生的理解、感悟和体验。它不仅是个人的,也是原创的。当然真正属于个人的东西,其中必定具有原创的特征,因为个人的生命体验虽然可能与别人有大体上的相似和相近,这也是文学创作能够产生共鸣的原因,但仍然还是具有具体而细微的差别,否则,写《登幽州台歌》的陈子昂就不会发出"独怆然而涕下"的人生感慨。正因为徽州历史文化的丰富性和独特性,作为素材,它更适合创作者从中去寻找感应、获取体验、驰骋想象和展开书写,从这个意义上说,徽州的历史和文化,当然指的是这片土地上生活过的人所创造和经历的种种,包括商业的辉煌、文化的丰厚、科考的拔萃以及居家的精致,确实是当代作家激发文学想象和铺陈文学书写的生活土壤。但是,土壤毕竟不同于果实,不同的创作者立足同样的土壤,却会有着不同的收获。

二

20 个世纪 80 年代,当徽州历史文化刚刚被人们重新发现并引起重视的时候,有一个生于兹长于兹的青年作家就开始了面对徽州的文学想象和书写。这就是创作了"文房四宝"系列小说——《巨砚》《断墨》《白纸》和《空笔》的李平易。评论家陈墨当时就撰文认为,这些作品"浸透山水灵气、文化腐气、社会浊气、自然清气的痛苦的现实人生的深切感知与创造"①。虽然笔墨纸砚在徽州可以算作代表性的文物,虽然这些作品一发表就有人只盯着"徽州"二字做文章,但陈墨指出的"现实人生的深切感与创造"却是与作者本人的想法不谋而合。李平易后来在一篇谈论自己创作的文章中写道:"虽然我写的有关故乡的文字是冷峻的甚至是嘲讽的,可是偏偏人家说我笔下流淌着徽州风土人情,假如今后我有帽可戴的话,大概也只能戴上一顶'乡土作家'的帽子,而这却是我当初最为不屑的。"②为什么作者不屑于成为一个"乡土作家"? 在上述文章的后面,作者接着写道:"尽管我知道越是民族的就越是世界的道理,大量的所谓风俗小说就像是裹着一层又一层衣服的空心人,岂但是没有心,就连文学的血肉也是没有的,易使我受到感动的是鲁迅那样直指人心的作品。"③由此可见,李平易并非不赞成"乡土文学"本身,而是看重作品的心、血肉,而不仅仅是外面的包装。心和血肉的要求是什么呢?

① 陈墨:李平易和他的小说,《留梦的银尘》,作家出版社,北京,1999:305。
② 李平易:《故乡与异乡》,〔M〕人民日报出版社,北京,2004:23。
③ 李平易:《故乡与异乡》,〔M〕人民日报出版社,北京,2004:25。

就是能够直指人心。这里的人，当然不是指的过去的古代的人，而是当下的、现实中的人，直指人心，就是面对现实的、当下的人生困扰，而这种人生困扰正是来自作家个体对于人生的独特理解、感受和体验。

李平易从小生活在徽州，那些今天看来很能代表徽州文化的祠堂、民居、村落、桥亭是他整日出没和面对的所在，更重要的是那些个地地道道的徽州人，是他每天必须打交道的对象，他对这些的了解和熟悉实不亚于自己的手指，"文房四宝"系列小说里的诸多人物，不过是他顺手拈来的熟人相聚而已。正是从这些熟悉得不能再熟悉的人物身上，作者发现了触动他内心的东西，这些东西虽然带有徽州的地域和文化的色彩，但更重要的是具有人性的内涵。

《巨砚》的故事情节非常简单。它写了一个在乡间串行的古董师访得一位乡间病瘫老妇有一方大似睡床的砚台，这在他看来是极具文物与商业价值的东西，于是就竭力想从老妇人手中收购，老妇人既不回绝，也不应允，而是持续地与对方谈论着这方巨砚。在古董师由认真到疲倦再到烦躁的倾听中，老妇人却把他当作一个或许存在、或许并不存在的听众，自顾自沉浸在由砚台而回忆和联想起的往事之中，那是尘封在她记忆深处的多么刻骨铭心的经历，她的青春、她的丈夫、她由苏州随丈夫嫁到徽州，还有她和丈夫在砚台上相拥而卧，那曾经是她亲历的实实在在的生活。然而这一切都属于过去，而且是很久远的过去。现在的她，不过是一个行动不便的病瘫老妇，是古董师的到来以及他对砚台的兴趣才让往事历历重上老妇心头。也许老妇人在这一刻才暂时摆脱了久已枯槁的病瘫生活，而重新回到了当年有着生气和憧憬的时光。那美好的一切与眼前这因病而瘫的现状有着多大的反差啊！老妇人对古董师的到来充满了渴望，是这个满脑子装着砚台的文物与商业价值的人才让她勾连起美好的回忆。不难看出，老妇人真正眷恋的生活只留在了过去，现在的生命在她只有生物学上的意义，区别于植物人的就是她还留有回忆，而只有这回忆才间或使她这艰难活着的病体发出常人的光亮，但这光亮却只是过去的余光，那方砚台也正是收藏这过去的光亮的黑匣。这就是《巨砚》这篇小说的特殊魅力。砚台，明明是一个极具文化价值的文物，在小说里仅仅充当着表现人物心理的道具，它既是徽州文化富有代表性的物体，这充分体现了小说确实是涉及徽州的，但更重要的是通过这一物体，作者最终思考的还是人，并在这种对人的思考中渗透了作者对人生的独特体验和感悟，这才使小说真正具有了文学上的意义。

那么李平易在上述这个简单的故事里表达了他对人生怎样的思考呢？这就与前面我们提到的他在徽州的生活经历密切相关。20世纪50年代出生的李平易，少小失学，很早就跟着兄长在徽州乡间流离，体验了那个年代穷困、闭塞的徽州农村生活的艰辛与压抑,尤其是在那些遗存下来的硕大的祠堂、精致的老屋里日日与那些缺少生命活力的人朝夕相处。除了《巨砚》里的病瘫老妇,还有《断墨》里的杨三相公、《白纸》里的老德高以及《空笔》里的莫有言,每个人身上都凝聚了极其丰富的关于过去的人生故事,然而现实中的他们几乎都陷入了十分纠结的文化困窘。他们都拥有十分显赫或美丽的过去的身世,病瘫老妇关于巨砚的回忆就是一个浪漫的传奇,杨三相作为清末最后的一个翰林府里的最后一名清客,毕生以拥有皇上用过的半块断墨而荣耀,老德高作为"市宝"级的画家、一生渴望画出《晴江涌雾》的画卷,莫有言曾是"莫相公笔"的传人,一个十分显著的共同之处,就是这些个人物几乎都是面向过去而生,一与过去相联系,他们就神采奕奕、灵光四射,而一旦回到现在、面对现实,他们就风光不再,甚至半死不活。《巨砚》里的老妇人在现实中形同植物人,杨三相那半块断墨最终被人鉴定为赝品,一生的精神支撑瞬间垮塌,老德高的《晴江涌雾图》终于没有画成,在意识到这不过是一个"美丽的错误"的同时撒手西去,而莫有言有生之年绝不言笔。人生压抑、人物悲剧,这就是"文房四宝"小说给人的总体印象,也是李平易笔下关于徽州的想象与书写的基本旋律。令我们感兴趣的是,李平易构思和完成这些文字的时候,正是国内徽州文化研究兴盛之时,在学者和研究者们津津乐道于那些徽州的文物和遗迹的同时,他却将关注点对准了拥有和相伴这些文物和遗迹的徽州后人。陈墨先生在评论李平易小说时,曾说过一段有意思的话,他说:"你的想象是一回事,而真到了那块地方则又是一回事;你去那儿观光旅游是一回事,而在那儿生在那儿长又要在那儿老则又是一回事。"[1]我觉得还可以再加上几句话,就是:你对徽州进行历史的文化的研究是一回事,而要把握那里的人的内心世界又是另一回事;你肯定和称赞徽州的过去是一回事,而要了解和认识今天的徽州特别是徽州人的精神状态又是另一回事。笔者也曾在一篇论述李平易小说的文章里说过这样的话,现在依然持这种看法,这就是:"这里的很多人家祖上都曾有过值得炫耀的历史,或是官场的风光,或是商海的显赫,也或者是科场的得意,与之相伴随的还有无数快意人生的浪漫故事,那到处留下的屋宇、牌坊、匾额以及祠堂时时都在向人们提示着这一点,更重要的还有那看不见的流淌在血脉里的自豪和荣耀,久而久之,这些就变成了一种基因,一种生活的信念和原则,对过去的沉湎与陶醉几乎成了唯一能让许多人感到兴奋的理由。他们不再憧憬未来,也不在意外面的世界,他们就靠着'笔''墨''纸''砚'还有其他的古董和宝贝把玩和缅想过去的

---

[1] 陈墨:李平易小说集《巨砚·序》,作家出版社,北京,1991 年版。

时光。"①也许这种想法有些苛刻甚至残忍,但我理解李平易所谓的小说要"直指人心",应该就是这个意思。而只有这样的直面和尖锐,才构成了文学与一般文化研究面对同一对象时的不同思考。当人们抱着保护和整理传统文化的心态去面对徽州时,我们大可以充分去挖掘和肯定徽州在以往所取得的成就,并将这些成就总结出来以利于今后的借鉴和吸收,但这一切的最终目的还在于为着人的进一步发展和幸福,就像胡适当年说的,整理国故,是为了再造文明,这再造的文明才是我们新的生活所需要的。而目睹身边的老妇人、杨三相、老德高等,一个个都让作者感到他们只有昨天,而没有明天;只有传统的负累,而没有未来的希冀,因而今天和当下也正在他们的生命中无谓地滑过,成为昨天的简单延续,这样的后人,从根本上说,真的能够保护和弘扬传统文化的精髓吗?

三

在李平易之后,徽州本土又出现了一个小说家,这就是将李平易的小说《巨砚》改编为电影《砚床》并发表过《神钓》《余韵》《标记的意义》等小说的程鹰。

程鹰与李平易一样,从小就生活在徽州,现在仍然生活在徽州,同样知道徽州过去辉煌的历史,但更深切地体验着徽州的现在、特别是今天的徽州这块土地上的人。虽然《神钓》和《余韵》没有像李平易那样明确指明是写徽州,但其中不乏徽州地域和习俗的暗示,更重要的是里面的人物让我们很熟悉,每天都活动在我们身边。徽州多能人,这个"能",是指有根底,有学识,有灵气。程鹰小说中也多以这类人为主人公,但并不是表现他们的得意与成功,而是恰恰相反,他们都生活得很纠结甚至很颓唐。正如有论者指出的,"在他们身上散发着传统文化精髓的文化气息,其中不乏艺术情趣高雅之士。但他们处在社会大变革时期,在市场经济的冲击下,都无一例外地遭受着精神上和物质上的痛苦"②。这些人物都是当今的徽州人,表面上与过去和传统已经没有什么直接的关系。《神钓》中的"我"本是恢复高考制度以后的师范大学生,但到了工作单位,却在一个充满庸俗的大染缸里浸泡,无心教学和上进,整天百无聊赖,最后陷入当地充满诡异之气的钓鱼博弈,虽然凭着聪慧,钓术迅速提高,但却对钓行中的人与事越来越迷惘和困惑,渐渐滑向着魔的危险境地。而那位曾是哲学高才生的叶开明,每天除了喝酒,就是睡觉,发牢骚,或者就是跑到教室里去大小便。"我"与叶开明都显然是

---

① 黄立华:《从另一角度解读徽州——重读李平易"文房四宝"小说》,中国现代文学研究丛刊,北京,2012,(5):211-215。

② 郭明辉:《安徽地域文化与小说创作》,《安徽日报》,2006年5月26日。

游离于社会主流之外的"多余人",总对周围的人感到或陌生("我")或格格不入(叶开明),他们被这种清醒意识到的苦恼折磨着,弄不清其中的毛病出在什么地方,这似乎也体现了"零余者"的症候。虽然小说最后,叶开明这位"神仙"终于做出到南方沿海去闯闯的决定,但最终结局怎样,还不得而知,也许更多的还是代表了作者的一种愿望吧。事实上,徽州的很多人出了徽州,到了外面的世界,常常有了游龙入海的自在和惬意,能做出他们在本土根本完不成的事情来。不过,这是后话。但也许程鹰也这样想,以此反衬"我"与叶开明现在的困窘。像"我"和叶开明这样的大学生在徽州是随处可见的,他们学的是当代的新知识,原先的理想也是以这些新知识为支撑的,但是,在徽州的土地上,实现这种理想的氛围太稀薄,而脚踏实地从平凡的不论专业的小事埋头苦干地积累,又使他们感到委屈,这正是他们无法摆脱的尴尬,这种眼高手低的状况,也正是"零余者"的通病。

《余韵》这部小说发表后,即被有的评论者称为描写"隐逸者"的作品。徽州本来就是文人墨客隐逸的理想天地,山水共融的世外桃源,会消弭人生的烦恼和恐慌,当然也会让人的生命激情渐渐淡薄以致无影无踪。小说主人公名叫余残,而这名字并非小时候大人所起,而是自己读了《老残游记》改的。本想叫"余老残",只是大人反对,只好去掉"老"字。并不是所有读了《老残游记》的人,都想把名字改叫"残"的,余残这么改,也可见他自我调侃中的真实心态。一个"余"、一个"残",不分明表示自己在这个世界上的位置吗?余残爱书法、会画画,也能来几段戏文,心地善良、自尊自立,可总是不断地遇到困厄和不顺,在命运面前,除了一筹莫展,只能在卑微中了此"残"生,只是自我心理调节能力蛮强,还能带着儿子余韵继续辛酸地活下去,那余韵二十年后,又分明是一个新的余残。小说中一个让人好笑的情节是,余残的老婆王玫迷恋上与她不过是"做戏"的赵总,居然假戏当真,抛开余残,去追求自己的自在,而受累的余残只能无可奈何。真实的世界里,余残已经够惨的了,而别人演戏居然也拿他当无辜的受害者,这人在这个世界上也真的是有点多余了。

《神钓》中的"我"、叶开明和《余韵》中的余残,都是对生活有自己想法的人,他们渴望能按照自己的节奏来生活,可是在今天这个愿望显得有些奢侈,人们只能"被活着",因此,他们就与周围的环境显得格格不入,成为主流之外的"零余者"。但细加探究,程鹰笔下的这些人,与上面谈到的李平易笔下的人又有些不同。李平易笔下的徽州人被徽州以往精美的文化占据了心灵,具体体现就是对代表徽州文化的文物出现了近似膜拜的心理,而这不同的文物又与各自祖先的光荣有着特定而具体的联系,从而产生了一种过去对现在的占有,因此才在今天显得难合时宜。而程鹰笔下的人物则没有这种联系,他们表面看来也不是因为怀古才有失落之叹,但他们从品格上更多地反映了徽州人在今天的生活遭遇。也许这些人与古代徽州文化没有什么具体直接的联系，但他们却是整个徽州文化影响之下的产物。笔者曾就此问题与程鹰做过交流，他说，他从小生活在徽州，觉得徽州人真挺有意思，人聪明，有心计，但许多事说起来一大套，却总不见他们去做。当然，程鹰说的是他从小到大见过的徽州人，那已经是几十年前的事了。古代徽州人其实并不是这样。那时人多地少，为了生存，不得已小小年纪就出门经商，还有为了光宗耀祖，读书科举也十分卖力。但这两样，后来都改变了，科举废除了，经商在很长一段时间也不可能，社会环境的变化慢慢地也带来了人的心性上的变化。虽然后来通过高考出去的不少徽州人依然成就不错，但那都是在外面土地上的作为。仍然滞留在徽州的人，相当多的慢慢让人感觉明显的进取不足，一些人要么成为李平易笔下心甘情愿的旧时代的遗老遗少，要么成为程鹰笔下无可奈何的失落者和牢骚王，这真是从另一角度直面了当代徽州人的人生了。

四

创作了小说《异瞳》的皖籍作家赵焰这些年在读者中影响渐大，他出生在原曾归属徽州的旌德，加上外婆家在歙县，从小就熟悉斗山街、渔梁坝和太平桥，大学毕业后在徽州又工作多年，他开始的写作自然也从面对徽州起步，他的散文体著作《思想徽州》《千年徽州梦》《行走新安江》在读者中就产生了较大的影响。他后来的《晚清有个李鸿章》《晚清有个曾国藩》《晚清有个袁世凯》等正是徽州历史文化思考基础上的拓展和延伸。

赵焰对徽州的想象和书写的主要文学形式是散文，上述列举的几本可以算是他的代表作。他曾这样说过他写徽州文字的缘起："徽州的光与影便悄无声息地潜入我的身体，洇开，变成我生命中不可或缺的一部分。"[1]但他又十分在意他的这"一部分"的独特性，他清醒地感到众多关于徽州的文字存在的局限，"现在很多对于徽州的理解似乎有意无意地陷入了一个误区——我们把一些过去的东西想象得过于美好，在肯定它们历史价值和审美价值的同时也高估了它们的人文价值"[2]。我在《文化徽州的史与思——论赵焰徽州文化散文》[3]的文章中认为："面对徽州的历史，他能站在当代文化的角度提出属于自己的思考，而一些今天人们普遍忽略又尚不清晰的问题，他至少能

---

① 赵焰：《千年徽州梦》，东方出版中心，上海，2007年版。
② 赵焰：《徽州梦忆》，安徽大学出版社，合肥，2011年版。
③ 黄立华：《文化徽州的史与思——论赵焰徽州文化散文》，安徽省文联编：《文艺百家谈》，2015年第一辑，合肥工业大学出版社，2015年版。

敏锐地提出来,让读者与他一同思考,正是这种面对徽州文化'史'的'思'成为他徽州文化散文创作的特色。"

当然赵焰的思,不是史家和哲人之思,尽管其中包含有这样的成分,我更愿意将它视为作家之思,这是因为它渗透了作者的情感和体验,是作者用自己的心灵与徽州文化的地方心灵进行着交互感应,以一种现代人、今人的身份与传统和前辈进行关于生与死、进与退、爱与恨、名与利等方面的对话。作者笔下,既有对先人的钦敬,比如朱熹、戴震、胡雪岩、胡适等人,也有对曾被后人不吝赞美之词的成就的不以为然,比如科举业绩、徽派老屋以及西递楹联等等。作者对先人的钦敬,没有停留于成果的罗列、浮表的礼赞,而是探寻他们心理的成因以及徽州地方心灵的陶冶,而那些不以为然更是体现了作者对徽州文化的冷峻反思,就是能够拨开一些似是而非的认识迷雾并站在客观的角度正确评价它们的人文价值。

黟县西递的民居楹联曾是许多人竭力推崇的徽州文化的代表,其中所谓的智慧和精妙被视为徽州人才思与经验的结晶,当地亦有人起意以此打造所谓的"楹联县""楹联市"。不错,不少楹联确实内涵深厚、对仗工整,加上书法上的厚重遒劲,的确不乏某种启迪和感染力,但深加探究,不难看出其中蕴含的世故与机心。赵焰在引用了如"世事让三分天宽地阔,心田存一点子种孙耕""忍片刻风平浪静,退一步海阔天空""事临头三思为妙,怒上心一忍最高""知事少时烦恼少,识人多处是非多"等之后写道:"从表面上看,这些对联显示了宽厚平和、清静忍让的生活态度,但进一步推断的是,主人显然对于人与人之间的关系有着过度的思考"①,"这些对联中隐藏着极强的犬儒成分,对世故极为精通,同时也防人如盗"②,虽然这种所谓的人生智慧对于局部的成功也许不可或缺,但作为一种庸俗的社会学,它毕竟缺少高度和阳光。赵焰写道:"一个民族,一个国家,一个人,如果把精力和智慧都过分用在人情世故上,那么就会在整体上失落天真活泼、浑朴野趣,就会在大方向上失去创造力,也会失去生命激情和理想情怀。"③这真是读出了人所未见。同样徽州的休宁县近年以来一直以科举时代曾独出 19 个状元而自豪,而且以打造中国第一状元县来扩大影响,这在普遍靠打文化牌来扩大地方影响的今天似乎也无可厚非。毕竟,在一千两百年的科举时代中,人口从未超过 20 万的小县,在全部 800 个状元里竟独占近 3.4%,无论如何也是值得一说的荣耀。但问题还有另外的一面,就是整个的封建科举制度对民族国家的文明进步到底又有多大的

---

①　赵焰:《思想徽州》,东方出版社,上海,2006 年版。
②　同上。
③　同上。

210

推动和促进、对人的完善和提升又有多少积极的意义,却有意无意被人们所忽略。赵焰在参观完"状元博物馆"后写道:"我在里面转了一圈,感觉如同隔世。对于封建时代的科举,我一直很难表达自己的观点。虽然科举作为一种取士制度本身有着它的合理性,但因为在渐变过程中失去健康,也失去方向,加上统治者暗藏着的别有用心和阴谋,所以最后的结果可想而知。"①更直截了当的是:"从本质上来说,这样的文化现象丝毫不具备对于社会进步的推动,当一种制度和措施在方向上出现根本性错误时,这当中的力争上游,又具备什么意义呢?"②相比之下,赵焰更推崇休宁的另一个历史人物,非常明确地指出:"尽管休宁在科举上曾经状元满堂,但是,这些状元们的成就和思想加起来也比不上一个曾经在科举上名落孙山的同乡,这个人就是戴震。"③

能够让作者心仪的历史人物还有朱熹、胡适、胡雪岩、黄宾虹等。作者数次到绩溪上庄,表达他对胡适的敬意和兴趣。关于胡适的成就和影响,人们已经耳熟能详,无须作者再去重复,他在意的是透过他的心理和性格寻找到他血脉中的徽州元素,以此打通胡适与徽州的内在联系。他要思考的是,就胡适而言,这样一个现代新文化运动的旗手竟然是从徽州这样狭小闭塞的小山村里走出去的,这其中到底有什么关联和缘分?赵焰以多少带有文学和想象色彩的推测得出了与以往常见的牵强附会、大而无当的分析迥然不同的判断,他写道:"也许胡适性格中最本源的成分是来自徽州吧。是山清水秀的徽州,带给了他清明的本质,也带给了他健康而明朗的内心。在这样的内心中,一切都清清朗朗,干干净净。这样清明的内心决定了胡适有着非常好的'智的直觉',也使得他能够有一种简单而干净的方式去观察最复杂的事物,对万事万物的认识有着最直接的路径。"④以"清明"二字点出胡适性格的基本特征,显然非常恰当而精到,而指出这种特征与徽州山水环境的联系,也体现了赵焰自己"能够有一种简单而干净的方式去观察最复杂的事务"。

对于群体的徽州人,赵焰有许多来自朝夕相处的了解。比如:"徽州人大都是貌不惊人,很少抱团结伙,在更多的时候总是特立独行,一般来说,他们不具有进攻性。他们做的永远比说的多,想的永远比做的多。徽州人总是在外部毫无抵抗的同时,偷偷打量你,发掘出你的弱点,揣测如何与你相处"⑤这些特征能让人想起徽州的山水,正是

① 赵焰:《行走新安江》,安徽大学出版社,合肥,2011 年版。

② 同上。

③ 同上。

④ 赵焰:《思想徽州》,东方出版社,上海,2006 年版。

⑤ 赵焰:《千年徽州梦》,东方出版社,上海,2007 年版。

那份与山水共融的自得养成了徽州人的一种偏执和孤傲,也让人想起长期的商业文化影响,做生意必得有一种冷静和精明。应该说,这些描述确实能让读者感到徽州地域文化与徽州人之间的互动影响,比一般性的所谓徽州人勤奋、耐劳、敢为人先之类几乎可以适用于任何成功人的概括更为到位和贴切,其中的关键就在于前者是从切身感受出发的,而后者不过是对既定观念的演绎而已。赵焰的外公姓汪,在徽州是大姓,其先人是唐代的越国公汪华。在汪华的众多的儿子中,赵焰外公的先人当年是承担为汪华守墓的责任的。在《千年徽州梦》中,作者曾这样评论过他们:"在骨子里都带有这样的成分,自尊、无聊、倔强、目光短浅、甘于平庸。这种守墓的意识,一开始是某种外部信号,是义务、是责任,而随着时间的延续,慢慢地就变成了一种习惯、一种传统,变成了性格的组成部分,而最终幻变成了潜在的深层意识。"①这种文字让人觉得有些不寒而栗,让人感到谨严的徽州宗族文化,在表面的敬宗孝祖、保本带德背后,似乎也潜隐着因循自闭的内在基因。顺着作者的思路,我们不禁会担心:这种守墓意识是否还会进一步幻变、蔓延、影响到整个文化氛围,从而糅为徽州人基本性格的一个重要成分? 今天的徽州人的骨子里,是否多少还存有这样的守墓意识? 也许不再是为某一位具体的先人,而是整个徽州的昨天? 这些尽管带有文学想象色彩的书写虽然会让人产生与自豪荣耀不同的感受,但对今天的徽州人如何了解历史、了解自身、从而更好地把握当下和未来却不无启迪。谢有顺在《不读"文化大散文"的理由》一文中写道:"我发现,文化大散文有一个普遍而深刻的匮乏,那就是在自己的心灵和精神触角无法到达的地方,作家们几乎无一例外地请求历史史料的援助。甚至,在一些人的笔下,那些本应是背景的史料,因着作者的转述,反而成了文章的主体,留给个人的想象空间就显得非常狭窄,自由心性的抒发和心灵力度的展示也受到很大的限制。"他认为:"历史的力量,对于散文作者来说,恰恰是以非历史的方式达到的;它不是为寻求历史的正确,而是为了接通历史秘密中的心灵通道。"②这种接通历史秘密中的心灵通道,就是像赵焰一样与历史的对话,一种立足当下从今天的生存和发展出发在历史中寻求启悟的努力,读这样的散文,主要目的不是去重温那些人们已经知晓的历史史实,而是感受作者的艺术和生命体验、领略作者的思想升腾。从某种意义上说,赵焰的散文与李平易和程鹰的小说是有异曲同工之妙的。

徽州的历史是丰厚的,今天的徽州人也是有理由为他们的先人自豪的。但徽州仍在发展,徽州人也需要经历和迎接未来新的生活,自然更需要产生像曾经出现过的那

---

① 赵焰:《千年徽州梦》,东方出版社,上海,2007 年版。
② 谢有顺:《不读"文化大散文"的理由》,《北京日报》,2002 年 10 月 13 日。

些彪炳史册的人物。但期待是一回事,事实如何可能是又一回事。无论是个体或群体能否创造无愧于这片土地和先人的辉煌,仅仅陶醉立足于以往的一切恐怕是不行的,必须要有新的起点、胸怀、境界和眼光,这也许正是李平易、程鹰、赵焰等人的徽州想象和书写给我们的启示。

运河赤子的当代行走

——喜读《运河·中国:隋唐大运河历史文化考察》

赵家新

张秉政教授编著的《运河·中国:隋唐大运河历史文化考察》由北京时代华文书局出版了,这是中国出版界的一件盛事,这是中国文化界的一件喜事,这是史学界的一件大事! 这是由张秉政教授率领的团队历时 3 年,跨越 5 省 2 个直辖市,沿隋唐大运河 30 多个地市县行走出来的宏大诗篇,这是中国首次全景式、多维度行走出来的隋唐大运河的文化史诗,这是用脚步丈量出来的通彻古今的世界非物质文化遗产的历史哲思。

皇皇 60 万字,揭开了隋唐大运河前世今生的神秘面纱,解开了地上地下形断神连的运河血脉,让这一文化遗产纵贯串联起来的运河沿岸城市联盟有了系统的价值诉求和世界话语权。

一、责任在肩:为那曾经的大美与辉煌

2013 年金秋,张秉政教授带队开始了隋唐大运河的历史文化考察。2014 年盛夏,中国大运河申报世界文化遗产成功,柳孜运河遗址、通济渠泗县段入选《世界文化遗产名录》。对此,我们无须做强行的关联、散漫的联想,单单从张秉政教授考察的缘起,便可窥斑全豹。

按张先生自己的描述,发起"行走隋唐大运河"行动源自他对这条曾静流淌在淮北大地上的古运河有着"非同一般"的感情,这是他生于斯长于斯的深情沃土上的血脉,是他儿时的乐园。他对"这条曾经拥有过辉煌的地下千里文化长廊有一种天然的亲近",他想为家乡山山水水、风土人情钩沉出曾经的大美。而这让一片土地,4000 多年前商汤十一世祖就建都于此,宋共公也曾迁都于是,有沛国故址,有临涣古城……这些湮灭于地下的文明承载着运河城市的文化。根植于内心深处、融化在血液里的浓浓的乡情和对于中华历史文明深深的眷恋,成为润养他的这片热土的反哺动力。"就想为淮北加快发展做点实事",朴实的言说中透出的正是一种饱含浓烈情感的责任、使命与担当。

为什么是他? 为什么他想做这件"吃力"的事? 为什么他一定能完成这件事? 天降大任,情之所系、义不容辞、使命必达。张先生曾经很明确地表示:作为民间力量助推大运河的申遗,是一份沉甸甸的有温度的责任。责任在肩,必然努力前行。当然,千

般缘由,还要归于张秉政教授有这样的能力。张先生是大学教授,尤善明清文学研究,对刘伯温(刘基)有独到的学术研究;张先生是文化学者、民俗学家,对节令节气的民俗解读让人耳目一新。在用脚步丈量运河两岸民俗中,张先生以文化的世界高度提出把"清明节"变化成中国的"感恩节"的倡议。张先生是摄影家,其作品独特的视角,对民生、民族强劲的表现张力,表达出语言都为之让路的气魄。张先生是记者、是编辑,大学校报、学报的资深主编,深谙学术严谨之风和表达的时代风雷。张先生是诗人,深邃的灵魂和炽热的情感以异于常人的言说形成与阅读者的诗意共振。唯其如此,运河上下那曾经的大美与辉煌才能如此堂皇地跃然纸上。

二、壮志在胸:在行走中发现世界

张秉政教授带领他的团队以"走运河,话两岸,溯历史,展民俗,看变迁"为宗旨,以广阔的世界非物质文化遗产的视界,从历史学、文化学、新考古学、人类学、艺术学、民俗学、博物学等等维度,全方位、立体呈现大运河的价值诉求。丰厚的历史价值、文化价值、科学价值、社会价值、经济价值、生态价值、情感价值、传承价值汇聚出中国大运河的至尊无价!

中国大运河无论从开挖的起始时间,还是流程规模,无论从通贯南北养育的城市,还是古今连贯的发展价值,都无可争议地成为全球之最、人力之冠。全长2700公里,跨越10个纬度,纵贯海河、黄河、淮河、长江、钱塘江五大水系,成为史上南北交通的大动脉,是润泽运河两岸城市发展的纽带和底座。无论从经济、交通、军事、政治、文化哪个角度,不管是炀帝巡游说、奠基迁都说还是相见百姓说,都能找到相应的理据,这恰恰说明大运河无与伦比的价值表达。

正如张先生带领团队通过8000里路的行走发现的那样,大运河的开凿,贯通了中国文化沿展的空间,改变了南北文化的点面布局,使中原文化、江南文化、齐鲁文化、楚汉文化乃至岭南文化、巴蜀文化等等,都在大运河的北往南来中汇聚融通,从而使历史上的华夏文化呈现出多元的、丰富的、交融的历时状态和共时格局。它们以物态的(如桥、闸、坝、粮仓、河道、码头、桥梁、坝堤、纤道、驿站、衙署、会馆等)、制度的(如河道管理制度、漕粮赋税制度等)、行为的(如民俗风情、饮食服饰、医药技艺、宗教信仰等)、精神的(如以小说、诗词、音乐、戏曲、戏剧、舞蹈、竞技、书画等艺术反映出的价值观、审美观、思维方式)等丰富多彩的形态表现出来,传承、演变出了具有独特魅力的充满了生机和活力的"运河文化带",成为华夏大地上辉映世界的自然景观和文化遗产。

这里既有颇具历史价值、艺术价值、科学价值的可以动的文物(实物、艺术品、文献等),也有不可移动的文物(楼堂庙宇遗址、古墓、石刻、壁画等)物质文化遗产,也有与运河两岸人民生活息息相关的各种实践、表演、表现形式、知识体系和技能及其有关的工具、实物、工艺品和文化场所等非物质文化遗产,这一切都是中国贡献给世界历史文化遗产的无价之宝,向世界展示着华夏文明的智慧和创造。

三、期盼在心:为运河的永续价值呼号

大运河申遗,我们不能忘记那些奔走呼号的仁者、智者和行者。郑孝燮、罗哲文、朱炳仁三位专家在给运河沿岸城市18位市长的信中曾说:"千百年来我们都受益于这条河,负有责任保护好它,为了这个目标,我们几个老人都愿作大运河上的一个纤夫。"这是充满浓厚历史责任感与温暖人文情怀的肺腑之言啊!张教授早在2006年就提出运河沿岸要"以文化资本经营城市"的理念,这里的"文化",就是"大运河文化"。就是在为运河文化的城市保护、传承、管理、经营和创新呼号。在行走运河的考察中,张先生惋惜地发现,沿线城市中有"盲目扩建新城、摊大饼的现象,一些老城的历史文化资源、生态环境在持续恶化",这一定要引起国家层面的注意。正如舒乙先生所言:"最应该做的还是管理,管理跟不上会带来很大的破坏性。实际上,我们应该注意申遗成功后的日常管理、日常保护、日常经营。这是非常重要的问题,也是我们的薄弱环节。"从这个意义上说,运河城市以及城市中的每一个人都应该成为大运河上的"纤夫"。

我们欣喜地看到,大运河申遗成功后,运河城市正在从原来对运河的"失忆""失语"的状态中走出来,逐渐找到了自己的历史根脉、文化基因,表现出了应有的文化自省与文化自觉。比如张先生一行对"扬州"的考察就获得了深刻的认知,同时引发对大运河后申遗时代做了深度思考。

扬州市在运河遗产保护方面堪称表率,下足了功夫。2010年以来,扬州市先后叫停了仪征市仪征运河段"一河两岸"工程、高邮市运河故道工程等有可能对运河遗产产生破坏的项目。

近年来,扬州先后修缮了汪氏小苑、卢氏盐商大宅等一大批运河遗产,将近百家老企业迁离运河两岸,投资7亿元建设15个防污治污项目,建设了2800平方公里的国家级生态功能保护区——南水北调水源区;投入了巨资整治整个淮扬运河扬州城区段的两岸环境。

2011年10月开始,扬州市率先建设了大运河扬州段监测预警平台,运用空间信息技术、视频实时监控等手段,给大运河守护装上了"电子眼"。

作为申遗的牵头城市,扬州多年来立足大运河的保护、传承和利用,做了大量富有成效的工作,启动了江淮生态大走廊的建设,体现了运河精神和城市担当。然而不可忽视的是,有些运河城市在加入运河城市联盟之后仍旧在保护利用大运河与城市经济

社会发展之间的选择中备受困扰,因而出现价值诉求不清、话语表达不明,这种迟滞的反应很可能在迎接运河城市一体化发展的挑战中错失最佳良机。但是,正如专家所说的那样,对于这样一个巨大的线性活态的系统工程来说,真正意义上的保护、传承和利用不是成立一个共同体、用几件历史文物点缀其中就能够功成名就,运河城市的发展与大运河的保护利用交织着各种矛盾、困难和复杂性。

关于运河的保护、管理、利用,张先生提出要从以下方面考量:1. 运河本体的保护。尽快建立健全运河管理和保护法规;保持运河城市风貌,造就良好的生态环境。2. 加大对运河流域的物质文化遗产和非物质文化遗产的保护和利用。摸清家底,建立相关的遗产数据库;将物质文化遗产和非物质文化遗产结合在一起保护;建设真正传承运河文化精髓的交相呼应的城市文明带。3. 加大运河历史文化研究和运河文化的国际交流。总之,大运河的价值是多元的、多层次的,围绕大运河而展开的城市规划、战略设计必定也是多样的。唯有在文化蓝图、历史遗存、精神品质、价值观念、经济活力与生态环境等方面遵循可持续、讲个性、大布局的原则,才能在运河的生命之流中承载起永恒。

这是真正的知识分子的心灵呼喊,这是真正的运河赤子无疆的世界行走,这是真正的世界"非遗"的东方文明表达!考察的是隋唐大运河,却牵挂了整个大运河(隋唐大运河、京杭大运河、浙东大运河)的喜怒哀乐,关注的起点是家乡,是淮北,却走出了助力"申遗"的世界高度。一位退休的教授、一位行走造成脚踝粉碎性骨折的年近七旬的老人,一个 3 年行走 8 千里的团队……其中的精神、动力、期盼已是言语所无法立体叙述的了。